魅丽文化 桃夭工作室

儒期而至

RU QI ER ZHI

漠兮／著

上册

江苏凤凰文艺出版社
JIANGSU PHOENIX LITERATURE AND ART PUBLISHING, LTD

图书在版编目（CIP）数据

儒期而至．上／漠兮著．— 南京：江苏凤凰文艺出版社，2018.9

ISBN 978-7-5594-2658-1

Ⅰ．①儒… Ⅱ．①漠… Ⅲ．①长篇小说—中国—当代
Ⅳ．①I247.5

中国版本图书馆 CIP 数据核字（2018）第 177063 号

书　　名	儒期而至．上
作　　者	漠　兮
出版统筹	汪修荣　邹立勋
选题策划	刘思月
责任编辑	胡小河　姚　丽
文字编辑	罗李璇
责任监制	刘　巍　江伟明
出版发行	江苏凤凰文艺出版社
印　　刷	湖南关山美印有限公司
开　　本	880 mm×1230 mm 1/32
字　　数	191 千字
印　　张	9
版　　次	2018 年 9 月第 1 版，2018 年 9 月第 1 次印刷
标准书号	ISBN 978-7-5594-2658-1
定　　价	34.80 元

目录 CONTENTS

目录 C O N T E N T S

第一章

你姓甚名谁

事情是从宋儒儒搬家后的第二天开始的。

公寓是一梯两户的房型，搬进来的头天晚上，她就拿罗盘在门口琢磨了很久。虽然电梯不偏不倚正好在两户的中间，但消防通道的窗户更偏向她家。朝窗外看去，恰巧对着电视台双子楼的夹缝。

于是第二天早上出门时，宋儒儒悄无声息地在自家房门上挂了一面巴掌大小的八卦镜。晚上下班回来，她出了电梯正要往家走，迈了两步停下来，转身朝对门走了过去。其实挂镜子只是为了挡开双子楼中间的天斩煞，并非针对邻居。两家房门隔了十来米的距离，她站在对门门口远远看向自家的房门，门头上小小的八卦镜几乎看不到。宋儒儒安了心，轻快地往自家走去。走了两步，她突然觉得哪里不对劲，猛地一个转身看向身后——

这家门口什么时候挂了一把乾、坤、剑？！

宋儒儒揉了揉眼，确定自己没有记错，她今早挂八卦镜的时候分明往对门看过一眼，门上干干净净的，哪有这么长一把剑？

好吧，看来她的邻居不但火眼金睛，还迅如闪电啊！

早上挂镜子的时候她就担心邻居误会自己有所针对，才特意选了最小的一面镜子，挂的时候也特意偏向消防通道的一侧，并未正对着邻居家的大门。可这把乾坤剑足足有三尺六寸长，分毫不差地对着她的大门！

宋儒儒撸起袖子一边去按门铃，一边深呼吸了几大口，打算心平气和地与邻居解释一番。倘若真的在意八卦镜，她摘了就是。

门铃声停止。也没有人来开门，宋儒儒打算晚点再来。转身前她鬼使神差地伸手想拎一拎门上的乾坤剑，哪知这把玄铁铸造的重剑不仅沉得几乎拿不起，还结结实实地钉在实木门上，俨然一副即使宋儒儒摘了镜子，它也要在这门上扎根一万年的气势！

宋儒儒刚压下去的小火苗"噌"的一下蹿起了三尺高，竟然有人要挑衅她？！

她的邻居一定是疯了吧！

**

次日一早，宋儒儒选了个吉时，在自家大门上挂了一把足有两米长的桃木巨剑。这剑还是她一年前去茅山开了光的，颇费了一番工费才运回来。平日里她都压箱底珍藏着，但今时今日还不拿出来震慑一下对门，恐怕对方还不知道自己挑衅的人可是江湖上赫赫有名的宋半仙！

宋儒儒鄙夷地看了一眼对门的乾坤剑，和她的桃木巨剑一比，那简直就是个儿童玩具。

这一天她的心情颇好，作为命理杂志最火爆的占卜栏目负责人，宋儒儒靠着无人能及的技能闯天下。她每天的工作并不辛苦，主要就是看星座，看塔罗，然后由助理将这些整理成文，发在杂志和微博平台上。

助理做记录的时候，就瞧见宋儒儒一边翻塔罗牌一边哼着小调，忍不住问她："儒儒姐，你是不是算出什么好事来了？是要发横财，还是走桃花？"

宋儒儒翻过最后一张牌，恰恰是正位战车，她得意地一笑："不，是胜利。"

助理拿着笔追问："胜利？什么胜利？"

"战争胜利。"宋儒儒说完这四个字后把牌一摞，收进柜子里，然后利落地拎起包向外走，“我下班啦。”

刚走到电梯口，杂志主编苏叶就一把将她揪住，板着脸说：“宋儒儒，又早退。”

宋儒儒“嘿嘿”一笑，凑过去在苏叶身上蹭了蹭：“苏姐姐，我今晚有顾客。而且我的工作都完成了，现在离下班也就半小时了。你又不是不知道我刚买了房，还贷都快穷死了。”

苏叶当然知道宋儒儒嘴里的顾客指的是那些娱乐圈的小明星，从三线到十八线，都对星座痴迷不已。毕竟那个圈子的浮沉太过传奇，一夜成名或是一朝落魄，总会让人依赖命理星象来解释自己的命运。

私下走穴是他们杂志社常有的事，这样的灰色收入大家也都心照不宣。宋儒儒是社里不可或缺的支柱，苏叶从来不会为难她，但今天有个工作要塞给宋儒儒，自然就得先抓住她的小辫子。否则凭她宋半仙那张舌灿莲花的嘴，能把什么活儿都给推得一干二净。

“我知道你一个人还房贷压力大，所以特意给你接了个活儿，这样你下个月还贷就能轻松一些。”苏叶把挂在自己身上的宋儒儒拉开了几分，免得太过亲切让她有机可乘。

宋儒儒眼珠子一转，知道苏叶肯定没给自己安排什么好活儿：“苏姐姐，你看明天就是月头了，下个月的运程啊、星盘啊可都是重头戏，我就是怕影响到明天的工作，所以今天才赶场去把那些人情客都给了结了。你知道的，我这个人没法一心二用。”

苏叶不接她的话，只抬手看了看手表，故作惊讶：“哎哟，这都五点十分了，咱们楼下的地铁可是二十分钟一趟，要是赶不上这趟只怕就得撞上高峰期了，只怕头两趟你都会挤不上去啊。”

宋儒儒没辙，硬着头皮问：“是什么活儿啊？”

苏叶早有预谋，当即把一份资料塞给她：“下周有个电视台的采访节目，请的嘉宾都是行业大牛，非常高端有档次，主要是一起探讨……”

宋儒儒着急赶时间，直接问重点：“通告费是多少？”

苏叶伸出三根手指，微微一笑。

“不会就三千吧？”宋儒儒苦着脸问。

“不。”苏叶拍了拍她的肩膀，“是三百。”

宋儒儒眼睛都圆了：“三百你还说让我下个月还贷能轻松点？”

苏叶笑而不语，只是冲她摇了摇手表，示意现在已经五点一刻了。宋儒儒又气又急，只能一跺脚冲进了电梯。关门的时候，苏叶不放心地叮嘱：“你提前看看资料啊！”

**

一晚上应付了十个小明星，结束的时候已经是深夜十一点，宋儒儒没赶上最后一班地铁，筋疲力尽地拦了一辆出租车，一上车就打起了盹。到了小区门口，还是司机把她叫醒的。

这会儿还是早春时节，车上开着暖气，宋儒儒一下车被冷风一吹，狠狠地打了个喷嚏，竟有一种不祥的预感。走进自己住的单元，进电梯，按楼层，她疲倦地揉了揉双眼，明天是月初，还得早起上班。

“叮”的一声，电梯停下，宋儒儒出电梯时恢复了几分精神，得意扬扬地冲着对门挑衅地看了一眼。只这一眼，就把宋儒儒的倦意一扫而空。

对门竟然在门口立了一对凶神恶煞的石狮子！

三尺高，两尺宽，下面还封了水泥底座。宋儒儒走近用手戳了一下，水泥还未干。

这人是和自己杠上了吗？

这回宋儒儒也不气了，倒是她的胜负欲掀起了百尺的浪头，看着那对狮子兀自笑了起来。她一定要让这人知道什么叫班门弄斧！

尽管明天还要早起，但宋儒儒死扛着折腾了一夜，中途还喝了一杯爱尔兰咖啡，只觉得精神抖擞，浑身是劲。到了天蒙蒙亮的时候，她才趴在沙发上睡了两小时。

闹钟在吉时前五分钟响起，宋儒儒一个鲤鱼打挺，不顾困意就冲出家门，捧着她珍藏的貔貅、龙龟和水晶球这些宝贝，在家门口摆了两个上下倒置而重叠的三角形。最大的水晶球放在中央，周围六角凝聚在外，就连三角形的边长她都仔细量过，取了七的倍数，六角依照方位的不同将貔貅、麒麟等等一一排开。这个顶配版的七星阵需要经过精妙而准确的计算，是宋儒儒师父的绝学，那么多徒弟中也就宋儒儒一人独得真传。

摆完七星阵，宋儒儒只觉神清气爽，心中前所未有地舒畅，竟然不觉得困倦，简单地洗漱一下就匆匆去上班了。

月初向来是兵荒马乱的，尤其是宋儒儒的微博粉丝过千万，当月运程一发上去，评论和转发立刻就被攻陷了，电脑几乎刷不开新页面。除了十二生肖的运程，还要发十二星座的运势，除了星盘还有塔罗，一一弄完已经是晚上了。

加班餐吃的是港式茶餐厅，助理给宋儒儒点了叉烧饭和一份咖喱鱼蛋，一个碗里不多不少正好放了七个鱼蛋。宋儒儒一边吃一边笑，心情又好了起来。

苏叶问她："儒儒，你资料看了没？"

"啊？"宋儒儒猛然回神，这才想起资料的事。昨天回家的时候手里就已经没有那份资料了，究竟是丢在约见顾客的咖啡馆了，还是落在出租车上已经想不起来了。她含糊地敷衍，"嗯，看了看了。"

"别看这个节目通告费少，但对咱们杂志的宣传是很好的。你是我们杂志的头牌，又最擅长辩论，你去参加是最合适的……"苏叶喋喋不休地说，宋儒儒继续戳着鱼蛋走神，神秘的微笑挂在嘴角，看得助理越发在心里嘀咕，打算研究一下最近的体彩和福彩。

下班回家是件开心的事，但现在出电梯竟成了宋儒儒最喜欢的一个步骤。电梯门一开，宋儒儒就忙不迭地向对门冲去。好家伙！今天竟然在大门的乾坤剑上方贴了一张钟馗！

贴就贴吧，还偏偏在钟馗像上面弄了个玻璃罩，死死地钉在门上，手法和钉乾坤剑如出一辙。宋儒儒摸不透这种摆法的奥义，一时有些迷糊。

但不管如何，既然对手贴了钟馗，她自然不能输了阵势。要对付钟馗倒也不难，宋儒儒弄了两张秦叔宝和尉迟恭，一左一右两个门神，贴在桃木剑的两侧，威风凛凛，驱邪除恶！

再一天，对门放了一座铸铜的关二爷，宋儒儒就镇了一个偌大的铜葫芦。

后一天，对门摆了一尊石质的青龙，宋儒儒就扛出了白玉的九转乾坤。

……

**

转眼双方已对峙了整整一周，宋儒儒斗志昂扬，倒也有几分好奇自己的邻居究竟是什么人。但几次想敲门他都忍住了，毕竟在这场较量中，只有先认输的人才会主动上门，而宋半仙得等着对方先上门。

这天早上，宋儒儒给自己煮了一碗鸡丝粥。昨晚对门的门头上多了一只金蝉，她半夜没睡赶着三更时分在门口放了一只鎏金铸铜大公鸡。那尖喙正对着金蝉，想来那人今天一出门就能看到这公鸡吃虫的景象了。

刚盛了一碗粥还没吃两口，门铃就响了。

宋儒儒打了个激灵，看来是对门扛不住来求饶了。她忙不迭放下筷子冲过去开门，开门前还把刘海往后一撩，让自己看起来更霸气些。

房门一开，门口竟然站着小区物业和一位民警。宋儒儒心头一个“咯噔”，来不及失望，只觉得情况不妙。

“这都是你的……”物业指着她门外的公鸡、葫芦还有麒麟，不知该如何形容这些物品，憋了半天才把这句话说完，“装饰？”

“嗯，是的。”宋儒儒老老实实回答。

“这里是公共区域，又靠着消防通道，不允许摆放私人的……”物业咬牙艰难地说，“装饰。”

民警上前一步，语气可没有物业对待业主那么温柔：“《消防法》第二十八条规定，任何单位和个人不得占用、阻塞、封闭安全出口，现在我根据《消防法》第六十条第三项的规定对你处以五百元罚款，并且责令你马上清理所有的物品。”

宋儒儒自知理亏，只能暗暗肉疼，接过罚单的时候她脑中灵光一闪，抬手指向对门的方向：“那……那对面呢？”

“对面？”物业和民警一齐转头去看，“对面怎么了？”

“对面还有石狮子呢！”宋儒儒急了，她的东西都是摆着而已，对面可都是结结实实固定在门口的啊！

哪知她冲出家门，却见对面门前空空如也，一如她刚搬来那天一样干干净净，哪有石狮子、乾坤剑和关二爷？

宋半仙闯荡江湖有二十年，老司机头一次翻了车。

**

物业和民警一走，宋儒儒就撸起袖子冲到对面门前，仔细看地上还有水泥的残余，门上钉玄铁乾坤剑的地方还有几个孔。要不是这些残留的痕迹，她简直要怀疑自己撞鬼了。

她细细回忆了一下，昨天半夜她放公鸡的时候，门口的东西都还在，现在才八点，差不多也就是她放了公鸡回家睡觉的时候，这家伙就开始清理战场了。也亏得他手脚麻利，连水泥固定住的石狮子都能给挪走了！

这世上会有这么巧的事吗？

他半夜清理战场，偏今早物业和民警就来检查消防通道？

宋儒儒不用塔罗牌也不用掐指算，也知道肯定是这家伙去举报的她！

战局发展到今天，原本干净纯粹的比赛却被某些人卑劣的灵魂玷污了。宋儒儒输得冤枉更憋屈，为此她必须替自己出一口恶气。

友好的门铃也不按了，宋儒儒愤怒地把手捶向大门。刚落下一声，门就开了，倒让原本打算猛击几下的她有些措手不及。

大门缓缓打开，里面的人似乎并非因为宋儒儒而开门，只是恰好正要出门罢了。因为他正低着头整理自己的衬衣衣领，并没注意到门口站着一个怒火能够点燃整栋公寓的女人。

他个子很高，宋儒儒气呼呼地昂着头也只到他的下巴。流畅的下颌线一路滑过喉结，没入驼色毛衫里的衬衣领口。他身上有一股淡雅隽永的香气，是沉香木屑焚烧的气味，清雅不俗。

那股香气让宋儒儒一时走了神，竟忽略了他无视自己的行为。

他抬头准备穿鞋的时候才看到她，清俊的五官只微微一动，神色依旧平淡如水。

“你是……”

他一边开口一边打量宋儒儒。她一早起来还穿着珊瑚绒的睡衣，只在外面套了一件长羽绒服，浅亚麻色的短发堪堪齐耳，露出光洁的额头。因为还未梳洗，脸颊的一侧还黏着一些碎发，并泛着愤怒的红晕，一双眼睛此刻瞪得就像铜铃，连声音也是中气十足的："我是你对门……"

"啊……"他恍然大悟般地点了点头，抬手指向宋儒儒家门口的满目琳琅，"你是那个大公鸡……"

"大公鸡"这三个字此时此刻无疑是在已经起火的宋儒儒头上浇了一桶汽油，瞬间火光冲天。

"你还好意思提大公鸡？大家同道中人切磋较量，你比不过我竟然干背后举报的勾当！看你长得相貌堂堂，没想到这么卑鄙无耻！"

他微微蹙眉，思考了几秒，然后摇摇头："我没有举报你啊。"

宋儒儒简直不敢相信，这男人长着一副好皮囊却不但无耻还无赖。她赏给对方一个上可通天的白眼，冷笑一声："哼，不是你举报我，你会这么巧赶在民警检查前把东西都收了？"

"啊——"他第二次发出这样不急不缓的声音，尔后浅笑了一下，那笑容坦然又磊落，"每个月五号是例行的消防检查，你不知道吗？"

宋儒儒一下愣住了，原本含在嘴里酝酿好的话语一时间全堵在了喉咙里。隔了好一会，她才从牙缝里挤出几个字来："那我是……上周新搬来的……你不知道吗？"

他再次摇了摇头，那淡淡的表情里透着一股与生俱来的无谓，好像对什么都不在乎。反衬得宋儒儒小题大做，就连这一周的较量都变了味，就像是她一个人在较真死磕，而对方却云淡风轻！

他抬手看了一下腕上的手表，轻声说："不好意思，我要出门了。"

宋儒儒还僵着没动，他关上家门，小心地侧身从她身旁擦过走向电梯。电梯门开了，他迈步走进去的时候犹豫了一下，又转头对她说："要是还有别的事可以等……"

他的话还未说完，宋儒儒已经背对着他抬起右手摇了摇。

事到如今还有什么可说的？

电梯门缓缓关上，宋儒儒转过身来，她深色的眼瞳像几经淬炼而光芒冷厉的刀刃，这个仇，她记下了。

**

宋儒儒一进社里，就被苏叶拦在了门口。

“儒儒，你怎么穿成这样就来了？今天你可是要上节目的啊。”苏叶惊诧地打量着宋儒儒，她穿着运动服加羽绒背心，脚上是一双运动鞋，头发都没打理，有一边还翘着。

“通告费就三百的节目，难道我要花三千打扮自己吗？”宋儒儒没好气地说，其实她原本是准备打扮一番的，但一早触了霉头，根本没空化妆选衣服，所以就破罐子破摔了。

“也许你上了节目能接到三万的顾客呢！”苏叶笑着说。

宋儒儒微微眯眼：“那我得去配副圆墨镜才行，一看就是神算子。”

“哎！”苏叶摸了摸下巴，“要不咱去买一副吧！”

午饭后，宋儒儒就被苏叶押到了电视台。临下车前，苏叶给她抹了个水红色的唇釉，满意极了：“嗯，看着还不错，青春活泼，和那帮老学究不一样。”

宋儒儒参加的是一档学术访谈节目，虽然她平日的工作看着不大严肃，但实际上身为C大古代哲学专业的硕士，宋儒儒研究易学玄学可有不少年头了。今年年初，海昏侯墓出土的简牍进入到文字释读和研究阶段，目前已经释读出《论语》《易经》《礼记》这些典籍。趁着话题热度高，节目组就做了一期关于海昏侯墓出土典籍的访谈节目。为免节目晦涩收视率低，所以除了邀请考古鉴定的专家，还请了一位研究易学的来活络一下气氛，毕竟央视《百家讲坛》谈《易经》的时候可是相当火热的。

其实海昏侯墓的典籍释读宋儒儒一直都有关注，因为《周易》里卦序和乾元用九的问题困扰了她多年。现在八卦业界都指望海昏侯墓能释读出《连山易》和《归藏易》，这样三易合一，或许能有所突破。

因为弄丢了苏叶给的资料，宋儒儒临时抱佛脚，到了录制后台才大致了解了情况。编导给她一份题本让她做准备：“本来还有一份嘉宾资料给你看的，不过现在找不到了。”

宋儒儒题本都来不及看，哪顾得上管其他嘉宾：“不用了，我又不是主持人。”

直到节目开场前三分钟，宋儒儒才把题本看完，对各种问题也都有了大致的腹稿。作为一名合格的半仙，除了要术业精湛，更要舌灿如莲，把黑的说成白的那不是本事，把黑色说成彩虹色。那才叫合格。所以上访谈节目，宋儒儒从来不慌。

录影棚中央的女主持在做最后的整理，灯光、音响准备就绪，编导领着她站到录影棚后方的右侧，给她指路："一会儿主持人说到你的名字，你就从这里上去，坐在主持人的右边，另一位嘉宾从左侧上去，他坐在主持人的左边。他比你先上台，你看他上去以后就可以准备了。"

编导说着抬手向着影棚左侧指去，宋儒儒也就顺着他手指的方向看去。十来米开外的地方站着一个清逸挺拔的人，身后是昏暗的后台。他立在明暗之间，神色淡然，那目光犹如落雪的夜晚，幽黑又清冷，仿佛天地都混沌一片，并不落入他的眼中。

这一眼宋儒儒看得分毫不差，就像她昨晚清清楚楚地看到对门门头上那只仅有一寸长的金蝉那么清晰。

竟然是他！

宋儒儒一时间倒不知道这算是冤家路窄，还是天赐良机了。看他的模样比自己大不了一两岁，十之八九是替某个老先生上节目的。毕竟三百的通告费谁乐意接啊，她才不信他会是行业大牛！

她暗暗盘算着如何在节目中为难他，连女主持的说话声也听得断断续续："C 大副教授……考古鉴定……"

编导戳了宋儒儒一下她才回神，原来女主持已经念到了她的名字。

"今天我们还请到了微博第一占卜博主宋儒儒老师，与我们一起解读和探讨海昏侯墓中的《易经》典籍。"

宋儒儒收敛了那一脸的戾气，扬起嘴角，微笑着走上台。女主持起身与她握手，宋儒儒大方入座，目光死死地盯着主持人左边的人，等着他与自己问好，然后还击他一个闭门羹。可那人平视前方的摄像机，竟然又一次无视了她！

和今天早上！一模！一样！

要不是摄像机闪烁的红灯提醒了她，宋儒儒大概能把主持台给掀了。

“宋老师，你在微博上的影响力可是非常大，今天你来上我们的节目，一定有很多粉丝等着看你吧。”女主持并没有察觉宋儒儒神色的变化，只是按照原定的计划念台词。

宋儒儒收回目光，硬笑了一下：“看我，不会吧？可能我的粉丝更想看的应该是人生的奥秘和真理。”

女主持顺着题本继续：“我听说宋老师除了占卜外，也经常在微博上引用典籍，寓教于乐地科普古代先贤的哲学观点，那你个人最信奉哪条哲理呢？”

宋儒儒挑了下眉：“《周易·象传》曰：天行健，君子以自强不息；地势坤，君子以厚德载物。这是我突然有感而发的一句。”

“哦？”女主持疑惑地问，“不知宋老师有什么见解？”

宋儒儒的目光越过主持人，看向那个气定神闲的人：“所谓君子，以仁德立身天下，做人就应该有基本的礼仪道德，一起参加节目的嘉宾，彼此也应该有基本的尊重和礼貌。”

这话显然并不在台词本上，女主持一时语塞，倒是被宋儒儒点名的人意识到她是在说自己，侧过脸来看向她。看到宋儒儒的一刹那，那双黑如曜石的眸子闪了一下，像是有什么亮光映照在上面……也许是来自宋儒儒怒火的红光。

宋儒儒这个人素来睚眦必报，今天又是新仇加旧恨，定要叫他无比难堪。

她主动站起身，向端坐着的他伸出手：“没人和我打招呼，我以为是自己没有存在感呢，看来只能女士优先了。你好，我是宋儒儒……”她微微侧头去看他面前的名牌，打算抢先念出他的名字让他更难以下台。然而这一眼却让她如遭雷劈，白底黑字的名牌上写着三个字——

修颉颃。

她张着嘴只念出一个字来，“修……”

好嘛，三个字她竟有两个不认识！

那两个字仿佛眼熟得很，却又偏偏想不起来。

宋儒儒整个人都蒙了，余光隐隐看到摄像机的红点在不停地闪烁，额角已经布满了细密的一层汗。

那个叫修颉颃的男人也站了起来，轻轻握住她的手。他的手指修长冰凉，而宋儒儒的掌心却如同火烧一般。如果他有那么一丁点的绅士风度，就该主动自我介绍替她解围，但是有今早的教训在前，宋儒儒已然发现此人是个超级无敌大直男。

果真，他耿直又认真地问：“你是不认识那两个字吗？”

看吧，他不但不会救场，还会火上浇油。

最可气的是，他还不是故意为难，而是发自内心的！发自内心地无视她，发自内心地好奇她是不是不认识字！

“当然不是，修先生。”宋儒儒深吸一口气，收回自己颤抖的手，故作自然地把头发撩到耳后，然后优雅地坐下来，打算不动声色地翻过这一篇。

他收回手，挑眉看向她，素来平静的目光此刻却灼灼逼人，就连清逸的五官在明亮的灯光下都变得神采飞扬了：“那你说我叫什么名字？”

**

走出电视台，宋儒儒站在马路边，久久无法回神，就连节目是怎么结束的都不记得了。只记得那家伙对海昏侯墓的典籍考证侃侃而谈，引得女主持连连惊叹，开场时的小插曲丝毫未影响他的情绪和发挥。

不，说到底还是不在乎！

唯一让宋儒儒感到欣慰的是，她并不是节目里唯一的受害者。因为接近尾声的时候，女主持对他崇拜不已，在题本外增加了一个问题问他：“如果有机会回到古代的话，你最想去哪个朝代呢？”

他毫不犹豫地反问：“我为什么要去古代？”

女主持笑容凝滞，眨巴着天真的双眸说：“就……就去看看你研究的这些文物啊……”

他用一种难以理解的神色看了女主持一眼：“回到古代的话，那时候它们还不是文物，我是不会研究的。”

宋儒儒手里拿着一份文件，是下节目后编导默默给她的嘉宾资料，她这才搞清楚那家伙是C大今年刚聘请的副教授，专攻考古和鉴定。她是前年毕业的，所以并不知道这号人物，看履历除了鉴定新出土的文物，他连国内外几大著名博物馆的藏品都提出真伪考辩，丝毫不考虑人家博物馆的颜面。

这家伙真是……耿直癌啊！

没错！她到现在都还不知道他叫什么！

虽然羞耻，却也无计可施，宋儒儒只能拿出手机拍下资料上的名字检索——

《诗经·邶风·燕燕》：燕燕于飞，颉之颃之。颉颃，鸟儿上下翱翔的意思。

这篇文章宋儒儒是看过的，所以她才会觉得眼熟。颉之颃之的时候她认得出，两个字合在一起放在名字里一时她就蒙住了。

宋儒儒一天之内遇到修颉颃两次，两次都因为他翻车，思来想去只有一个理由——

她、一、定、是、撞、邪、了！

可这邪偏偏住在她对面，躲得过初一躲不过十五啊！

**

结束后，修颉颃走得比宋儒儒晚一些，因为女主持对这位满腹经纶又长相出众的专家贼心不死，缠着他又问："修老师，你每天研究这些很枯燥吧，平时有什么其他娱乐活动吗？"

修颉颃穿上外套向外走，言简意赅地回答女主持："不懂的人才会觉得枯燥，所以我不枯燥。"

他追出录影棚去找宋儒儒的时候，她早已不见了踪影。

背后忽地有人拍了他一下，修颉颃一回头，就看到了身后的边尧："你怎么来台里了？"

"参加一个节目。"修颉颃回答，"你下班了？"

"嗯，刚结束。"边尧一把揽住修颉颃的肩膀，"咱们找个地方吃饭吧，你上周末都没回家，妈今早还念叨你呢。"

修颉颃淡淡地说："因为有些事必须得在公寓那边弄。"

"哎，对了！"边尧领着他往停车场走，突然想到了什么，"你那天让我给你弄的石狮子，究竟是干吗用的？"

说到石狮子，修颉颃就想到了宋儒儒，想到在节目中看到她的瞬间，她穿着和早上差不多的衣服，头发也是一样乱翘着，那双眼睛也是一样的明亮，像是盛夏热辣的骄阳。啊，有一处是不同的，她小而饱满的嘴唇上涂了一层红红的东西，早上还是粉色的，刚才却是草莓的颜色。

见他和自己说着话就走神了，边尧倒也不恼。但凡稍稍了解修颉颃的人都知道他随时走神是再寻常不过的事，只是见他兀自笑起来，像是遇到了什么好事似的。

“怎么啦？”边尧用手肘撞了他一下，“你上节目遇到美女了不成？”

修颉颃停下脚步，极认真地想了一下才回答：“嗯，确实挺好看的。”

边尧愣住了，他还是第一次听到修颉颃说这样的话。大部分的时候，修大师的眼里可是目空一切的。

“你心动了？”

“目前没有。”修颉颃诚实地说，停了一下又改口，“可能有一点。”

边尧知道他的行事作风，颇为忧心地问：“人家认识你吗？你该不会在路上看到一个人走过去就心动了吧。”

说到这里，修颉颃平淡的脸上泛起些许失落：“我想让她知道我的名字，但她不知道却又不问我，好像还很生气的样子。”

边尧很难从只言片语中理解完整的故事，但感觉挺复杂的样子：“那你还能找到她吗？”

修颉颃的目光一亮，拍了拍边尧的肩膀：“我不和你吃饭了，先回家了。”说完转身就走，根本不给边尧拉住他的机会。

边尧愣怔地看着修颉颃略显匆匆的背影，不明所以。难道公寓里多了什么宝贝吗？饭都不吃就赶回去，还要弄俩石狮子守着？

**

走进电梯，修颉颃按下楼层，数字一点点攀升时，他的内心涌起一阵期待，却又算不得是欢喜。因为并不知道是喜还是忧，像等待四季交替的那种心情，总觉得会有什么变化，会有什么不一样的事。无论好坏，总是不同于昨日的。

电梯门打开，他迈步走出的一刹那却又犹豫了。右边是她家，左边是自己家，他原本就是朝着右边走的，可他真的应该往右边走吗？

虽然之前的一周他每天都在和她斗智斗勇，但两人终归是没有见面的，今天早上才是第一次见。第一眼见到她的时候，修颉颃脑海里最先闪过的念头是：啊，原来她是个女生啊。

他一直认为对门应该是个老头子。

第二个念头也只是：她的眼睛好圆，很漂亮。

直到在节目上遇到她，她咄咄逼人地向他挑衅，他的心跳忽地漏了一拍，这才真心想要去认识她。听到她的名字叫宋儒儒，他默默记下，但是……她好像真的不认识自己的名字。

是因为自己没有主动和她打招呼她才生气的吗？可他是真的没有在意过节目上的人，只是想完成节目而已。

他看向宋儒儒家的方向，如今门前早已收拾干净。去找她的话，又要和她说些什么呢？那份心情本就朦胧得连他自己都说不清，又如何能与另一个人说得清？

他甚至觉得忽然间萌生这样的情绪是不对的，是有失分寸的，并不合适。也许他需要给自己做一份详细的鉴定，才能得出一个精准无误的结论。

不过她既然生气自己没有主动和她打招呼，那解释误会还是有必要的吧。想到这里，他不再犹豫，走过去按下门铃。

门铃声是她自己设定的，他轻轻一按，就有“咻咻咻”的声音传出来。还没等他从动感十足的曲调中回神，门铃里又传来一声厉喝：“太上老君急急如律令！”

大门赫然打开，门里的人又换回了今早那件珊瑚绒睡衣，短短的头发用发带箍着，脸上贴着一片黑色的面膜，只露出那双明亮的眼睛，像是有许多小星星在里面闪烁似的。看到他的时候，宋儒儒的嘴角不自然地抽动了一下：“不……不是外卖啊……”

修颉颃愣了一秒，然后“扑哧”一声笑了起来。

宋儒儒尴尬地一把扯下面膜，皱眉瞪着他。这……这人是下了节目还要特意到她家门口嘲笑她吗？

修颉颃轻咳了一声说：“今天在节目上……”他说着目光腼腆地落下，落到宋儒儒的手上。她一只手捏着面膜，另一只手抓着一个小布人，那小布人的身上贴着一张字条，上面写着修颉颃再熟悉不过的三个字——他的名字。

宋儒儒的手不自然地往后缩，想把小布人塞到口袋里，却发现睡衣并没有口袋，只能将手挪到身后，按在自己的屁股上。

修颉颃的脸微微红起来，就连那双清冷无物的眸子都亮了起来："我的脸……"他指了指她的臀部，"好像贴到那里了，你能换一个面吗？"

宋儒儒将小布人翻了一面，上前一步挡在他面前，免得他看见客厅茶几上的其他家当。

"你可不要想歪了，我是研究易学的，从不弄那些巫蛊之术，做这个是……为了纪念。我身边的每个人我都会给他们做一个。"一本正经地胡说八道是她行走江湖的职业修养，身为老司机的她尤其稳。

修颉颃认真地问："真的吗？"

"当然是真的。"宋儒儒梗着脖子，一脸的光明磊落。

"那我能看看其他人的小布人吗？"修颉颃看向她，那眼神里还真真都是期待！

宋儒儒深吸一口气，微微一笑："我做完都送给他们了，要放在自己家里才能招财避祸。"

"啊——"修颉颃又是这样不急不缓地应了一声，然后冲着她伸出了自己的手。他的手干净修长，和他整个人一样清清冷冷的，就连皮肤也像干净到透明似的，只有一双眼睛黝黑幽深，像是目空一切，又像是暗藏着星辰万千。

"你干吗？"宋儒儒疑惑地看着他，就算她现在知道他的名字了，他们的关系也应该只比血海深仇略好一些，并没有友好握手的必要吧。

"这个是我啊，不是应该给我吗？"他指了指宋儒儒藏在身后的小布人。

自己说出去的话，总得自己圆回来。宋儒儒没辙，只得把那小布人交出来。递到他手里的时候，修颉颃轻声对她说："谢谢。"

"不客气。"她从牙缝里挤出几个字，"好好保存，招财进宝，早生贵子！"说完"砰"的一声把门关上。

门口的修颉颃打量着手里的小布人，是白色的棉布缝的，棉质很软，捏在手里像捏着一团棉花似的。但因为做得很急，所以针脚稀松。虽然简单倒也传神，因为她给那小布人绣了一张毫无表情的面孔。他抚摸着那张字条，嗯，看来她知道自己的名字了。

他扬起嘴角，淡淡地笑了一下，也许他并不需要给自己做什么详细的鉴定了。

文物鉴定素来有一套基本流程，对比藏品、判断年代特色，或是利用科学仪器。修颉颃最擅长鉴定的是青铜器，除了要熟知夏商周时期和后代铸造工艺的不同，还要了解铜质的区别和锈色的形成，但决定他判断的却并不详尽复杂，而是他独一无二的技能——听音。

手指轻轻敲击青铜器，就能听到铜器自内向外发出的回响。只要一声，修颉颃就能听出那沉寂了几千年，真实得无法掩饰的声音，很清脆，也很短暂，干净利落又一针见血。

就像刚才看到她的一瞬间，他清清楚楚听见自己心里也有一个声音在回响——

她竟然这么有趣！

让他真正在意她的原因一直都是因为她有趣。

毕竟，这个世界上好看的脸蛋太多，有趣的灵魂太少。

可她又好看，又有趣。

**

真的外卖上门时，宋儒儒反倒不敢开门了，趴在门上对着猫眼盯了好一会儿，才把门打开一条缝，把外卖拎进来往茶几上一搁。

要不是急着回来做小布人，她也不会没空做晚饭，可急着做好的小布人也落了一场空。其实她倒也没什么狠毒的想法，只是想让自己以后少撞见他，最好是再也不要碰见他。毕竟两人同住一层抬头不见低头见的，要是就此老死不相往来，倒也能让她忘掉那份羞耻感。

但宋儒儒想，他那么目中无人，对什么都不在乎，想来也不会干扰到她的生活，只要自己不理会他便是。哪怕修颉颃在家门口放一门大炮对着她，她都绝不会再多看一眼。

她拎起茶几上被掏了一个洞的吊带衫，索性拿半截衣服裹了针头线脑，全塞进一旁的收纳筐里。

当晚访谈节目就在电视上播出了，宋儒儒一边吃外卖一边看，几度按下暂停键，无法直视屏幕上自己尴尬又僵硬的表情，最后气得把筷子都给扔了。

闺密温惜就在她最尴尬的时候打来了慰问电话，一接通就是一串大笑破屏而出："你竟然不认识字，哈哈哈——我快笑死了，哈哈哈——"

趁着她大笑的时候，宋儒儒已经把外卖装好丢进垃圾桶里，还把茶几擦了个干净。

"那个人你认识吗？"温惜终于笑完了，"我怎么觉得你搬起石头砸了自己的脚？"

"他住我对门。"宋儒儒叹息一声，往沙发上一躺，"温惜，你信不信命啊？"

"啊？"电话那头的温惜不明所以，"我当然信啊，要不我怎么会让你帮我看星座算塔罗呢？"

宋儒儒歪头看向电视机，屏幕上修颉颃的五官清晰无比。他眉目淡泊，像一幅重墨轻彩的文人画，空灵虚静，优游自适。

"不是那种信，是相信有些事是要注定发生的，有些人……"她看着那张脸慢慢说，"注定是克星。"

温惜神秘兮兮地问："你算过啊？"

"人算不如天算，有些事不用算也知道。"宋儒儒按下遥控器把电视机关上，"肯定是生肖犯冲，八字不合，星座相克。"

"那你不是应该和他拼个你死我活，谁把谁先克死算谁本事？！"温惜最爱煽风点火了，"这才像你嘛！"

宋儒儒摇了摇头，难得宋半仙会知难而退。温惜对修颉颃产生了崇拜之感，要不是此刻在国外拍广告，简直要连夜赶来一睹真容。

挂断电话，宋儒儒自嘲地笑了笑。是啊，能让她知难而退是多不容易的事，可修颉颃偏偏做到了。不确定他是自己克星的时候，她真的还挺斗志昂扬的。但事不过三，确定了之后她就不那么想了。

命中注定的事，为什么要逆天改命呢？只要能平安躲开就好了啊。

既然决定要躲开他，宋儒儒就打起了十二分精神，第二天还在门口安装了监控，早出晚归都要提前看监控，以求出入平安。

说来也奇怪，接下来的整整一个月，她再也没见过修颉颃，仿佛印证了她之前的猜测。他那样目中无人又不在乎一切的人，并不会真的干扰到她的生活。

可就连监控都没拍到他分毫，难道是搬走了？宋儒儒莫名地心里一空，松了口气。

不过转念一想，她又有些生气，既然要走他为什么还要拿走小布人？早知道他会自己消失，她也不用白白浪费一件吊带衫。

**

C 市的春天来得急促，上个月还冷得要裹羽绒服，到了四月中下旬，赶上晴天的中午，马路上已经有人穿短袖了。

温惜作为时尚圈一步千金的超模，不但得站在时尚的前沿，还得站在季节的前沿。就连到宋儒儒家，她都穿着一件紧身短打加一条小皮裤凹造型，露出两米的大长腿。

宋儒儒承认出太阳的正午确实挺热，但昨天半夜就下起了雨，到了早上也没停，气温骤降，空气里都是寒凉萧瑟之感。

不知道是不是因为太冷了，温惜竟号啕一声哭了起来。

一般能让温惜郁闷的事没几件，要么是和男友穆杨吵架了，要么是广告代言被抢了，再不然就是追的言情小说男主领盒饭了。

“儒儒，我要留级了！”

啊？！

宋儒儒这想起来了，平日光看着温惜日进斗金，忘了她才二十岁出头，大学都还没毕业呢。

温惜哭唧唧地坐在宋儒儒的沙发上，一边哭一边还不忘从茶几柜里掏出薯片来吃：“我上个月不是去拍广告了嘛，有一门古琴选修课就没去上，教授直接让我挂了，要是这期末没把学分补回来，我就得留级了。”

温惜上大一那年就在T台一举成名，这两年参加时装周，接代言，拍广告，几乎是满世界飞。课程嘛，自然也是以不留级为底线，能少上就少上，反正到了期末也是经纪公司给她找一堆老师恶补，总也不会挂科。况且温惜上的本来就是音乐学院，教授们对学生也宽松得很，尤其是像温惜这样人美又讨喜的，无论男教授女教授都对她特别照顾。

“你没找教授商量？”宋儒儒给她倒了一杯热茶配着薯片喝。

“她不见我。”温惜喝了一口热茶才暖和起来，“只带话给我说什么古琴演奏不是临时抱佛脚就能解决的，直接不让我参加期中期末考了。你说我这学期好好的选什么古琴啊！”

“那是……你好好的选什么古琴啊？”说起来宋儒儒都不敢相信，整日里风风火火的温惜竟然是古乐器专业的，那些古朴高雅的乐器一点都不符合她张扬又泼辣的性格。

“你当初就该报考摇滚专业，这学期再选修个电音吉他，别说留级了，年级第一可能都是你！”

温惜撇撇嘴：“阮教授是去年刚来的，我人都没见过，只听别人说她人还不错，我才选的，哪知道会这么严格。”她说着，抓住宋儒儒的手臂上下摇晃，“你快帮我算算，我会不会真的留级啊？穆扬叫我留级狗，我是和他打了一架才出门的！”

宋儒儒“嘿嘿”一笑，眼睛亮闪闪的：“那你等会儿哈，我今天得先查个分。”

温惜一愣，想起了什么，又哭了起来：“我都要留级了，你竟然还要查考博分数！难道是天妒红颜！”

**

温惜说得没错，今天是C大博士招生公布复试结果的日子。去年年末，勤勤恳恳工作一年多的宋儒儒终于用所有积蓄首付了一套属于自己的房子，拿到房产证那天她就去报考了博士。

虽然眼下工作顺利，但如果考上博士的话，职业前景和发展空间肯定更大。尤其是给她带来巨额灰色收入的“走穴”，一个钻研古代哲学的博士说出来的话总是更加令人信服。总结一下，就是她宋儒儒是一个非常有职业道德与自我要求的半仙。

宋儒儒是她那一届研究生中最优秀的，毕业当年导师就劝她继续深造，但她慎重考虑后还是决定先工作两年。所以今年如果她能考上，一切就再顺当不过了。

打开查分网站，输入准考证号和密码，按下“确认”前，宋儒儒犹豫了。

温惜抹了眼泪，倒显得比她还急，催促道：“快按啊。”

“等等。”宋儒儒放下鼠标站起身，从书架上拿过一个签筒，摇了摇，一支签掉落在地。她闭着眼捡起来，深吸一口气，才睁眼看去。

上上签！

她满意地把竹签放回签筒，这才悠哉地坐回书桌前，点下了电脑屏幕上的确认键。

宋儒儒的大名赫然出现在页面上。

意料之中的感觉让宋儒儒有些飘飘欲仙，人生再没有比这更美好，更叫人安心的感觉了。

温惜在旁边斜着眼看她：“哎，儒儒，你还真是爱岗敬业，做什么事前都要算一算啊？”

宋儒儒很难和她解释这种感觉，索性不回答。眼下差不多是出门上班的时间了，但考虑到哭哭啼啼的温惜，她打了个电话给苏叶请假，说自己要去一趟C大，和新导师交流一下她的博士研究计划。

苏叶听说宋儒儒真的考上了博士，欢喜得不行，已经开始计算要如何利用宋儒儒的高学历再给杂志镀一层金。她当即点头，还约了宋儒儒给她办升学酒！

关电脑前，宋儒儒顺着名单翻看了一眼，微微蹙眉，这下还真要去学校了。

“温惜，我去趟学校，你在家等我。”

温惜骤然被抛弃，抓着她不撒手：“怎么连你都抛弃我！”

“我很快就回来，回来给你带好吃的。”宋儒儒哄她，“你不是最喜欢吃C大后门那家豆腐皮包子吗？”

想到豆腐皮包子，温惜才把手松开。

因为天冷，宋儒儒加了一件薄外套才出门，门一开，目光很自然地就看到了对面，依旧是大门紧闭。

温惜趴在门框边也看向对门：“你克星真的不见啦？”

宋儒儒耸了耸肩，不置可否。满打满算，她只在上个月那一天见过他，而此后一个多月的寂静有时会让她怀疑那天也许只是一场幻觉。

温惜惋惜地说：“我还想一睹真容呢，竟然没有这个缘分，到底是我和尘世羁绊太少了……”

宋儒儒叹了口气：“你知道你为什么留级吗？因为你本来就没空上课，还把空闲时间都用来看小说了！”

“我不看小说也成不了学霸，读书这种事，三分天注定，七分靠打拼，九十分靠智力。”温惜说着甩了一下刚做的灰紫色卷发，一双丹凤眼顾盼生辉，再加上璀璨夺目的笑容，美得坦然又嚣张。

这观点宋儒儒倒是认同的：“你能长成这样，说明你还在胚胎的时候就把营养全都分给外貌了。”

**

从宋儒儒住的地方坐地铁到C大很方便，大半个钟头就已经到办公室门口了。宋儒儒的新导师边立心教授是C大古代哲学专业的领头人，也是国内古哲专业的泰斗。她报考的方向是她研究生时的导师金教授和边教授合带的传统哲学与现代化，可她刚才看导师名单，发现金教授单独分出去带了另一个方向，所以决定来问问情况。

宋儒儒此前见过边教授几次，倒也不陌生。她敲了敲门，边教授稳重低沉的声音就传了出来：“请进。”

她推门走进去，礼貌地问好：“边老师好。”

边教授看见她倒也不意外，放下手里正在看的一本书，笑着说：“恭喜你啊，我刚看到名单了。”

“以后还请边老师多指导。”宋儒儒诚恳地说道，能考上边教授的博士是极其光荣的，她对边教授也是特别敬仰与崇拜的。

边教授看她的神色似乎有话要说，主动问：“你来是有什么事吗？”

既然边教授主动问了，她也就开门见山直说了：“我刚才看了名单，金老师不和您一起带学生了吗？”

“是这样的。”边教授推了一下鼻梁上的眼镜，“去年出招生简章的时候，拟定的是我和金老师一起带传统哲学与现代化，但你也知道，金老师突然对书法有了兴趣，就和研究书法的历史系老师合带另一个方向了，所以你的研究方向目前就剩下我一个老师了。”

“哦，原来如此。”宋儒儒点点头，其实倒也是无妨的，且不说边教授一人指导她绰绰有余，就算学业上真遇到难题，再去请教金教授也不是难事。

她目光一瞥，看见边教授办公桌旁边的另一张桌子腾空了，那里原本是考古系一个副教授的位置。

“李老师呢？”

边教授抬手比画了一个大肚子的姿势：“好不容易怀孕，回家安胎了，估计这两年都不会带学生了。”

李副教授在她还在读研的时候就和边教授一起合带中国思想与文物鉴定的研究生，要是李副教授不带学生了，倒也不知道那些还没毕业的研究生该怎么办。

她正想着，办公室的门被人轻叩了两声。宋儒儒本就没什么大事，想问的也都问清楚了，既然还有人要见边教授，她便打算起身告辞。侧身拿包的时候，就听见办公室门开的声音，然后是边教授热情的招呼声：“来啦。”

来者没有答话，大概是开了门的缘故，走廊上的风一下吹进来，一阵凉意轻拂过她后颈零星的碎发。宋儒儒转过身来，只觉得那萧瑟寒凉的春雨仿佛跟着风一起吹进来似的，不禁打了个哆嗦。

边教授热络地介绍：“儒儒，这是学校今年刚聘请的修老师，他和我一起带原本李老师的研究生。颉颃，这是我今年刚招的博士，宋儒儒。”

许久不曾听过的声音，再响起的时候却异样熟悉，声色飘逸空灵又低沉深远。

他说：“我们认识的。”

边教授一听，有几分惊讶：“哦？那倒挺有缘的。”

宋儒儒急忙划清界限：“我们就见过一次……”

“不止一次。”他用对待鉴定的严谨态度阐述，“我们在上个月五号见过三次。”他轻轻扬起嘴角，淡泊又隽永的神情也变得柔润温暖起来。

好久不见，见到你，真高兴。

第二章 人算不如天算

这一个多月修颉颃是去了一趟陕西，那里有个墓葬被盗，考古队赶去保护性发掘，墓室一打开就发现里面有青铜器。庆幸的是，墓葬中的青铜器体积较大，难以带出盗洞，所以盗墓贼只拿走了几个陶罐和小漆器，就被当地村民发现立刻报了警，损失很小。

出现青铜器就表明墓葬有相当久远的历史，工作人员也不敢轻举妄动，连夜包机把修颉颃给请了过去。文物鉴定专业并非年纪越大越可靠，拼年龄也不过是为了拼个经验值，真品、赝品都看多了，自然也就总结出了一套经验。修颉颃年纪尚轻，却已是鉴定青铜器数一数二的专家，靠的都是他的独门本领。

“我听说这次出土了三尊青铜鼎，倒是挺可观的。”虽然边教授是研究古代哲学的，但对考古还算了解。一来是因为他和考古系的李副教授一起带学生多年，二来是不少文献资料本就是从墓葬品和青铜器的铭文中释读出来的。在C大，与历史相关的专业虽然门类细致，但彼此互通，并不完全割裂。

修颉颃点点头，从双肩包里拿出一份资料递给边教授：“一共发掘出二十四件青铜器，算是很多的一次了。除了三个大鼎外，里面还有簋、鬲、卣、尊、觚。”

宋儒儒和他并坐在沙发上，她对青铜器所知甚少，皮毛都算不上，所以并不能听懂什么门道，无处安放的目光随意地游走。

他看起来风尘仆仆，大抵是西边日晒比东边强一些，考察墓葬几乎都是在室外，所以晒黑了不少。但他的皮肤到底还是白的，伸手递资料的时候，一段小臂从挽起的袖口露出，和晒黑的手背形成鲜明的对比。不过晒黑的修颉颃倒不那么空灵缥缈了，五官也立体分明了，尤其是眉眼更加深邃，黑白分明的双眸中有了几分凡人的气息。

尤其是他穿着浅灰色的衬衣，挽着袖口，背着双肩包，看起来像是宋儒儒的同学。嗯，从年龄上说他确实和她差不多大，只是人比人气死人，原本她对自己颇为自豪，可她是今年秋天才入学的博士，他却已经博士毕业还评上了副教授职称。名义上，自己见他还得叫一声修老师。

不，宋儒儒兀自摇摇头，应该只是因为他是她的克星，所以事无大小，无所不克，无处不在。不详的预感再度向她袭来，这么说来岂不是日后自己在学校会遇到他，回家还要遇到他！

边教授粗略地翻看了一下资料，抬眼望向墙上的挂钟：“哎哟，都这个点了，咱们一起吃个午饭吧。”

宋儒儒一听这话，赶忙起身推辞：“边老师，我就不去了，下午还要去上班呢。”

“哦……对对对。”边教授笑着说，“我忘了你可是网络红人，咱们学校最有影响力的学生就是你了吧。”

她身旁的修颉颃也跟着站起来：“我也不去了，刚下飞机，回家休息一下。”

边教授的热情邀请竟然连续被人拒绝，面子上着实有些挂不住。他暗暗向修颉颃使了个眼色，可修颉颃虽然外表看起来添了几分凡人气息，但骨子里还是那个游离在世界之外的人，压根儿没和边教授的目光有交汇。

边教授没辙，只能强行挽尊：“我可是去吃后门那家‘松月’的，你们俩太没口福了。”“松月”是学校后门一家贵得吓人的日式自助料理，宋儒儒读本科的时候，曾经和室友童小悠饿了一个月没吃晚饭，省下生活费才去搓了一顿。因为是自助餐，所以两人暴饮暴食，当晚就被送进医院的急诊室。

边教授说这话纯粹是给自己下台阶，毕竟谁会一个人去那种地方吃自助餐啊。可这世上偏偏就有人不但自己说话认真，也把别人的话都当真。

“这样啊。”修颉颃说，“我的车也停在后门，我和您一起过去吧。”

宋儒儒清清楚楚地瞧见边教授浓黑的眉毛不自然地抽动了一下，有几分心疼。因为和苏叶请过假，她其实并不用去上班，推辞吃饭一是因为温惜，二也是为了避开修颉颃，所以回家的话，她也要从后门走。只是宋儒儒识趣，故意放慢了脚步，远远地跟在他们后面十米开外的地方，就见修颉颃一步不离地跟着边教授，犹如押解犯人一般把边教授押进了“松月”。

宋儒儒快步上前，站在“松月”窗外探头一瞥，就见边教授孤独地坐在窗边的卡座上，没等两秒，修颉颃还领了个服务员过来给边教授点餐。莫名的，她就有了一种同理心，那天节目上的自己也是这样手足无措吧。

或许修颉颃这人是属哪吒的，无论遇到谁，遇到什么事，他都有三头六臂给人来一巴掌的本事。对手遇到他，简直防不胜防。

她正想着，目光竟然和窗里的一人四目相对，那双黑白分明的眼瞳像他的为人一样耿直分明。她心下一个“咯噔”，转身就跑，却还是被追出来的人给叫住了。

“宋儒儒。”

是福不是祸，是祸躲不过，宋儒儒默念了一声“阿弥陀佛”，硬着头皮转过头来。哪知一转身就撞进他的怀里，隔着单薄的衬衣，她的鼻尖结结实实顶在他的胸口。

没事长这么高个子干吗？

没事胸口这么结实干吗？

没事靠这么近又想干吗！

修颉颃只觉得胸口一烫，像是被烧红的铁在心上烙了一下，连呼吸都变得热起来。

宋儒儒揉着鼻子瞪他：“你干吗在我背后那么近！”

“我没想到你会转身啊。”他伸手捂住自己的胸口，一点都不夸张地说，“我也被撞得很疼。”被那么狠狠地烫了一下，真的很疼。

宋儒儒深吸一口气，强迫自己露出一个尴尬又不失礼貌的微笑：“那真抱歉，对、不、起。”

他见她笑了，也跟着微微一笑，泛着小麦色的皮肤上沾了细密的雨丝，闪着淡金色的光芒，黑白分明的双眸也被雾气晕染得模糊了，萧疏又空寂。如果他没开口的话——

“没关系啊！”他十分宽容大度地笑着说。

宋儒儒想，他哪是属哪吒的啊，他就是千手观音啊！

“修老师。”宋儒儒一边说，一边小心翼翼地退后了两步，“你叫我有什么事？”

修颉颃不说话，只是从身后拿下双肩包，然后拉开拉链，从里面拿出一样东西，很宝贝地送到她面前，声音里有着些许歉意：“这个小布人，我洗了一次线就开了……”

宋儒儒低头看去，他的手掌很长，小布人躺在他的掌心还不到他的指尖，白色的棉布和一个月前一样崭新白净。那天她做得匆匆忙忙，走线本就稀松。再说了，哪能禁得起洗。

“你一直带在身上？”她有些难以置信，不知怎么的，避之不及的心竟然有了一丝暖意。

“对啊。”修颉颃一字不落地重复她说过的话，“你说要好好保存才能招财进宝，早生贵子！”

呵呵，宋儒儒想，那他究竟是想招财进宝呢，还是想早生贵子啊！

“你能不能帮我缝一下？”他低头看着她，眼神诚恳。

人来人往的C大后门，他毫无顾忌地站在马路边，捧着一个小布人递给她，像个要糖吃的孩子似的，全神贯注地看着她。他丝毫不为周围的一切所影响，就像认定了一样，一步不离地守着。

不对不对，宋儒儒打断自己脑海里的胡思乱想，哪有孩子身高一米八八啊！

为了尽快中止对话，她一把抓过他手里的小布人：“好，我缝好了快递给你，顺丰到付。”没等修颉颃说话，她就快步穿过马路，匆匆走下地铁入口。

修颉颃看着她瘦小却精神十足的背影，疑惑地自言自语：“你都没有我的手机号，怎么寄快递啊……”

**

宋儒儒一进家门，温惜就扑了过来："哇！你克星比电视上还要好看呢！"

宋儒儒把豆腐皮包子丢给她，皱眉问："你遇到他了？"

"你刚走没多久，门铃就响了。"温惜接过包子，语调激动，"我一开门就看到他了，真是绝色啊，此物只应天上有，人间难得几回闻，他一定是来下凡历劫又迷路的羔羊。"

宋儒儒抽了下嘴角，好嘛，看来温惜最近改看玄幻小说了。

她打开装包子的纸袋继续说："他无辜又迷茫地问我你去哪儿了，我就告诉他你去C大了。"

"你竟然出卖我的行踪？？"宋儒儒一把从温惜手里把包子抢走。

"因为他长得好看啊，好看的人和我说什么我都不会拒绝的。因为我们是同类，要彼此友爱互助。"温惜一本正经地说，伸手夺回包子，却一下瞧见宋儒儒手里抓着的小布人，"哎？怎么到你手里了？刚才他就是拿着这个小布人来敲门的……"她说着顿了一下："难道这是你们俩的定情信物？"

宋儒儒把小布人往沙发上一丢，没好气地说："那是我做了想画圈圈诅咒他的。"

"呵……"温惜嫌弃地咂嘴，"那他还当个宝贝似的捧着，他该不会是喜欢你吧？"

温惜八卦起来一般人招架不住，宋儒儒习惯了，也懒得和她争辩，幽幽地往沙发上一坐，拿出一沓塔罗牌开始发牌。然后她一一翻开，平静地对温惜说："你留级留定了。"

"不要啊！！"温惜立刻跪了，将近一米八的个头这会儿比宋儒儒还矮一大截，"我错了，他是你的克星，他不会喜欢你的，你给我重新算算吧！宋半仙！宋神婆！"

**

边立心教授是C大出了名的三高教授——学问高，人品高，情商高。据说还是个宠妻狂魔，每天下班从不应酬，必须回家吃饭。他的妻子孟秋也是C大的老师，在本科教英语，工作不忙，所以更偏重家庭一些。

边教授和往常一样准时到家，孟秋已经先回来了。

“今晚别做我的饭了。”边教授捂着胃，靠坐在客厅的沙发上。

孟秋刚换好居家服，从卧室走出来：“怎么了？”

“中午吃撑了。”边教授皱着眉，神色痛苦。

“和谁吃饭吃这么多？”孟秋嗔怪了一句，“都老大不小的人了，吃东西还没个数吗？”

“我一个人吃的‘松月’，那么贵的钱都花了，总要吃回本来吧。”边教授叹息一声，“结果一个下午都不舒服，偏偏还要开会。”

孟秋走上前，伸手摸向他的额头：“你发烧了？一个人跑去吃‘松月’？”

边教授无奈地说：“是颉颃把我押进去的……”

一听这话，孟秋只抿嘴笑了笑：“活该，谁叫你把他召回来的。”

“还不是你每天念叨儿子长儿子短的，怕他跟着考古队东奔西跑太吃苦……”边教授有些心疼自己，事都是他干的，罪却也是他受，做好人真难。

孟秋哼了一声：“我才不心疼他呢，也不知道在公寓里捣鼓什么，出去一个多月回来也不知道回家一趟。还是边尧好，隔三岔五就回家陪我。”

话音刚落，边尧就从房里走出来，神秘兮兮地一笑：“妈，我可知道颉颃在捣鼓什么？”

“他不是刚从陕西回来，能捣鼓什么啊？”边教授不解地看向儿子。

“他、恋、爱、了。”边尧一字一顿地说。

远处琴房里一直持续的古琴声骤然停止，一阵急促的脚步声由远及近，伴随着一声清脆果断的大叫：“不可能！我哥不会恋爱的！”

“舜啊……”边尧走过去，双手捏住妹妹边舜粉嫩嫩的脸蛋，毫不留情地狠狠向两边扯去，“我才是你亲哥，你管他一口一个‘我哥我哥’，那你叫我什么？”

“我就叫你边尧！”边舜张牙舞爪地扑向边尧，他们兄妹俩从小打到大，非得打个鼻青脸肿才能好好说话。

边尧知道边舜打小就是个哥哥控，修颉颃眼里目空一切，也没少把边舜堵得说不出话来。她却偏偏对修颉颃崇拜得不要不要的，所以他故意要气她：“你说不可能也没用，颉颃上个月还托我给他弄了个宝贝，八成也是送给他心上人的。”

听闻素来没情商的儿子开窍了，边立心和孟秋都来了精神，边教授更是从沙发上站起身追问：“送了什么？”

边尧在万众期待中揭晓答案——

“一对花岗岩石狮子，足足有一米高呢。”

“……”

边教授觉得更加不舒服了，捂着胃往房里走：“我还是去躺着吧。”孟秋摇摇头走进厨房，边舜乐得哈哈大笑。

边尧觉得他们不信，是因为没有亲眼见到修颉颃含情脉脉的眼神。那眼神又温柔又谨慎，边尧认识他十年了还是头一次见呢！再说了，送石狮子怎么啦，万一那姑娘口味独特，就喜欢石狮子也不一定呢！

**

宋儒儒是在秋季入学的，博士大多都是在职，但第一学年必修课和选修课的课程安排得较为紧凑，加上博士论文字数可观，算算时间，也就剩四个多月的时间能够全心全意工作了。于是她一门心思扎进社里，每晚都加班，把苏叶乐得合不拢嘴。

其实宋儒儒心里清楚得很，这份拼命里还有一大部分原因是为了躲避修颉颃。在C大碰面后两天，她一早上班出门，发现门口放了一个信封，信封里是一张名片，还有一张字条，写着一行铁画银钩的钢笔字：这是我的地址和电话，可收快递。

阴魂不散啊！

宋儒儒被修千手弄得无计可施，只能把小布人拿出来缝补。其实她对修颉颃的心情是很复杂的，而且自打温惜说了那句“他该不会是喜欢你吧”之后，那份心情就更复杂了。

该不会，是应该不会，一定不会，还是必须不会？

宋儒儒唯一可以肯定的是，喜欢一个人可不是修颉颃这样的方式。

而且最为关键的一点是，她不喜欢修颉颃，所以她更期望修颉颃也讨厌自己，这样很公平，也让她更舒服。因为修颉颃的存在对她来说就像是耻辱柱，而且没有任何规律可循，也无法预估他会做出什么事来。宋儒儒讨厌无法把握的未来，以及未知的变数。

而修颉颃就是不可预期的最大变数。

缝好了小布人，宋儒儒按照地址约了快递上门取件，然后继续早出晚归。

**

边尧因为在家没有信众，颇为不爽，亲自来找修颉颃确认他是不是恋爱了。可修颉颃的公寓还是一股子冷淡的气息，不仅没什么恋爱的酸臭味，还因为客厅里增加了两尊石狮子，多了一份诡异的感觉。

修颉颃本人亦是如此，和平日一样在书房里整理资料。要说有什么不同，就是他今天整理着资料，却时不时地拿起手机看一眼。

“你在等电话？”边尧瞧出点眉目，凑近了问他。

“嗯。”修颉颃点头，“我一早收到顺丰的派件通知了，我在等快递员的电话。”

“什么快递？”边尧好奇得很。

修颉颃对边尧向来知无不言，但对宋儒儒的那份心思他想独自放在心里，可又不愿意隐瞒边尧，便只把小布人的事简而言之地告诉了他，连宋儒儒的身份以及就住在对门都没说。

边尧听完来龙去脉，真想替自己叫一声冤枉。爸妈还有边舜怎么会不相信修颉颃送石狮子追姑娘，这完完全全是他干得出来的事嘛！

“明明可以让她见面给你，为什么要寄快递？”追一个女生不是应该想尽办法和她见面约会吗？

修颉颃目光睿智地一笑：“这样我不就能从快递单上知道她的电话号码了嘛！”他一脸自豪的神色，应该是觉得自己这招要电话的技能特别高明。

以修颉颃的相貌和才学，之所以能一直保持单身，倒不是因为他是什么冷面冰山或是霸道总裁，全靠着他身上那股子注孤生的气质。大部分情况下，修颉颃根本没有在意过身边的人，更不知道别人是在和他示好。

边尧就曾经亲眼见识过一次。修颉颃读研时有个女同学和他一起搭档做项目，因为观点相同，彼此又能互助，两人关系还挺好的。

有一天下课，边尧恰好在教室外等他，就听见女同学主动邀约：“我们周末去看电影吧。”

修颉颃倒也不拒人于千里之外，而是礼貌地询问：“什么电影啊？”

女同学一听这话有戏，腼腆地回答：“《那些年我们一起追的女孩》，我一直想去看。”

他摇摇头，回答问题也不敷衍：“我不喜欢这类电影。”

“那你想看什么电影？我们可以看别的。”女同学连忙说。

修颉颃微微蹙眉，义正词严地说：“你不是说你想看吗？你怎么能说变就变呢？”

边尧估计，他到现在都不知道那女同学是在追他呢！追他的，他根本感觉不到，可他又从来没追过人。就好比这种迂回拿电话号码的方式，一般人的脑洞都想不到。

鉴于此，边尧并不认为修颉颃拿到心上人的手机号就能有什么逆袭，但修颉颃本人却对自己很自信。

自信一般分两种，有经验的自信和无经验的自信。前者是靠实战经验的累积，后者是靠无知无畏的精神。比如修颉颃就认为他从没失败过，尽管这份 0 失败率的来源是他也从来没尝试过，失败率 0，成功率也是 0。

快递送上门的时候，修颉颃虽然脸上还是寡淡的表情，但内心却是欢喜的。他拿出手机，对着寄件人的电话号码一个一个数字认真地按下去，再期待不已地放到耳边。他就像个还在青春期的大男孩，面对心仪的女生，有很多很多话要说，却又不知从何说起。

边尧一边喝茶一边欣赏修颉颃脸上的表情，期待，惊讶，疑惑，然后是震惊。

“怎么了？”

修颉颃拿着手机傻傻地站着，好一会儿才动了一下眼睛：“她……她填的号码是空号……”

“喀喀——”边尧一口茶喷了出来，“看来这姑娘对你没什么兴趣啊……”

修颉颃却摇摇头，拆开的快递盒里，小布人静静地躺在里面，面无表情，就像宋儒儒对他的态度一样，疏离冷漠。但那些原本稀松的针脚都被重新缝过了，细细密密，一丝不苟。

他兀自笑了起来："她真聪明啊。"

"啊？"边尧不知道这个结论从何而来。

"她一定是怕泄露个人隐私才特意填了假号码。"修颉颃握着缝好的小布人坚定地说。她这么认真地缝补，说明她是个做事负责的人，所以看似是空号的号码，其实都是她的深思熟虑。

边尧想，现在倒真的可以确认修颉颃是恋爱了，而且是单恋。只有单恋的人，才会觉得对方做什么都是对的，这种单恋妄想症，男女通杀。

**

宋儒儒有句话说得好，人算不如天算，尽管她卯足了劲躲修颉颃，却也躲不过命运的安排。

作为准博士，边教授不拿她当外人，在读学生十天一次的导师例课也都通知宋儒儒，让她提前听课，融入集体。宋儒儒前面两届的博士，一个师兄年过四十，一门心思研究汉代儒学二十多年，整个人都散发出"学渣勿近"的气息。另一个师姐已婚，孩子三岁，经营着一家花道会所，研究的方向也是花道与哲学。他们都是边教授独带的学生，宋儒儒因为金教授撂了摊子，只剩下边教授一个导师，所以她是师门里唯一研究传统哲学与现代化的。

课上到一半，边教授来了个电话，趁他出门接电话的时候，师姐邀请宋儒儒去自己的花道会所学学插花："特别适合年轻姑娘，修身养性，陶冶情操，结了婚的提高生活品质，未婚的提高自身魅力。"

宋儒儒看了一眼课程价格，眼前一亮："学姐，你这个会所里是不是特别多阔太太啊？"

"哎哟，你怎么知道的，我的会所都是有品位的人才来。"师姐一脸自豪，"也可能你去了我那里也嫁给富二代了呢！"

宋儒儒"嘿嘿"一笑，搓着手说："那你租个位子给我吧，每周一次我去你那里摆个摊，专算婆媳斗争、丈夫外遇、重金求子。"她想想都要流口水，一屋子闲得去插花的富太太，简直是满地黄金等着她去捡啊。那些十八线小明星每次算完还砍价，宋半仙早就不乐意伺候了。

师姐倒有商业头脑，笑眯眯地说："我也不要你的租金，你去的时候拍照发个微博，替我的会所宣传一下就行。”

和爽快人打交道就是舒服，宋儒儒当即和师姐击掌，确定了这个双赢的计划。

一旁的师兄哼了一声，颇为不屑：“君子岂可唯利是图。”

师姐白了他一眼：“你就好好做你的空谷幽兰，别沾染了咱们的浊气哈。”

师兄当即拍案而起：“道德本就是自我修养，真的君子便是无论旁人知晓与否，都要秉承自己的追求……”

“哼。”师姐哼了一声，“道德是什么？道德是己所不欲勿施于人，是严于律己宽以待人，你管得着别人吗？”

“你……你……”师兄气得脸色发白，一连串的“你”还没说完，边教授推门进来了。他目光一扫落在了宋儒儒身上，露出惯常的热情微笑。

这个笑容让宋儒儒有点想先抽支签，再决定要不要回应。但此时此刻的条件不允许她这么做，她只能被动地接受点名。

“儒儒啊，”边教授的双眼里闪烁着期待的光芒，“B 市附属的乡镇里有个八卦村，早些年盖了一座文王庙，今年想要翻新，找我给他们做一些学术指导。咱们这儿就属你对周易研究最多，所以这个项目我打算让你负责！”

研究生和博士的日常就是跟着导师接项目，宋儒儒读研的时候也跟着金教授走南跑北，但听边教授的口气，似乎他是不参与的，要让宋儒儒一个人扛。博士嘛，扛个项目也是应该的，可她总觉得边教授的笑容里藏着什么她所不知道的事。

倒是师兄仿佛有过亲身经历，一听“八卦村”三个字，眼睛都圆了：“又是那个村！上次他们建座孔庙，大殿竟然叫学神殿，里面的孔子像穿着五彩华服，挂的匾额是‘孔子学霸’，上联‘好好学习天天向上’，下联‘捐一百多一分准上’！”

宋儒儒瞬间就明白那笑容里的含义了。

边教授没理睬大弟子，拍拍宋儒儒的肩膀鼓励她：“人生嘛，为了自己想做的事，总得先做一些自己不想做的事。八卦村虽然普遍文化程度不高，但村民收入相当可观，所以项目的金额呢……”

师姐在桌下踢了师兄一脚，小声耳语：“哎，你怎么不据理力争了？”

师兄像个二踢脚，一点就跳，跳了就炸：“君子岂可唯利是图！”

边教授深吸一口气，踱步走到师兄面前，收起笑容的脸不怒自威。师兄暗暗打了个哆嗦：“老师……”

“你现在坐的椅子、用的桌子，咱们上课的电脑、投影仪，通通都要靠我们自己赚经费，还有你去年建儒学典籍资料库的费用，收集资料去台湾考察的费用，再有你采购的那些绝版书，你以为去一趟八卦村就够了吗？何况你去了才一天就跑回来！你以为那些钱都是君子给你的吗？不！都是你的师妹、师弟接项目给你换来的！”边教授一连串直击心灵的叩问，师兄已经慌如抖筛了。

搞定了迂腐的大弟子，边教授又换回了慈眉善目的标配表情：“儒儒，咱们门下学期的研究经费可都靠你啦！”

大学里各个专业自筹经费是常态，要是换了建筑专业、鉴定专业，经费早就赚得钵满盆满。像哲学这类纯理论专业，素来是学校里的穷专业，因为很难接到能赚钱的项目，难得有机会那就肯定不能错过。

宋儒儒豪情万丈地拍拍胸脯，论忽悠，宋儒儒是一把好手；论赚钱，她更是不甘落后。尤其是用忽悠的方式赚钱，那她可是首当其冲第一人。

**

去八卦村，得先坐高铁去 B 市，然后再转汽车。宋儒儒凑了一个周末，又请了几天假，买好票就出发了。高铁是宋儒儒最爱的睡觉地点，过安检后先去吃一顿麦当劳，然后上车定个闹钟，一条长披肩从肩盖到腿，一分钟必睡。

到 B 市的高铁要两个半小时，过了约莫两个多小时，宋儒儒在麦当劳喝的大杯可乐已经消化了，即便睡得正香也不得不迫于生理需求醒来。她揉揉眼，礼貌地跟坐在走道一侧的人打招呼：“不好意思，让一下。”

“好。”那声音清清冷冷的，然后站起身来。宋儒儒弯着腰，只觉得那人的腿都快到她胸口了。

又是一个长这么高的，吃饭不花钱啊！

这个念头一起，宋儒儒愣了一下，为什么要说又？

再回想一下刚才那声空灵的应答，有一种不大好的预感压顶而来。理智告诉她不可能，可直觉却又催促着她抬头去看。

事实证明，作为一个靠直觉谋生的半仙，理智判断都是不准的。那张再熟悉不过，再想躲避也躲不过的脸，此刻近在咫尺。她仿佛能听到虚空之上来自老天爷的嘲笑：呵呵，都和你说了人算不如天算，是福不是祸，是祸躲不过。

那是一种什么样的感觉呢？宋儒儒记得自己六岁那年，沿着一条无人的路向前跑。前方的亮光是那么远，她一直跑，一直跑，眼前的什么都是摇晃又模糊的，只能看到那暖色的光亮一点点近了。可是呢？等她跑到尽头的时候，才知道从一开始就是错的，错误的方向决定了无论她跑多远都不会是对的路。

修颉颃也是如此，打从一开始就是错的。她不应该买那个房子，不应该挂上八卦镜，不应该在节目上挑衅他。只是错误一旦开始了，无论她怎么躲都躲不开。

虽然不喜欢他这个人，但尊师重道还是要的。宋儒儒强迫自己主动打招呼："修老师……你怎么在这里？"

修颉颃浅笑了一下："我也要去八卦村啊。"

"你去八卦村干吗？"根据师兄的描述，八卦村俨然是自己动手丰衣足食的风格，不会有什么文物需要鉴定。

他耸耸肩："他们村说昨天在文王庙前面的空地上挖出了一面青铜八卦镜，需要找人鉴定年代。"

杀鸡焉用牛刀，这么个东西至于要劳烦修颉颃跑一趟？宋儒儒眯了眯眼："边老师给你安排的？鉴定的费用呢？"

"嗯。"他点点头，"我们不是合带研究生嘛，所以费用都归入专业经费。"

"啧啧——"她暗暗咂舌，边教授看着热情真诚，为了筹经费可真是无所不用其极。难怪相比其他理论专业，他们古代哲学专业竟然是最富有的。

宋儒儒盘算了一下，两人的任务不同，并没有多少交集。修颉颃鉴定要比她的学术指导快得多，估计今天去明天就能回。况且两人保持着师生关系，躲不过又还能怎样呢？她可不认同温惜的猜测，她睚眦必报又市侩俗气的性格显然不符合修颉颃清雅脱俗的追求嘛。

等宋儒儒从厕所回来，高铁已经驶入了B市附属的乡镇地界。宋儒儒为了避免与他目光交会，入座后一直看向窗外。可即便如此，修颉颃的目光也还是一直盯着她的后脑勺，看得她汗毛直立。约莫五分钟之后，她实在按捺不住了，转头看向他，凶巴巴地说："修老师，你能不能不要一直盯着我看？"

修颉颃一愣，目光里竟带着几分钦佩："你睡觉的时候也能知道我在看你？"

"啊？"宋儒儒蒙了，敢情他还看了一路？

他稍稍害羞地低下头说："因为你睡着的样子很好看，我才看的……"

"咯咯咯——"宋儒儒尴尬地终结了这个话题，"我是说现在……不要一直看我的后脑勺。"

"啊——"修颉颃摇头解释，"我现在没在看你，我在看外面。"

宋儒儒的暴脾气一遇到修颉颃就能点燃，但所有的拳头又都打在软软的棉花上，不得劲啊！她"呵呵"一笑："那是外面好看？"

"也不是。"他目光淡淡地看向窗外飞驰而过的景色，就连神色也变得冷漠了。平日里他只是神色淡然、目空一切，倒也没有这般疏离冷漠过，"只是我十七岁以前都是在B市生活的。"

既然是从小长大的故乡，宋儒儒就更加不明白他的冷漠了。但她没有发问，因为她自己也曾在B市生活过，只是自六岁离开后就再没回来过。B市留给她的记忆很少，她也并不想与修颉颃有什么共同话题，所以才选择了沉默。

高铁很快就到站了，宋儒儒站起来拿行李，还没踮起脚，只觉得后背忽地一热。她微微抬头，只见修颉颃修长的手臂高高地越过她的头顶，沉香清雅的香气就蹿入鼻腔。有那么一秒，好像连呼吸都停止了。

她的行李箱被轻松拿下，他的胸膛离开她的后背，那灼人的热气一下散去，宋儒儒一口气才喘了上来。

个子高……也还是有点用的。

"谢谢。"她伸手去拿箱子，修颉颃却没松手，很自然地推着她的箱子往前走。宋儒儒想，看来这人只是耿直癌，倒也不是没礼貌。

出发前宋儒儒就做好了攻略，拿着手机导航指路："出了站向东过马路就是长途客运站，那里有汽车去八卦村。"

腿长走在前面的修颉颃突然停下脚步，抬手指向出站口说："我们可能不用自己坐汽车了。"

宋儒儒顺势看去，只见一幅巨大的黄色横幅悬在出站口空中，上面写着粗壮有力的一行红字——

八卦村村民喜迎修专家、宋博士莅临指导！啪啪！啪啪啪！

嗯，结尾还特意模拟了鼓掌欢迎的音效，很走心啊。

宋儒儒想，师兄只待一天就跑了，也许并不是他矫情。

**

边教授到底为人师表，说话实在，他说八卦村整体的文化程度不高，但村民收入可观，确实不假。村书记亲自来B市接专家，开了一辆奔驰G65，说明边教授的后半句是没问题的。司机热情地帮他们拎箱子，一口一个宋博士、修专家，叫得宋儒儒怪不好意思的。修颉颃倒还是惯常的淡泊，也不知道是他不在意，还是对这样的称呼习以为常。

八卦村之所以叫八卦村，是因为全村都姓姬，自称是周文王的后人。上了车，姬书记跟他们解释："你们别误会，这可不是公交车，是姬师傅自己的车。他是咱们村司机队的队长，一会儿让他换路虎送你们去文王庙。"

宋儒儒汗颜，一个司机的一辆车都比她的房子还要贵，亏她还自诩吸金小能手。

修颉颃呢，似乎对车没什么研究。宋儒儒之前在小区看过他的车，一辆普普通通的沃尔沃，车牌号一看就是用脚趾选出来的，叫NM250。那时候她就想，修颉颃既然对什么都不在乎，能不能对她也这么不在乎呢？就算自己在节目上找碴挑衅了他，可她也已经受到惩罚了啊！难道还不够？！

姬师傅见他们不说话，爽快地说："不喜欢路虎，那我就开悍马！"

八卦村是上世纪中期靠实业发展起来的，近年来靠着旖旎的田园风光转型做农家乐。因为村里富，所以农家乐的规模也非同一般，剧院、商场、游乐园不必说，还自建了停机坪，购买了十架直升机发展空中旅游。游客多了起来，所以村里也想搞点文化项目，增加些文化底蕴。据说在东南西北各建了四座庙，香火都很不错，其中就包括师兄诟病的孔庙。据说周围几个村镇家里有考生的都要去许愿！

“咱们的庙可灵可灵了！”

自上车后就一直沉默的修颉颃突然开了口：“那你们应该请宋儒儒做点小布人放在庙里，她做的小布人也很灵。”

姬书记好奇地问：“什么小布人？”

宋儒儒只觉得头皮一麻，但为时已晚。修颉颃已经献宝一样把随身带着的小布人拿出来：“就是这个，写了名字——招财进宝，早生贵子。”

那一瞬间，宋儒儒收回了自己之前的想法，耿直癌还不如没礼貌！

姬书记瞧着那白森森的小布人就瘆得慌，偏偏小布人身上还钉了名字，总觉得哪里不对：“修专家，你确定这个是求财的？我怎么觉得像扎什么的……”

“当然是求财的。”修颉颃认真地说，“她身边的每个人都有，回头给您和姬师傅也做一个吧。”

姬书记连忙摆手：“那……那我还是不要了。我有儿子，也不缺钱。”

为了化解尴尬，开车的姬师傅笑着说：“既然修专家你这么信，回头可要去咱们庙里烧个香。”

修颉颃把小布人小心翼翼地收回背包里，然后摇摇头：“不，我从不信这些。”

宋儒儒暗暗冷笑，装什么大尾巴狼啊，你不信这些你家又是乾坤剑又是钟馗像的，难道是套环中奖得来的吗？

**

车子开了约莫两个小时就到了，一进村，宋儒儒就明白八卦村为什么富有了。因为他们秉承“要想富先修路，少生娃娃多种树”的原则，进村的大道比 C 市中心的主干道还宽两倍，路两旁清一色的参天大树，看起来都有上百年的历史了。她琢磨着八卦村还没那么久的历史呢，姬书记就自豪地介绍道：“这些古树都是买来移植的，是不是显得历史特别悠久！”

姬师傅接了话：“咱们村不差钱，就是要搞得有文化、有历史，文王庙我可捐了一个大殿呢！”

进了村，姬师傅当真换了一辆悍马带他们去文王庙。文王庙正在翻新，周围设了围栏，但围栏边插满了点燃的香烛，看来是信众进不去，只能在围栏外许愿了。看着那满地的香烛，宋儒儒很好奇，一个文王庙究竟有什么魅力能有如此旺的香火。毕竟她所知道的大寺香火旺大多是与佛舍利或神佛生平有关，八卦村虽然全村都姓姬，实际上和文王也扯不上什么关系。况且建村还没一百年，哪能有什么传说？她打算好好取取经，同样都是围绕周文王的关联产业，她的收入显然太低了！

走进围栏，宋儒儒还没明白自己输在哪儿，倒先明白了姬师傅为啥说他捐了一个大殿，因为那个殿就叫大殿。

门头上两个方方正正的红字——大殿。

在她的认知里，古建筑群里最重要的部分叫大殿。但这只是一个类别名，怎么会有人拿类别名取名呢？这就好比给一只鸡取名叫“鸡”一样啊。

由此可以确定，边教授的前半句也没有问题。

修颉颃凝视了大殿三秒，提出了一个问题：“那是不是还有前殿、中殿和后殿？”

姬书记惊叹不已地竖起大拇指：“到底专家就是懂行，前面的就是前殿，后面的就是后殿，现在我们就是想在挖出青铜八卦镜的地方加一个中殿！”

为了能让修颉颃快点走，宋儒儒连忙扇风：“那就先鉴定八卦镜吧，我这边还要好好研究一下具体的翻新方案呢！”

姬书记领着他们走进大殿，一迈过门槛就看到一组震慑灵魂的雕塑。怎么说呢？和一般古典艺术有着很大的区别，特别质朴又接地气。这组雕像里有如来佛、弥勒佛、观音菩萨、文殊菩萨、普贤菩萨、财神菩萨、关二爷，当然也少不了周文王。而宋儒儒和修颉颃之所以能从这组五彩又贴金的雕塑中找到周文王，全凭大殿的人物字幕系统。例如文王的身上就批了一条黄披肩，上面写着——

周文王在此。

而这组雕像也有块总称的牌匾，这个总称是——全宇宙神佛。

言简意赅，直接明了，来这里拜一拜，就等于拜了全宇宙的神佛。

还好有师兄打的预防针，她虽然震惊，倒也克制住了。可她一旁的修颉颃却目光深沉地环视大殿，不但不吃惊，还很淡然。宋儒儒确认，这家伙肯定是在无视，否则正常人看到这些都会吓一跳，更何况他一个考古鉴定专家？

为了让修颉颃看得更清楚，姬师傅热情地打开了大殿的照明系统。整个大殿瞬间金碧辉煌，闪耀夺目。因为大殿中央悬挂了一个巨型的水晶灯！

“怎么装了水晶灯？”没有对比就没有伤害，这个灯一开，宋儒儒觉得其实全宇宙神佛也不是很过分了。

“咱们村家家户户都装的这个水晶灯，现在已经是二十一世纪了，神仙也要水晶灯的！照得亮堂，神仙看书才会清楚。”姬师傅说着，指向周文王手里握着的一卷书。宋儒儒定睛一看，书上还写了两个字——《周易》。

说话的这会子工夫，姬书记已经带着两个青壮年把八卦镜给抬了出来，上面还盖着一块金黄色的绸缎。大殿的功德箱很大，台面就像会议桌。姬书记指挥他们把八卦镜小心地放在台面上，然后像揭幕仪式一样，隆重地掀开黄绸布。

那八卦镜足足有半米宽，两厘米厚，不仅上面遍布氧化的青绿色铜锈，就连空气里都弥散出淡淡的锈味。

姬书记笑眯眯地问：“修专家，你看这八卦镜这么大，这么厚实，是西周的吧？”

修颉颃只看了一眼，就摇了摇头：“不是。”

两个青年忙说：“那是不是三国的？”

宋儒儒惊呆了，这个猜测的跨度是不是有点大？一次一千年？这下连水晶灯都挺好接受了。

修颉颃继续摇头。

姬师傅到底是捐了大殿的人，追求文化，追求历史，他提出的猜测并不单薄，还设定了人物和情节：“那就是元代的，是成吉思汗从蒙古带来的。他打仗前啊，要算一算时辰和方位！”

宋儒儒就算不是学考古的，也知道这不可能：“蒙古人不信这个……”

修颉颃没说话，大殿寂静了三秒。

宋儒儒心里已经有数了，这八卦镜基本是个赝品，是八卦村搞来做文王庙的噱头的。所以才想找个专家鉴定一下，以求更好地忽悠人。她立刻明白自己输在哪里了，是她忽悠得不够认真，也不够全面，她光想到靠过硬的技术和灵活的嘴皮子，却从没想过也给自己搞个道具！

还是姬书记出声打了圆场："修专家，你看这样，我们这个中殿肯定是要修的！您大老远来一趟也不容易……"

"很容易，高铁很方便。"修颉颃回答。

姬书记不死心："那你给说一个年代好不？民国行不行？"民国素来是文物鉴定鱼目混珠的年代，说民国基本算是姬书记实在没办法了，"要是没有八卦镜当镇村之宝，别的村就都叫我们暴发户村！"

修颉颃上前两步，伸手在八卦镜上敲了一下。宋儒儒以为他是要给姬书记一个面子，毕竟对方花了大价钱请他来，民国已经是底线了。

他在收手的一瞬间闭上眼，清隽的眉眼垂下，水晶灯斑驳的光亮照在他的脸颊上。八卦镜发出一声绵长又清脆的声响，那声音再普通不过，他却屏息倾听，仿佛连呼吸都暂时停止。在这般俗不可耐的大殿之中，他静得仿佛是站在夏日斑驳的树影下聆听蝉鸣那样空灵。

直到连回音都彻底散去，他才缓缓睁开眼睛。那双眸子里的黑瞳像化不开的墨，旁边是澄澈的白，就像他的性格，非黑即白。即便那张脸清逸儒雅，却依旧给人一种威严的感觉。

他神色平淡地说："年代是上个月，2017 年 4 月。"

宋儒儒估摸着边教授这笔经费怕是要打水漂了，可他开头说话的一刹那，她竟然不那么讨厌他的耿直了。

她竟突然记起小时候在幼儿园看过一部动画片，森林里的每只小动物都有一颗闪亮的星星，它们把星星挂在胸前，每到夜晚就靠着星星的亮光照亮前方黑暗的路。后来小动物们渐渐长大，小兔子想要很多胡萝卜，小松鼠想要一棵大树当家，小老虎想要别的小动物都听自己的话，所以它们都拿自己的星星去换取想要的东西。最后森林里漆黑一片，到了夜晚什么都看不见。小兔子摸黑吃胡萝卜，小松鼠家里黑黢黢的，小老虎呢，虽然有很多小动物听它的话，可它甚至都不知道它们是谁。

整个森林里只有小长颈鹿还留着它的小星星，它把小星星放在自己的头顶上，那么高，那么亮，是黑暗中唯一的光明，所有小动物都寻着光亮围在它身旁。

可长颈鹿的脖子太长了，也太高了，它的视野里只有高高的树梢，幽暗的天空，还有陪着它的那颗小星星。它从不知道原来自己身边有多么小伙伴，它一直觉得自己很寂寞，很孤单。

它温柔地对小星星说：“幸好我还有你。”

第三章
我不喜欢你

鉴定陷入了死局，理论上修颉颃应该当即离开，姬书记却拉住他不放，说什么来都来了，一定要在八卦村住一晚再走。

姬师傅不明所以：“哎，书记，大不了咱们重新请一个专家来，我听说现在的专家多了去了！”

“你懂什么！”姬书记呵斥他，“修专家是国内数一数二的鉴定专家，他说的话没人敢反驳，而且他只敲了一下就连是上个月做的都能听出来。这叫什么，这叫奇才！这种奇才到了咱们村，能那么容易就让他走？！”

“那你留他做什么，中殿都要没了……”姬师傅很伤心，他的大殿有点寂寞呢！

姬书记是近几年八卦村产业改革的带头人，眼光素来犀利独到：“他比咱们懂行，我们留下他，总能学到我们不知道的东西，学什么都是好的，学什么都不吃亏！”

“那明天怎么安排呢？”姬师傅听书记的话，反正跟着书记有肉吃。

“先带他们去酒店住下，开最好的总统套房，明天带他们去玩！咱们村什么项目好，就带他们玩什么！”姬书记大手一挥，八卦村从不缺钱，就缺文化人！

宋儒儒本以为自己当晚就能摆脱修颉颃，没想到竟然和他一起被打包送进了总统套房。客房经理一路送他们进来：“这总统套房是我们八卦村最好的，姬书记说你们是贵客，所以什么都要最好的！”

尽管这间套房一共有四个卧房，宋儒儒也不想和他待在一个大门里。但碍于师生情面，她装模作样地掐指算了算，然后一拍大腿：“哎呀！这房子朝东，东方属木，我五行属土，木克土，我不适合住这里，还是给我换一间吧！”

客房经理到底是交际场上的老手，熟练又淡定地从口袋里掏出一枚叠成三角的黄纸符，递给宋儒儒：“这是咱们文王庙的平安符，只要戴上这符，住哪儿都不怕！”

宋儒儒愣住了，她怎么就忘了八卦村最牛的地方就是自己动手做道具呢！

其实能和她一起来八卦村修颉颃就已经很满足了，如今还能靠得这么近，当然是喜不自胜。他浅笑着说：“你不是最信这些的嘛，这下可以放心了！”

宋儒儒是信命理不错，可她那是严谨的易学和玄学，但文王庙连八卦镜都是造假的，她怎么还敢信它的平安符！

经理离开后，宋儒儒坐在客厅沙发上把玩着那枚黄纸符。客厅的装修也很符合八卦村财大气粗的风格，水晶灯自是不必说，一应的家具陈设必须是欧洲宫廷风。家庭影院放中间，音响四面八方各一个，达到真正的立体声环绕。落地窗视野开阔，八卦村虽然旅游业发达，但到了夜晚，依旧恢复了乡村的静谧，只有中心的商业区霓虹斑斓，远山湖泊都融在夜色中。东南西北四座庙里亮着长明灯的烛火，在山色中染出暖色的光晕。

宋儒儒叹了口气，这么远远看去倒也像是深山古刹。可那里面的装饰和规划也太可怕了，别说学术指导了，她连理解都做不到，还怎么做指导方案？不仅修颉颃的经费打了水漂，她的这笔经费只怕也没那么容易赚。

修颉颃收拾好行李后走出自己的卧房，就见宋儒儒静靠在窗边。水晶灯刺眼的暖光下，她在玻璃上投下清晰的影像，眉眼不似往日那般机灵精神，倒是多了几分他从未见过的烦忧。

很多时候他觉得宋儒儒比自己聪明，也比自己有活力，她给了他许多惊喜和意外，她出其不意的行为总会让他原本单一封闭的生活变得有趣起来。这个世界在很早以前就让他觉得没什么可期待的，也没什么可在意的，可遇到她以后，他就觉得岁月犹可期。

期待与她见面，期待与她说话，期待自己能做什么让她开心的事，尽管她看到自己的时候大部分都是吃惊。

嗯，连她吃惊时微微睁大的眼，他都很期待。

修颉颃转身折回房里，拿起手机，把刚买好的明天午后的高铁票给退了。他再出来的时候，宋儒儒已经回房了。另外三个房间的门也都关着，他不知道宋儒儒究竟住进了哪一间。

通过快递要手机号失败后，修颉颃的战绩就成了失败率百分百，也就没那么自信了，决定向边尧求助。

他发了一条微信问边尧：如果你喜欢的人和你同住一个酒店，还就在隔壁，你会怎么做？

没过三秒，边尧就回复了：敲门啊！去聊天，聊人生聊理想，再买点酒边喝边聊，聊着聊着气氛够了就表白，对方羞涩了就强吻啊！

修颉颃对边尧素来信任，放下手机就行动。他这个人虽然除了学术对什么都不怎么在意，但只要是他在意的事，他就会用全部的认真来应对。

因为不知道宋儒儒住在哪间，所以他就从自己隔壁的第一间敲起。

“咚咚咚——宋儒儒，我们聊聊人生理想吧。”

没有回应。

修颉颃走向下一间继续。

“咚咚咚——宋儒儒，我们聊聊人生理想吧。”

依旧没有回应。

这下修颉颃断定，肯定是最后一间了。

“咚咚咚——宋儒儒，我们聊聊人生理想吧。”

一秒、两秒、三秒……

寂静无声。

修颉颃拿起手机，发信息给边尧：你知道“薛定谔的猫”吗？

边尧：啥？

**

第二天一早，姬师傅就开着他的卡宴来接修颉颃和宋儒儒。按照姬书记的指示，先把他们俩带到了八卦村的水上游乐中心。

水上游乐中心建在八卦村中心的八卦湖上，湖面宽阔，水质清澈。一个区域划分为垂钓区，另一个区域划分为水上游乐中心，游乐中心里又分儿童游乐场和水上摩托区，好不热闹。

“今天不去文王庙吗？”修颉颃问姬师傅。

“不去不去，书记让我陪你们休息一下。”姬师傅解释道。

“啊——”修颉颃想了一下，问他，“那你能把我送回酒店吗？我还有一本书没看完。”因为去陕西一个多月，他有一本东晋门阀制度的书一直没看完，既然不去文王庙，那也就不必浪费时间了。

姬师傅的任务本就是留住修颉颃，想来在游乐中心也是留，回酒店也是留，便点头同意了。

“那宋博士呢？”

宋儒儒对八卦村的审美品位相当不了解，正好想趁这个机会多多接触：“我不回去，我在这里看看环境，构思一下方案。”

“那修专家，我把宋博士送进去，然后我再送你回去。”姬师傅领着宋儒儒就往游乐中心走。

被遗弃的修颉颃心中一空，急忙叫住他们：“那……那我也不回去了。”

宋儒儒仰头看向他，字正腔圆地提醒他：“修老师，你不是说要去看书吗？”

“我……”修颉颃从不会说假话，思来想去也只能老实说，“我想和你待在一起。”

一旁的姬师傅眨了眨眼，仿佛知道了什么了不得的事，心中一阵小鹿乱撞般欢腾。哎呀哎呀，这件事可得赶紧告诉书记呀！

宋儒儒咬牙切齿，抬手朝着湖面一指："好！那我要去坐鸭子船！"

鸭子船是湖上给游客踩的脚踏船，不过这一类卡通造型的小船大多是家长带着孩子玩的，宋儒儒故意说要坐鸭子船，就是想让修颉颃赶紧打道回府。哪知他很开心地坐进去，任凭长手长脚在狭小的船舱里挤得无处安放，也不忘热情地招呼宋儒儒快来。

宋儒儒被姬师傅推上船，和他并排坐着。他绅士地说："我来踩，你看风景就好。"

"那你辛苦了。"她礼节性地客气了一句。

修颉颃大方地摆摆手："没事，主要你腿短，踩不快。"

"……"

宋儒儒真的很想把温惜按进八卦湖中央涮一涮，然后问问她，这、是、喜、欢？！

修颉颃说话从不掺假，他的大长腿踩起来倒是真的很快，不一会儿就把船踩到了湖中央。湖中央有一只硕大的绿色充气乌龟，有多大呢？就是当修颉颃把船踩到乌龟身后的时候，黄澄澄、圆溜溜的鸭子船就像这只乌龟下的蛋。

坐在蛋里的宋儒儒想不通，为什么要在湖中央放一只充气乌龟呢？

可更让她想不通的是，无数游客纷纷将船划到乌龟身旁，然后兴高采烈地合影留念。

修颉颃看出了她的崩溃，淡淡地笑起来："你不觉得很有趣吗？"

宋儒儒黑着脸掏出手机佯装要拍他："那我也给你和乌龟合个影？"

修颉颃停下了脚上的动作，让船轻轻荡在乌龟身侧。他侧目看去，黑亮的眼瞳里映着湖面的粼粼波光，平淡的语调里带着一丝惬意："其实你没必要觉得那么为难，只是方式不同罢了，民间文化本来就不需要和传统文化一样高雅而有内涵。比如寿星代表了长寿平安，那么乌龟一样可以代表长寿平安啊，并没有谁比谁高雅，也并没有谁比谁愚昧。"

宋儒儒万万没想到他会说出这样的话，她眼中的修颉颃应该是比自己更加不接地气的人，他缥缈得像个只喝无根之水的仙人，说着人类听不懂的话，做着人类不理解的事。

"你去过敦煌莫高窟吗？那里面的佛像还有壁画你都看懂了吗？可是文

王庙的每一个神像你都能看懂啊。也许传统文化有它的历史和艺术价值，但民间文化也有它的社会价值。这个价值就是让民众不感到自卑，反而感到安慰。他们走进大殿拜一下，就感觉可以得到全宇宙神佛的庇佑，这有什么不好呢？

“文化本身的意义是丰富我们的精神世界，那么无论用什么样的方式，只要八卦村的人觉得他们的精神世界是满足的，就是正确的。你看那些历史悠久的传统文化早已消失在我们的世界里，一代代不断繁衍发展的却是这些民间文化。而且……”

他转过头来看向她，深邃的眉眼里闪着瀚若星辰的光芒：“也正是因为有这只大乌龟，你才会给我拍照啊。”

他抬起右手，修长漂亮的手指在脸旁比了一个“V”，然后扬起嘴角，笑得像初夏的阳光一样，灿烂得刚刚好。

宋儒儒的指尖和心一齐颤动，按下了快门。

**

结束了水上中心的游湖，姬师傅又把他们带去空中俱乐部坐直升飞机。从两千米高空俯瞰整个八卦村，感觉神灵水秀，风景如画。

因为修颉颃的一番话，宋儒儒一下就想通了整整折磨了她一天一夜的苦恼。一直以来她接受和学习的都是传统经典文化，骤然间见到八卦村的民间文化觉得不适应。可事实上，反之亦然，八卦村的村民对龙门云冈石窟也一样嗤之以鼻，认为那里的佛像残破寡淡，一点都不热闹喜庆。

姬师傅如是说：“菩萨嘛，自己都破破烂烂，还怎么保佑我们发财过好日子啊。”

所以打从一开始，文王庙的意义就不是为了传播历史与易学，而是让村民们相信自己烧了香，捐了钱，就可以幸福平安，而这种幸福感是正统文化所给予不了的。就像姬书记造假的八卦镜一样，它可以让八卦村的村民有面子。虽然作假是不对，但它的出发点依旧真诚而质朴。

想明白这些，让她在舒畅之余有几分挫败感，却又不得不承认，自己叫他一声“修老师”也并不委屈。

此时的修颉颃丝毫不知道宋儒儒内心的细微变化，他靠着窗向外看，侧脸的轮廓如远山一般挺拔，水墨画般的淡泊眉眼与秀美的景致融为一体。

如果不是讨厌他的话，宋儒儒应该很乐意欣赏这样的画面，可……真的是讨厌吗？她一时间又有些糊涂了。

下直升机的时候，螺旋桨的风卷起巨大的旋涡，把宋儒儒的一头短发吹成了鸡窝。她胡乱抓了几下，却因为看不到而越抓越乱。修颉颃走上前，伸手就替她把头顶的乱发揉开，他的手掌又大又宽，指尖若有似无地划过她的头皮。

宋儒儒耳根一热，一把将他的一根手指攥在掌心，骨节分明的手指瞬间从凉到热。她慌忙松手，低着头退后一步：“我……我自己来。”

修颉颃轻声说：“你又看不到自己的头顶。”

“我不喜欢别人的手碰我的头发。”宋儒儒深吸一口气，恢复了往日说话的狠厉，就连眼睛也瞪圆了。只是此刻她顶着鸡窝头，那副凶巴巴的模样反倒更加可爱。

修颉颃反问她：“那你喜欢别人的手碰你哪里？”

“只要是别人的手，碰哪里我都不喜欢！”

“那……脚呢？”

“……”

**

晚餐是姬书记安排的，就在酒店的中餐厅，一桌珍馐美食堪比满汉全席。除了姬书记和姬师傅，还有一堆姬姓村民。宋儒儒默默记下他们的身份和需求，有的是商场总经理，有的是村里盖庙的包工头，还有的是剧院老板。商场老板想要生意好，包工头想要工程平安，剧院老板想投资影视。

觥筹交错间，宋儒儒一一派发自己的名片，只要一九八八就可以提供从星座到风水的一条龙服务。只可惜她的热情却得不到以往在微博上的一呼百应，八卦村的村民显然对目光放空的修颉颃更感兴趣。每个人都轮流上前给他敬酒，但修颉颃滴酒不沾，一一回绝。

姬经理说：“修专家，你要是不喝就是不给我面子，你说你要不要给我这个面子？”

“不要。”修颉颃的回答毫无逻辑错误，本来姬经理出的就是选择题嘛！

其实宋儒儒有点想不通，只是文王庙的一个赝品而已，为什么这些人对此如此关注，翻新文王庙和他们也没什么关系吧。

姬师傅一到酒店，就把修颉颃喜欢宋儒儒的事向姬书记汇报了。姬书记老谋深算，哪里会放过这种情报。他起身敲敲杯子，把大家的注意力给拽了回来，郑重其事地介绍了宋儒儒一番：“你们别看宋博士年轻，她可是咱们文王庙的学术顾问，各个殿需要如何规划和安排，都要她来指导的！”

话音刚落，之前围着修颉颃的人立刻掉转方向扑向宋儒儒。

“宋博士啊，我想在我的前殿加造一个济公像，你能不能帮我想想看怎样造香火好？”

“宋博士啊，我的后殿是月老祠，可是现在的年轻人一相亲就问钱，都不相信缘分，我可怎么办啊！”

“宋博士啊，我的偏殿里的素斋名字都太直白了，能不能帮我取点有内涵的菜名？”

宋儒儒蒙了，我的前殿？我的后殿？我的偏殿？敢情这庙还是合资企业？

姬书记如是说：“咱们村的庙都是村民分区承包的，承包期是三年，自己规划和安排里面的构造。香火要纳税交给村里，所以这样自己承包自己翻新、自己赚钱自己纳税，既提高了咱们村的GDP，又增加了就业率！”

这下宋儒儒才明白他们为什么会对修颉颃那么积极，而对自己的一条龙服务不感兴趣了。因为他们自己就有一条龙服务啊！如果修颉颃肯在八卦镜的事上放水，那么加盖的中殿就会有极好的香火，他们缠着修颉颃便是为了打探中殿究竟值不值得承包。

姬师傅的大殿因为拥有全宇宙神佛而香火极旺，对自己的布置颇为自豪，打算秉承这个路子继续走下去：“宋博士，你就给我把那些全宇宙的神都加进去，什么太上老君、太白金星、太乙真人，统统做一个！”

不知道姬书记是对八卦镜还没死心，还是对修颉颃没死心，趁着众人纠缠宋儒儒时，他愁眉不展地向修颉颃诉苦：“修专家啊，你看现在没有八卦镜了，这中殿可怎么搞啊？难道真让隔壁村的人都叫我们暴发户村？”

“可那就是上个月的。”修颉颃坚决不松口。

“那就只能让宋博士想办法了。”姬书记叹了口气，“反正边教授答应我派来的人一定会安排各个殿的规划。咱们中殿肯定要做得特别有历史和文化，只是宋博士年纪轻轻，也不知道能不能想出一个新噱头……”

修颉颃顺着姬书记叹息的目光看去，只见宋儒儒在人群的围攻下，虽然巧舌如簧，却也难以招架一杯接一杯的敬酒。

姬书记趁机继续吹风：“其实民国不行的话，建国左右也可以啊，就说是咱们八卦村的老祖宗传下来的，就算不够历史悠久，也有……”

姬书记的话还没说完，修颉颃轰然站起，三步并成两步走到宋儒儒身后。他结实而修长的手臂越过包围她的人群，直接把宋儒儒手里的酒杯一把夺过，仰着脖子灌进自己嘴里。

那是一小盅辛辣的五粮液，他只觉得整个口腔和嗓子眼都像被火灼烧了一般，那股子热又顺着咽喉滑入心上，然后热浪就涌向了全身。

他像个第一次喝酒的小孩，竟被呛得猛眨了几下眼，白净的面庞上瞬间绯红，就连耳垂都透着淡粉色，嗓音也因为烈酒而变得低沉沙哑。

他就站在她身后，那声音夹杂着酒气在她的耳畔响起，仿佛有了醉人的磁性。

“我有一柄宋代的玄铁乾坤剑，我把它送给你们放在中殿。那八卦镜是假的，不能骗人就不能放，但我的玄铁剑是真的，可以放！”

**

一小盅酒就把修颉颃给放倒了，扶他回房的时候，宋儒儒问他：“你说的玄铁乾坤剑是不是你放在门口对着我门上八卦镜的那把？”

“嗯。”喝醉的修颉颃连黑白分明的眼睛都泛了红，像只兔子似的。

“那你还把文物放在外面？你就不怕被人偷走吗？”宋儒儒难以置信地问。

“我怕啊。”他软而无力地倚着她，轻轻地点头，下巴就那么点在她的头顶，神色自豪地说，“所以我才把它钉在门上，这样别人拿不走！”

现在她终于明白为什么那把剑会钉得那么牢，让她误会邻居是在跟自己死磕，这才开启了那一周的较劲。

“那钟馗像呢？”她记得他当时贴在门上的钟馗像还罩了玻璃罩子的。

“那是南宋画院的钟馗像。”他虽然醉了，但关于文物的名称和年代素来记得清楚不会有错。

“所以你放在门口的全是真文物？”宋儒儒整个人都凌乱了。

修颉颃的表情严肃又认真，竖起一根手指摇了摇：“嗯，都是我的收藏，但只有石狮子不是，因为弄水泥的话会破坏文物。”

“既然都是真的，那你怎么能把乾坤剑随随便便就给送了？”她心疼不已，他们那点经费哪比得过宋代的玄铁重剑！相差几百倍有没有！

“我不是随随便便的。”他抵着她的头顶轻声说，每说一个字，下巴都在她的发丝上若有似无地摩挲，又慎重地重复了一遍，“不是。”

宋儒儒的手心仿佛还留着夺酒时指尖的余温，一时间心乱如麻，只觉得他带着酒气的呼吸暖暖地吹在她的头顶。她低着头推开修颉颃的房门，把面如桃花的他往床上一丢，不敢有任何停留地转身就走：“你早点睡吧。”

床上的修颉颃轻轻哼了一声，大概是酒精上了头，声音也变得绵软了。

“晚安。”他说。

**

洗完头洗完澡，宋儒儒贴了张面膜就躺在床上玩手机。

温惜自从知道宋儒儒和修颉颃一起去了八卦村，每天都在小秘密群里激动地讨论。小秘密群是宋儒儒和闺密温惜及童小悠三个人的微信群。童小悠没见过修颉颃，但她得到的信息却是两个极端——宋儒儒把他形容成一个耿直癌，温惜却形容他是个大可爱，说他认真的样子呆萌呆萌的。

宋儒儒没好气地问温惜：“你学分补回来没？都要留级了还有空八卦！”

“我八卦不八卦也不影响我留不留级啊。”温惜潇洒极了，“而且我已经安排好了，等你回来我们一起去搞定那个阮教授！”

“我才不去。”宋儒儒叹了口气，“来这儿一趟我都快累死了，修颉颃还不按常理出牌……”

“你有这么讨厌他吗？”童小悠不解地问，她现在正是蜜月期，看一切都充满了爱意。

宋儒儒的态度倒不像一开始那么坚决了："说讨厌也没什么理由，只是不喜欢，他对我大概也一样吧。"

"可他都在高铁上看了你一路，大可爱那么耿直，肯定就是喜欢你啊！"温惜激动得像在看小说似的。

"喜欢的话，总是要双方都喜欢吧，一个喜欢、一个不喜欢也没用啊。"童小悠用过来人的口气说。

"哼！"温惜发了一个翻白眼的表情，"你以前也讨厌陆星成讨厌得要死吧，可现在……啧啧啧——"

童小悠瞬间闭了嘴。

宋儒儒翻了个身："其实……他只是让我觉得不安。"从开始的邻里较劲，到上节目的尴尬窘迫，忽地一个多月不见，却又忽地成了她的老师，接着毫无预兆地与她一起来八卦村，就连他一语点破她的困扰都让她措手不及。

很小的时候，她就明白这个世界充满了未知，可她仍然想拼命去捕捉那些仅有的、可预知的定数，未知带给她的从来不是惊喜。

命运分配给每个人一盒巧克力，而她从不敢去打开盒子。

**

每天清晨都是一个全新的开始，如果你没有得到全新的开始，那一定是因为你起来的时候根本不是清晨。

比如修颉颃因为一杯酒恍恍惚惚睡到中午，醒来的时候记忆还停留在前一天，仿佛自己还和宋儒儒泛舟湖上，连下床都是摇摇晃晃的。

打开房门，客厅已经被打扫过了，餐桌上放着留给他的早饭。他捏着眉心走过去，餐盘里是两片吐司夹了荷包蛋、两根香肠、煎培根外加芝士片。他昨天和她一起吃早饭的时候，宋儒儒就是这么吃的，那时候他还问她好不好吃，她回他说"不好吃"。

修颉颃有些难过，难道宋儒儒真的像边尧说的那样不喜欢自己吗？否则为什么要给他吃不好吃的东西？

他拿起拳头厚的吐司咬了一口，感觉更加难过了。因为他觉得这个吐司很好吃，可她却说不好吃，难道他们俩连生活习惯也不合拍？

等修颉颃到文王庙的时候，宋儒儒已经在现场列好了大致的方案提纲，正在和各家承包商讨论具体的布置。

她穿着一件简单的白T恤和牛仔裤，站在红砖叠起的地方，像个人小鬼大的头领一样指点江山。

因为修颉颃的一番话，宋儒儒如醍醐灌顶，又重新恢复了精神，也明白了八卦村审美和文化的奥义——就是要把宗教文化里的高深变得简单易懂，让村民和游客都能体会到理解和尊重，使其自身与文化融合。

中国人几千年来都回避心理问题。而选择在宗教中寻找慰藉和出口，大多数时候他们未必了解宗教文化，但一样可以从中获得安心感。当然，如果能够以此来传播经典文化，自然是最好不过了。因为无论是追求真理的希腊文明，还是追求宽恕的希伯来文明，甚至是追求解脱的印度宗教，都可以在这片土地上扎根繁衍。几千年来接受外来文化，并且最快与之融合的恰恰都是民间文化。如果说儒、道、释三者的融合是一种文化生长，那么全宇宙神佛也是一种文化生长。

“前殿的济公像不要那么刻板，那样就和别的地方没什么区别了。济公抓扇子的手最好是活动的，可以安装一个电子设备，类似投币摇摇车，只要投币手就会动起来扇风，这样叫‘济公扇一扇，霉运散一散’。

“中殿现在有了乾坤剑，我们可以把主题定为武神，赵子龙、雷震子、二郎神啊，《封神榜》里的武将也都放进去，还可以增加VR体验区。现在很多孩子只知道钢铁侠，不知道二郎神，这样传统与现代相结合，既有趣也能传播文化，还能提醒孩家长学习之外也要让孩子多注意锻炼，强壮身体。

“大殿的全宇宙神佛需要增加，但神佛在布置上要有变化，可以根据季节和节日的变化改变神佛的位置和分配，做成可活动的底座。还有神佛诞日的概念，如果恰好在菩萨出生的日子来烧香，而恰好本人也是这一天生日，可以获得与神像近距离合影的机会！

“后殿的月老祠除了‘千里姻缘一线牵’的概念，还要有一些正确的三观引导。比如‘恋爱结婚都自由，月老支持单身狗’‘是男是女都可以，只要真爱没关系’。”

宋儒儒说罢，将一本菜单递给偏殿的承包人，也是翻新文王庙的姬工头：

“这是我给你想的一些菜名，都是《周易》六十四卦中吉卦的卦辞。比如三鲜面疙瘩就改成‘困龙得水’，素烧鸡就叫‘凤鸣岐山’……”

一番有理有据又巧妙精彩的安排，让所有人满意不已。尤其是承包伙食的姬工头，当即就要拉宋儒儒去自家吃中饭：“我让媳妇给你做酱肘子！我媳妇做的酱肘子可好吃了！”

宋儒儒客气地拒绝，将打印好的方案资料一一分发给各殿的承包人。

她昂着头，神采奕奕地笑着，亚麻色的短发在灿烂的阳光下闪动着晶亮的光泽。尤其是那双明亮的眼睛，像北欧的极光在黑暗里闪烁。

修颉颃想起还在陕西的某天晚上，他因为白天太过疲劳，到了晚上反倒失眠了。他躺在床上拿着小布人在手里把玩，与他同住的考古队队长难得见他有心事，好奇地询问：“怎么？有心上人了？”

他沉默着没说话，队长笑着说：“要是有就带她去北欧看极光，我就是这么追到我媳妇的！”

那时候他想，他才不要带宋儒儒去北欧呢，那里那么冷，她三月时还穿着羽绒服呢，一定是很怕冷的。可现在他觉得自己应该带她去，这样她才会知道，在他的眼里，她有多么绚烂美丽。

分发完资料，宋儒儒跳下红砖堆走出人群，这才看到静静站在一旁的修颉颃。他的目光太过关注也太过沉浸，像是一汪宁静的深潭，她的心跳莫名漏了一拍。

“修老师，我这里差不多了。”宋儒儒低着头，用脚踢着地上的一块碎石子，向他汇报，“明天就能回去了。”

“好。”他点头，“明天我们一起回去。”

宋儒儒挠了挠头，半晌才从嗓子里艰难地挤出一句话来：“谢谢你了。”

“嗯？”

“要不是你的话，我前两天根本不知道该怎么做方案。”一码事归一码事，宋儒儒这个人就事论事，也不想欠他人情。

修颉颃也是耿直，并没有趁机邀功提升好感度：“我可没有帮你想出具体的主意，这都是你自己想的。”

“那是当然！”宋儒儒眨巴了一下圆溜溜的杏目，伸出食指和拇指比画了一下，“你的话也就这么点影响，我的脑洞可比这大多了！”

他笑了起来，平静如水的眸子里是她看不透的深邃和坚定。宋儒儒有些不自然地咳嗽了一声，尴尬地扯开话题：“姬师傅说明天开车送我们回去，顺便拿走你的乾坤剑！”

“好啊。”他说得果断又干脆，没有一丝一毫的犹豫和不舍。

这让宋儒儒更窘迫了，只觉得耳根子发热，继续再扯开话题：“你……你是怎么知道那八卦镜是上个月做的？”

修颉颃最喜欢的事莫过于宋儒儒和自己说话，所以每个问题都回答得十分认真：“因为每个时期铸造青铜器的工艺不同，比如西周就不同于夏商，采用了陶范制作，而到了春秋时期出现了印模制范工艺，中期又有了失蜡铸造法。制作材料更是不一样，比如商末和西周的早中期，铜铁合铸使用的铁是陨铁，而到了西周晚期就有了人工冶铁。比如1990年河南三门峡出土的西周晚期虢国贵族的一柄玉茎铜芯剑，就是人工冶铁和铜合铸而成的。加上不同的青铜器功能不同，所以也都有自己的规格和纹理。尤其是放置在不同的环境里，经过不一样的时间，也会产生各自独有的变化。那么敲击后根据不同的声音，就能区别不同的工艺和原料，以及放置的年代有多久。”

“你耳朵有那么好？”宋儒儒有些半信半疑，她听着那些敲击声都一样，哪有什么分别？并且她的听力也不差啊！

一向淡泊无争的修颉颃对此却十分在意：“是真的，我的听力非常好。不信的话，你站在大殿里，我在外面隔着墙都能听见你说的话。”似乎是一定要证明似的，他一边说一边把宋儒儒推进了大殿。

宋儒儒猝不及防，连声说：“我也没有不信……”

他却很认真：“既然有怀疑，那就应该去验证啊。我们做历史研究的，就应该一丝不苟。”

“可是……”宋儒儒不知该如何开口，想说她并不关心他的听力水平，这只是为了扯开话题的一番客套而已，并没有什么真假对错需要证明。

可修颉颃不管，硬是把她推到大殿中央，站在全宇宙的神佛前面。

“你在这里站好，等我出去了，你再轻声说话啊。”

他较真的模样以及毫无防备地将她推进大殿，让宋儒儒有些不大舒服。就像在节目里他追问她是否认识他的名字一样，隐隐的不安感再度涌上心头，像是赤脚走在地毯上，忽地被什么硌了一下，不伤及筋骨却又让人心头一惊。

孩子般求表扬的修颉颃并没有注意到她神色的变化，脚步匆匆地走出大殿，迫不及待想要为自己的听力证明。

空荡荡的大殿里没有游客，也没有烛火的热气，风从殿门外吹进来，站在中央的宋儒儒竟觉得有几分寒意。她动了动嘴唇，轻声说了一句话。

过了好一会儿，修颉颃才走回来，逆光下他的影子被拉得很长很长。他肩背笔挺地立在大殿门口，影子却已经落在了宋儒儒的脚边。

他轻声开口说："我喜欢你。"

声音在大殿里袅袅回响，像是深山远钟，淡淡的，却清晰悠长。

宋儒儒本就不安的心被高高拎起，连带着整个人都悬在了空中，只有足尖能勉强触地。全身的重量都压在足尖，一时间整个人很轻，却又很重。

她垂下头，用微乎其微的声音说："你喜欢我哪里，我改行吗……"

他迈步走近，影子一点点沿着她的身体攀爬，从脚踝到膝盖，再到胸前，最后将她整个人都罩进宽阔的身影里。他抬手指了指她的头顶，又指了指她的脸，再指向她的胸前……

宋儒儒眼明手快人泼辣，一巴掌狠狠拍掉他的手："你指哪儿呢！"

"我喜欢的地方啊，你不是问我喜欢你哪里吗？"他捂着被打疼的手，声音委屈兮兮的，表情也有些可怜。

"那你往哪儿指啊！"宋儒儒瞪着眼吼他。

修颉颃竟然贼心不死地继续指向她的胸前，只是这次老实了些，长臂缩在自己胸前，细长的手指微微蜷了那么一点："你的心啊……"

"……"

又是这样的猜不透！宋儒儒作为一个神婆，真的非常讨厌这种感觉！

她没好气地说："你刚才真的听到我说的话了吗？你是不是骗我的？"

"我听到了啊。"他的神色变得落寞，"听得很清楚。"虽然之前他也能隐隐察觉到，但免不了会报以一丝幻想。直到刚才真的听见她亲口那么说，他才发现远比自己察觉要难过一百倍。

“那我说了什么？”宋儒儒仰着头直视他，哪怕在身高上输他一大截，但气势上完全是压倒性的。

“你说——‘我不喜欢你’。”虽然这是在他心头扎刀子的话，可他还是一字不落地重复了。

宋儒儒倔强地咬了咬嘴唇，别过脸去：“你知道就好。”

“所以我才来告诉你。”他一字一顿认真地说，“我喜欢你，哪怕你不喜欢我。”

我喜欢你，从遇到你的第一天起。可你不喜欢我，也是从遇到我的第一天起。但我还是喜欢你啊，你不喜欢吃的吐司我觉得好吃那也没关系，你讨厌的我却喜欢，那我们在一起，就可以喜欢这整个世界了。

**

姬师傅结过两次婚，前妻在他还没发家的时候给他戴了绿帽子。等他发家致富后，前妻回来找他，姬师傅就和比他前妻还大两岁的合伙人再婚了，自诩是个很有经验的过来人。他的宾利添越才开出八卦村的地界，他就察觉到后排的气氛不大对。

首先是宋博士一直在睡觉，但那眼睫毛忽闪忽闪的，眼皮也时不时地动一下，摆明了是在装睡。

其次是修专家，他一直在看一本书。可姬师傅知道，在车上看书那是要吐的。但修专家眉目平和，神色淡定，说明他根本就没在看书。

一个装睡不睡，一个装看不看。

肯定有问题啊！

学术问题都在村里解决了，那就只剩下男女问题了。

男女问题嘛，只有三种选择——两情相悦，暧昧不明，还有就是……

姬师傅看了看后视镜，心中已有了答案。他轻咳了一声说：“年轻人嘛，表白被拒也没关系，天涯何处无芳草，到处都是呼伦贝尔！”

“吧嗒”一声，修颉颃手里的书掉落在地。

宋儒儒一个激灵睁开眼，红着脸低吼：“什么表白，哪……哪有呼伦贝尔！”

姬师傅“嘿嘿”一笑，一脚油门踩下去：“全宇宙神佛可都看着呢！”

车子开到B市的时候已是午饭时间，姬师傅找了一个服务区停车吃饭。服务区也没什么可选的，只有快餐和方便面。修颉颃和宋儒儒点了快餐，姬师傅胃口好，点了快餐外加一份卤鸭。直到快吃完的时候他才觉得被卤鸭齁着了：“你们等我一下，我去买瓶水。”

姬师傅一离开，宋儒儒就放下了筷子，侧脸凶巴巴地看向修颉颃。他倒像个没事人那样悠哉地吃饭，还不忘把青椒土豆丝里的青椒一根根挑出来。

“你……你表白的事怎么到处说啊！”

修颉颃停下挑青椒的动作，疑惑地眨了眨眼：“我没有说。”

“那姬师傅是怎么知道的！”宋儒儒憋了一路，好不容易等姬师傅离开才有机会说。

修颉颃有点委屈地看向她：“他会不会算我不知道，但你不是会算吗？那你算算他是怎么知道的呗？”

“修老师，”宋儒儒咬牙说，“全世界我最想算的人就是你！”算算他的脑子里究竟装了什么，是雾是雨还是风！

“嗯……”修颉颃试探地问，“那你要是算出我们很合适你会收回昨天的话吗？”

“不会。”

“那还是别算了，要是算出来不合适，你就更不会喜欢我了。”修颉颃逻辑满分，低头继续挑青椒。

正说着，姬师傅已经回来了，手里除了矿泉水，还拿着一盒绿豆糕。宋儒儒被修颉颃气得脑壳疼，抓起一块就吃。绿豆糕是B市特产，因为加了桂花糖，所以口味更加清香绵软。姬师傅把盒子往修颉颃面前推了推：“修专家，你也吃点？”

修颉颃却皱了眉：“我不吃绿豆糕的。”

“我听你说话有点B市的口音啊，怎么会不吃绿豆糕呢？”姬师傅有些疑惑，“该不会是要省给宋博士吃吧，不够我再去买一盒呗！”

修颉颃摇摇头，态度坚决。姬师傅讪讪地把绿豆糕拽到自己和宋儒儒中间，宋儒儒小时候很喜欢吃绿豆糕，转眼已有二十年没吃过了。她和姬师傅左右开弓，没一会儿就吃完了一盒，临走前还买了五盒带回去。

然而一旁的修颉颃始终眉目疏离冷漠，一言不发。宋儒儒发现，他并不是对什么都不在乎，他只是对一些特殊的、奇怪的事在乎。比如他的名字，比如他的鉴定，比如他的听力，比如绿豆糕，比如她……

**

车子到达C市的时候临近傍晚，姬师傅先打了个电话给老婆，让她帮自己订酒店。

“修专家，你家在哪儿？我订你家附近的酒店就好。”

“我家在中山西路向东五百米右转就到了。”

姬师傅点点头，然后转头问宋儒儒：“宋博士，那你住哪儿啊，我先把你送回去吧。”

装睡的宋儒儒睁开眼回答：“我家在中山东路向西五百米左转。”

姬师傅往导航里录入地址的手停了下来，有些迷糊了：“一个向东五百米右转，一个向西五百米左转，那不是一个地方嘛！”

宋儒儒严肃地说：“按奇门遁甲，我家是震宫位，他家在兑宫位，怎么能是一个地方呢？”

“所以呢？”

修颉颃给姬师傅解释了一下：“所以就是我们住在一个小区，但她家在东面，我家在西面的意思。”

他说完这句话，姬师傅用一种十分复杂的眼神看向修颉颃，而他却不理解那眼神里的含义。直到车子开进小区停车场，三人一起出了电梯，姬师傅亲眼目睹宋儒儒和修颉颃一个向东走一个向西走，然后宋儒儒把房门那么一关，他才恨铁不成钢地说：“修专家啊，都说近水楼台先得月，你的楼台都快登月了，你怎么还会被拒绝啊？”

“啊——”修颉颃恍然大悟，原来那眼神的意思是鄙夷他的意思啊……

“算了吧。”过来人姬师傅摆摆手，“都说女博士是第三类人，您这么厉害随便找也能找个比她年轻漂亮的啊！”

见他这样说宋儒儒，修颉颃愠怒地看着姬师傅，不高兴地说：“你的第二任妻子也不年轻漂亮啊。”

“但是我老婆厉害啊！”姬师傅特别自豪地说，“又聪明又能干！”

修颉颃生气地把装着乾坤剑的剑匣递给姬师傅，赌气地说：“我当然也喜欢聪明有趣的啊！”容貌是加分项，却绝不是基础分，若要二选一，谁会选择空皮囊？

姬师傅顺利拿到了宝贝，任务完成，坏笑了一下：“嘿嘿，可是人家不喜欢你啊。您一表人才，学富五车，还不如我春风得意啊，哈哈哈——”

**

春末夏初，就连夜晚也有些燥热了。修颉颃坐在书桌前继续读那本东晋门阀制度的书，直到一本书看完，他心里想的还是宋儒儒的那句话——

“我不喜欢你。”

这可真是让人难过的五个字，难过到让他都有点鄙夷自己。毕竟他是第一次喜欢一个人，对方却对自己一点好感都没有，自己做什么都是错的，怎么做都不对。

从小到大，他一直都将这个世界划分得太过清晰，是非黑白，真假对错。他讨厌模糊不清，也讨厌含糊其辞。所以宋儒儒那么干脆直接地告诉他她的态度，他虽然难过却不生气，就连感情他也认为应当是是非分明。

是不是追求这样的感情是错的呢？

修颉颃知道在哲学的世界里有个原则，叫实然不能质疑应然。就是一件事实际的情况并不能质疑它应该有的模样，就好比知道乌托邦是不可能存在的，但并不妨碍人们对它的美好向往。

他想也许感情也是一样的，他知道宋儒儒不喜欢他，可他仍然可以去期待，去向往。

而且喝醉的那天晚上，他虽然晕乎乎的，却还是清清楚楚地听见，宋儒儒在关门的一刹那轻声对他说“晚安”。

她不喜欢他，但也不讨厌他啊！

讨厌、不喜欢、喜欢，他的位置进可攻，退可守，倒也十分稳定。

不过姬师傅说得也对，近水楼台先得月，确实应该好好把握。

**

完成了八卦村的项目，理论上第二天是要去找边教授汇报工作的。宋儒儒盘算着修颉颃肯定也会是第二天去，未免尴尬，于是推说杂志社有事，故意拖延了一天。

磨蹭了一天后，宋儒儒悠哉地起床，吃了个早饭，又化了个淡妆，选了一条看起来特别知性的裙子，打算正式体验一下博士汇报工作的感觉！哪知她刚一出门，就听见对面的门"吧嗒"一声也开了，她躲闪不及差点撞死在自家大门上。

修颉颃愉悦的语调就是在这个时候响起的："我也要去学校，我跟你一起吧。"

宋儒儒背对着他，捂着撞疼的脑门，佯装拿钥匙开门："我……我不出门，我刚回来。"

修颉颃抬手看向手表："现在才八点半你刚回来？"

"晨练有益身体健康。"宋儒儒越紧张就越是插不进钥匙。

修颉颃上下打量了她一眼，语重心长地说："穿高跟鞋跑步对脚踝不好，我给你买一双运动鞋吧，我有一双特别舒服的跑鞋！"

宋儒儒没辙，硬着头皮转过身来，决定跟他把话说清楚。因为以修颉颃的脑回路，他根本接收不到字面意思以外的暗示："那个……修老师啊，理论上我拒绝了你的表白，我们之间碰面是很尴尬的。"

"为什么？"修颉颃轻挑了一下眉毛表示不解，"我不尴尬啊。"每次见到她他心里都暖暖的，而且喜欢一个人是那样美好的一件事，为什么会尴尬呢？

又是那样悠然自若的神态，又是这样对一切都无所谓的态度，宋儒儒气不打一处来，连语调都提高了八度："但是我尴尬啊！你能不能尊重一下别人的心情，而不是你自己的感受！你不在乎的事别人会在乎啊！"

或许是在八卦村待的几天让她心乱如麻，又或许是刚才被门撞得真的很痛，她真的很想和修颉颃划清界限，不想眼睁睁看着他一点点渗透进自己的生活里。他的无处不在和无迹可寻让她不安的情绪彻底爆发了。

“我希望我们只是邻居和师生关系，而且你那辆车牌号 NM250 的车，我一点也不想坐上去！”

修颉颃愣住了，她怎么知道自己的车牌是 NM250 ？等等，他是不是……掉出不喜欢那个档位了？

怒气冲冲地吼完，宋儒儒自己也后悔了，虽然他总让她生气，倒也没有真的很过分，讨厌不安感也是她自己的问题。况且他那么高高大大一个人，被瘦瘦小小的自己一通大吼，竟然傻站在走道里不知所措。修长的双眼垂下，像是被遗弃的小狗似的，那样子又着实可怜。

他犹豫了一下，轻声问：“我不可以喜欢你吗？”

但狠话已经说了，宋儒儒不想松口，就算愧疚也比被他气死好。于是她冷漠又凶狠地说：“对，我讨厌一切未知，与你有关的事我都无法预测，就连你的喜欢都让我很不舒服。”

坐在地铁上的时候，宋儒儒被撞疼的额头渐渐肿了起来。她透过地铁的窗户看自己，那模样就像个老寿星似的。她和修颉颃到底是哪里不对劲呢，还是哪里都不对劲？

她有时候很佩服他，也很感谢他，但有时候又非常想要逃离他。宋儒儒已经过了二十年平安稳定的、没有意外的人生，她想要继续过下一个这样的二十年、三十年、四十年……

宋儒儒不是一个胆小的人，也从不愿意去伤害别人，但修颉颃却让她变得胆小谨慎，让她变成一个冷漠残忍的人，就连被他喜欢都让她觉得心惊肉跳。

是他喜欢人的方式不对，还是她打从一开始就将他打进了十八层地狱，根本不给他翻身的机会？

宋儒儒想，无论是哪一种都说明他们不是一类人。没有谁对谁错，只是不可避免地不合适，他们的性格、志向，以及对未来生活的规划都不在一条轨道上。

她和修颉颃不是强扭的瓜，而是两根强扭的弹簧，各自有各自的固执。

眼下他是喜欢自己，可喜欢是多么容易的一件事，就像喜欢奶茶，喜欢晴天，喜欢小狗小猫一样，这种感情变化无常。在被伤及尊严，又或许触及内心世界认定的某种原则后，是继续做醒不了的梦，还是将一切视为过眼云烟？

因为人啊，在去触碰这个世界以前，总会先保护好自己。

**

宋儒儒到了边教授的办公室修颉颃也没来，她因为修颉颃的缘故情绪不是很好，汇报工作时也因为走神连连出错。边教授以为她是去八卦村一趟太累了，倒也没有责怪她。

因为边教授今天心情也挺郁闷的，就有了同理心。今天一早他和孟秋去晨练，就遇到邻居老王给他发喜帖，通知他周末参加自己孙子的百日宴。

老王的儿子不但和自己的儿子同岁，这孙子还是第二胎！边教授一时间心里空落落的，虽然他一直标榜自己要做一个亦父亦友的家长，从不干涉孩子们的感情，可寂寞空虚冷也是人之常情。

拿着老王的喜帖，边教授问妻子孟秋：“你儿子有情况吗？”

孟秋白了他一眼：“你儿子教我儿子用石狮子追姑娘，你说有戏没戏？”

“要是颉颃那样的，单身也就罢了。”边教授有些不甘心，“边尧在电视台做主持人，我看他微博上有那么多女粉丝，说明他的人格魅力是没问题的，怎么会也单身呢？”

“哼。”孟秋故意走慢一步，狠狠一脚踩在边教授的大脚趾上，还微微使劲那么一扭，“我儿子怎么啦，你看舜舜都那么喜欢他，说明他也有魅力好不好！现在的年轻人和我们那时不一样，恋爱结婚重要的是三观，是感觉，可不是将就着凑合！”

边教授被踩了一脚，又疼又委屈：“那咱们结婚也是看的三观和感觉啊，怎么被你一说就成将就和凑合了？”

孟秋把喜帖往边教授手里一塞：“周末你自己一个人去啊。”

“哎？那你呢？”边教授急了。

“我儿子反正是单身狗，我去了就被人问，烦得很。”

边教授捏着喜帖嘀咕了一句：“那我要是一个人去，别人以为我也成单身狗了呢……”

宋儒儒收拾好资料准备离开的时候，边教授埋怨了一句：“这个修颉颃，让他昨天来，非要今天来，今天又不见人影。”

“边老师……”宋儒儒迟疑了一下问道，“修老师怎么会去八卦村的？”

“是他主动要求的啊。”边教授推了一下镜框，似乎也很不理解，“本来有个国际会议请他去发言的，他也推掉了。”

一时间，宋儒儒竟觉得自己特别像个没良心的渣男，原来愧疚并不比气死好到哪里去。但她为什么要愧疚呢？她过了这么久潇潇洒洒、随意自在的日子，却要因为修颉颃而背负灵魂的拷问？宋儒儒，你醒醒吧！对自己好一点，对一个克星有什么好愧疚的！

看着宋儒儒愁眉不展，边教授目光一闪，像想到了什么：“哎，儒儒，你有对象吗？”

“啊？”边教授的问题猝不及防，她下意识地摇摇头。

见她摇头，边教授乐了，上上下下把她好好打量了一番。学历那是相当优秀，相貌也神气可爱，最重要的是她还特别自强自立。边教授看过宋儒儒的档案，她没有填写父亲，母亲那一栏写的是“已故”，一个女孩一步步靠自己走到今天，说明她能力超群啊！

他得承认自己就是老糊涂了，有这么优秀的一个学生，他怎么今天才想起来肥水不流外人田呢！边教授一边搓手一边笑着说：“我有两个儿子都是单身狗，哦不，都是单身，你要不要和他们见见？”

宋儒儒把挎包拉链拉上，眯眼看向边教授：“边老师，你竟然有两个儿子？”

“我厉害啊！”边教授特别自豪地说，“怎么样，两个之中你选一个呗！”

一听这话，宋儒儒就笑了起来。开什么玩笑？她一个貌美如花还能赚钱养家的优质女青年还需要相亲？

“不用了，边老师，我一个人挺好的。”

“你们怎么都喜欢说这句话。”边教授皱起眉头，不是很高兴，“一个人哪里好了，吃饭都不香。”

宋儒儒微微一笑：“边老师，你那天一个人去吃‘松月’都吃撑了，香得很啊。”

边教授强行挽尊：“那……那你都不见一下，又怎么知道我儿子不是高帅富呢？”

宋儒儒继续微笑：“咱们专业经费都不够，您儿子又怎么可能是高帅富呢。”

边教授憋了半晌，终于憋出了一句话：“你不知道青出于蓝而胜于蓝吗？”

“不过……”宋儒儒眼珠子一转，要是她真的去相亲，会不会更好拒绝修颉颃？

“倒也不是不能见一面。”

一听事情有转机，边教授眼前一亮：“那你选哪个？”

宋儒儒歪头想了一下：“你把他们的生日告诉我，我选个和我合得来的。”

边教授撇撇嘴：“别的姑娘都要问相貌、身高和家庭，你倒好，光问生日就知道合不合得来？”

“反正都是您儿子，家庭嘛也一样，长得应该也差不多。”宋儒儒笑得光明磊落，“那当然就只剩生日咯。”

边教授把两人的生日写给她，小声嘀咕了一句：“哼，我俩儿子长得才不一样呢！”

第四章 不必商量

宋儒儒刚从 C 大离开就接到温惜的夺命连环 CALL，把她召唤去了音乐学院。据说她万事俱备只欠东风，只要宋儒儒来，就可以帮她搞定阮教授。

到了音乐学院，刚进大门，宋儒儒就看见温惜和她的小男友穆扬一左一右坐在长凳上打《王者荣耀》。穆扬看起来是被温惜给坑了，气得面色通红，一边打一边数落：“你这个史上最菜安吉拉！”

“得了吧，大神就能带我飞，跟着你一个人头都捡不到。”温惜狠狠地白他一眼，“我要去找你师兄带我了”。

“我师兄才没空带你飞。”穆扬哼了一声，“他今天要去开家长会。”

“你师兄有孩子了？”温惜惊讶地说，“他不才二十八吗？”

“我师兄神秘着呢，也许早婚早育吧。”穆扬坏笑了一下，“闷骚呗！”

两个青春正盛的小屁孩你一言我一语地聊着，丝毫没有察觉到宋儒儒的逼近。只觉得耳朵一热，俩熊孩子就齐刷刷地被揪着耳朵拎了起来。

“万事俱备只欠东风？”宋儒儒怒吼，“我看你们俩是万事俱备只欠挨揍！”

“哎哟，儒儒疼，疼……”温惜抢先撒娇，连带告状，“这游戏是穆扬带我玩的，你想啊，我连言情小说都没空看，我哪会玩游戏啊！”

“那你们就好好玩吧！”宋儒儒松了手转身要走，温惜一下瘫倒在地抱住她的大腿，瞬间就来戏了，“别啊，儒儒，你现在是我唯一的希望了！”

“对啊，儒儒，你好歹也要帮帮温惜嘛，不然她真的要留级了！”穆扬见状，也赶忙帮腔。虽然他是很想叫温惜留级狗啦，但温惜说什么时候毕业什么时候才结婚，他可不想拖延一年婚期。

宋儒儒没好气地瞪了穆扬一眼：“叫二舅妈！”她的闺密童小悠嫁给了穆扬的舅舅，所以宋儒儒就自抬辈分成了穆扬的二舅妈。

“你当然是二舅妈！”温惜抱着她的大腿蹭了蹭，“阮教授说了，允许我参加期末考的条件就是要见家长。你也知道，要是被我爸妈发现他们肯定气死了，所以我就说让我舅妈来！”

“什么？！”

“反正到时候阮教授说什么你都说好，只要不留级，让我做什么都行！”温惜的目光里闪着坚毅的光芒，毕竟超模温惜大学留级这个微博头条她一点也不想要！

“哦？”宋儒儒挑了下眉，“那也就是说只要我帮你，让你做什么都行咯？”

“嗯……”虽然逻辑是这样没错，但温惜总觉得哪里怪怪的。或许留级比允诺宋儒儒一个条件会更安全一些，留级大不了丢脸，允诺一个神婆很可能会丢命。

宋儒儒跟着温惜走进一栋教学楼的二层，温惜抬手指向走廊尽头：“走到头右转就是阮教授的教室啦！”

宋儒儒拿出随身镜整理了一下刘海，盖住红肿的额头，温惜体贴地拿出蜜粉给她补了个妆：“大可爱怎么这么不懂事，一大早就吓唬你。”

“他哪天不让我心惊肉跳的？”宋儒儒狠话说完，却又莫名想到他可怜巴巴的模样，口气又软了几分，“还好我福大命大。”

温惜不知为何对只有一面之缘的修颉颃有着谜之好感，加之他对宋儒儒痴情一片，温惜心疼得不行，“你说大可爱长得那么好看，他要是不说话，你是不是还能看上他？”

温惜这话一说出来，宋儒儒倒真的陷入了思考。要是修颉颃不说话的话，他的相貌和气质真的没得挑，身高体型也不必说，白净的脸庞，还有清朗的五官。眉黑若墨，眸亮似月，尤其是他的眼睛修长又微微上扬，淡漠时宁静如水，笑起来又眼角微弯。若是在微博上看到有人拍下这样的小哥哥分享，她没准还能保存图片花痴几天。

可是他只要一开口，宋儒儒这个二十六年外貌协会资深会员就有立刻退会的冲动。由此可见，外貌都是浮云，耿直癌晚期一招杀天下。

“所以……”温惜“嘿嘿”一笑，“要是你不那么疑神疑鬼，什么都要算得清楚准确的话，有惊喜的人生也很有乐趣嘛！”

宋儒儒冷冷地翻着白眼看她：“那你不如直接留级，有缺憾的人生更精彩！”

温惜立刻乖乖闭嘴，点头哈腰对着“二舅妈”做了个“请”的姿势。

宋儒儒沿着长廊往里走，午后的音乐学院处处弥漫着艺术的气息。光是她听得懂的就有活泼的小号、沉稳的大提琴，还有悠扬的古琴。

古琴声是从走廊尽头传来的，是一首《渔樵问答》。琴音脱俗清丽，曲调悠然自得，最难得的是有一种飘逸洒脱的格调，那青山绿水间的隐逸之乐若然眼前。

在此之前，宋儒儒见过温惜弹奏古琴，那架势就是林青霞版的六指琴魔在弹天魔琴。曲子没错，调子也没错，就是好好的乐器硬是被她弹成了凶器，魔音绕梁，三日不绝。穆扬曾经拿手机录了一段，又剪辑了孙悟空被唐僧念咒时满地打滚的视频，天衣无缝，毫无剪辑痕迹。

因此，这琴音显得更加悦耳，随着音调的增加，山之巍巍，水之洋洋，斧伐之丁丁，乐曲进入了高潮。宋儒儒不自觉地放缓了脚步，生怕打断这难得的好曲子。

右转只有一间教室，教室门口站着个男人，约莫二十八九岁的样子。他双臂环抱在胸前，慵懒随意地倚在墙上，浓黑的睫毛覆盖着紧闭的双眼。他把头仰靠着墙壁，下巴到喉结的起伏犹如山峦一般挺拔。

一个英俊的男子静静地聆听这样的好曲子，着实是一幅极美的画面。

琴音落定，宋儒儒才从这份美好里回过神来。

然而那男人深深地打了一个哈欠，伸手挠了挠挺拔的鼻梁，换了一个姿势继续靠着。

没有了琴音掩盖，他轻轻的鼻鼾声倒是自有一番节奏。

“吧嗒”一声，教室门打开，一个约莫二十岁出头的小姑娘探出头来。她中等身高，长发披肩，穿着一件湖蓝色的棉麻长裙，裙摆直到脚踝，下面是一双白色的布鞋，整个人干净又清秀。她看到倚在门口的男人时，白净的脸庞微微变红。

然后渐渐变成大红，深红，猪肝红……

“怎么是你，我哥呢？！”她中气十足的声音吼出来的时候，人也张牙舞爪地扑向那个男人。宋儒儒清晰地看到她那双如葱白一般水嫩的手指变得像金刚狼一样残暴有力。

睡觉的男人突然被偷袭，但反应极快，仗着身高优势，伸手就按住那姑娘的脑门，借着手臂的长度，把她推到攻击范围以外的区域。

“天天你哥你哥的，我不是你哥啊？”那男人一手推着两手空扑腾的小姑娘，一手还悠哉地掏了掏耳朵，痞痞地笑起来，“你刚弹的是什么玩意儿，把我都听困了。你说你们老师是不是听力有问题啊，竟然觉得你弹得好，要送你出国？”

“我和你没法沟通！我哥不来，那我爸呢！我妈呢！”小姑娘气得直跳脚。

“大人都有大人的事，你一小屁孩管那么多！再说我不是你家长吗？”那男人笑得很坏，却又不让人讨厌。他一边教训着妹妹，一边朝宋儒儒爽朗地笑了笑：“不好意思啊，熊孩子，让你见笑了。”

宋儒儒没想到刚才的曲子竟是眼前这个小姑娘弹的，心里有几分敬佩，只是不知道这兄妹俩怎么会这样水火不容。

“没事。”她说着从他们身边走过，径直走向教室。

小姑娘却叫住了她：“你找谁？”

“我找阮教授。”宋儒儒轻轻叩了叩教室的门，“阮教授，我是温惜的家长。”

小姑娘放下挥舞的手臂，目光奇怪地看了她一眼：“你是温惜的家长？你是她姐姐？”

宋儒儒怀揣十二分的淡定：“我是她舅妈。”

那男人微微眯眼，若有所思地打量了宋儒儒一眼，然后揉着小姑娘的头发说：“要不我说我是你舅舅吧？”小姑娘一把甩开他的手，反手就是一掰，动作那叫一个利落。

教室里，阮教授的声音传了出来：“一起来了那就一起进来吧。”

古琴教室里陈设简单，除了两架古琴，便是一张长书桌和一些座椅。阮教授约莫四十余岁，长发盘起，只插一支木质发簪。因为与古乐器打交道，所以别有一番典雅的气质。

因为两个家长同时到了，所以阮教授对打骂的兄妹说：“推荐边舜去交流的事我们等会儿再谈可以吗？”

“可以的，我一点都不急。”那男人大方地一笑，立刻就使唤自己的妹妹：“舜啊，给我倒杯水。”小姑娘狠狠地瞪了他一眼，扭头走出了教室。

阮教授笑了笑，看向宋儒儒：“你是温惜的家长？”她显然对于宋儒儒的年龄产生了疑惑。

“我辈分大。”宋儒儒特别坦然地信口开河，“温惜爸妈又是早恋早婚，别看我只大她几岁，但在家里哥哥嫂子都让我管她。”

“哦，是这样啊。”阮教授点点头，“其实找你来就是想告诉家长温惜这学期的情况，我知道她是很出名的模特，但她既然还是音乐学院的学生，就应该完成学生的本职工作。如果两者无法兼顾，那她就应该舍弃其一。”

“可是留级的话……”宋儒儒神色难过地说，“温惜的爸妈会很难过的，这对温惜也是非常大的心理伤害。”

“那也是没办法的事。”阮教授说着，忍不住夸奖自己的得意门生，“你看边舜，她每天超过十个小时都在练习古琴。而温惜呢，这学期一堂选修课都没来上过。我个人的建议是，如果学业难以按时完成就留级，时间不足造成的问题就用延长时间来完成。”

一边是挨训的差生家长，一边是榜样的优等生家长，宋儒儒垂头丧气，那男人自然是扬扬得意。

“阮教授谬赞了，我家舜每天弹琴弹得我都没法睡！那叫一个不分昼夜，不分四季啊！”

宋儒儒暗暗白了他一眼，对着阮教授诚恳地点头：“阮教授您说得对，可我也希望您能了解一下我们家的情况……”

她话音未落，阮教授和那男人都神色惊讶地看向她。宋儒儒抬手扶额，未及三秒，湿热的泪水就充盈了她的眼眶：“您别看温惜表面风光无限，可她背后吃的苦、受的罪，又有谁知道呢？一个十八九岁的小姑娘，为了撑起家庭的重担毅然选择了做模特，三年来那二十五米长的T台就是她的全世界啊！她难道不爱音乐吗？如果她不爱，她就不会报考音乐学院！如果她不爱，她就不会选择古琴！但命运给了她一副枷锁！她、挣、脱、不、开、啊！”

字字铿锵，字字泣血，宋儒儒的职业素养就是这么高，一番真情流露的剖白连她自己都被感动了。所谓神婆，必然自信，尔后人信之。

阮教授愣怔地看着宋儒儒，神色动容。

宋儒儒知道，这才是万事俱备只欠东风。她一把拉开挎包，从里面摸出一支竹签递给阮教授：“这是温惜考上音乐学院时抽的签，这么多年她一直都摸着它入睡，您看看，那签上的字都已经被她的手指给磨没了！但签文她却始终记得，那七个字正是——高山流水遇知音！”

教室里一片寂静，阮教授被彻底征服了。

只是寂静中却有一个不和谐的声音传来，宋儒儒目光如炬地循声看去，只见坐在她身旁的男人一只手捂着嘴，一只手掐着自己的大腿，肩膀已经抖得不能自已，显然是在憋笑。

宋儒儒神色严肃地戳了他的肩头一下：“这位家长，你家孩子确实优秀，但别人家的孩子也有自己的辛苦，你知不知道我家温惜多能干？她的坚强。她的隐忍，她的……”

这组排比句还没说完，那男人彻底憋不住了。因为笑声太强，又想极力控制，他硬生生在古琴教室里笑出了一声猪叫……

“嗷——”

**

走出教学楼，宋儒儒的心情才有所好转。虽然被那一声猪叫打断，但好歹也让阮教授同意让温惜参加期末考试了。虽然不知道她的魔音能不能及格，但总比直接留级要强。

“喂”一阵脚步由远及近，宋儒儒转身看去，就见猪叫男追了上来。他看起来挺不好意思地向她道歉，“对不起啊，我真的不是故意的。”

“故意不故意的，反正你都已经做了。”宋儒儒虽然也恨铁不成钢，但在外人面前护短没商量，“你家孩子优秀，那我家孩子就可以被嘲笑吗？”

“我真的不是嘲笑。”他双手合十连连道歉，硬朗的五官挺拔英气，收敛了方才的慵懒随意，浓墨重彩的眉眼间也多了一分睿智明亮，“我之所以笑，那是因为……”

“师兄？”穆扬略带惊讶的声音从宋儒儒身后不远处传来，“你怎么在这里啊？”

宋儒儒一愣，转身看去。就见穆扬和温惜明明是在教学楼下等自己，此时却对着猪叫男热情地打招呼。

“这是穆扬的师兄边尧，电视台新闻频道的主持人！”温惜热情地向宋儒儒介绍了猪叫男，她男友穆扬是时尚节目的主持人，刚进台里时是边尧带的，所以尽管现在穆扬大红大紫了，依然会叫边尧一声师兄。

听温惜这么一说，宋儒儒确实觉得边尧有几分眼熟了，只是她平时不怎么看新闻频道，估计也就是换台的时候溜过一眼。而且新闻节目主持人一般都西装革履、严肃端庄，而眼前的边尧基本和那八个字没一点关系，所以即便眼熟也还是无法将两者画上等号。

边尧对着宋儒儒笑了笑，说：“所以你明白了吧，我笑是因为我认识温惜啊。你说她挣脱不开命运的枷锁，又是隐忍，又是坚毅……”他抿着嘴眨了眨眼，笑得也很无奈，“我就憋不住了。”

若是认识温惜的人，听了她方才那番话确实也会憋不住。但宋儒儒毕竟是二舅妈，长辈的身份不能丢：“好吧，算你有合理的理由。”她看向温惜，又继续说：“阮教授让你写份检查，期末可以参加考试。”

“哇！儒儒你太棒了！”温惜激动得扑上来抱住她，“我今晚请你吃大餐！”

“不用了。”宋儒儒指了指自己被刘海盖住的额头，“我还是先回家休息了。

你也回家好好练习吧，期末考试再挂科，神仙都救不了你！”

“神仙不救我，半仙救我就行！”温惜抱着宋儒儒亲了一大口，才松手放她走。

直到宋儒儒转弯，身影彻底消失，边尧才收回黏在她身上的目光。他用胳膊戳了戳穆扬，小声问：“她真是温惜的舅妈？”

穆扬叹了口气：“不是，但她是我的二舅妈。”

“那……”边尧问，“你还有个二舅？”

“她这个女神婆，又狠又不好惹，谁敢做我二舅，我认他做大哥！”

**

然而这个世上，有人知难而退，就有人铤而走险；有人迷途知返，就有人死不悔改；有人识时务者为俊杰，就有人不入虎穴焉得虎子。

修颉颃就是后者。

宋儒儒下地铁的时候人潮涌动，突然有些头晕眼花，这才想起奔波一天竟然连午饭都忘记吃了。走出地铁站，她在公寓门口的超市买了两个面包和一瓶酸奶，先啃了两口，然后踩着高跟鞋一瘸一拐地往家走。步步钻心，又累又饿，正是一肚子烦躁无处发泄的时候……

修颉颃就那么端端正正地出现在她家门口，他腰背挺直，两手负在身前，像是在进行某种严肃的仪式。

“我可以和你说话吗？”他谨慎地问道，连语调里都透着严肃。

宋儒儒没想到他这么严肃就为了问这个，她还以为他是因为一早的事生气要来教训她呢。人嘛，总是吃软怕硬的，他既然不是来教训自己的，那她也就不用客套了，于是冷冷地说：“不可以。”

“好的，我尊重你。”他点点头。

哎哟，宋儒儒心中暗想，早上虽然说得过分了些，但真的有成效了？看来对付修颉颃就得狠心啊！

“那我明天再来问你。”

“啊？”

他很有礼貌地拿出自己的手机，点开时间栏问她：“你希望我明天什么时候来？是上午还是下午？三点可以吗？”

“等等！”宋儒儒把购物袋一丢，高跟鞋一甩，光着脚走到他面前。

“修颉颃，”她直呼其名，“你这根本不是尊重和商量啊。”

“啊？”他神色疑惑，反问道，“不是在做事情前询问你的意见，然后和你商量就是尊重吗？”

“你当谈恋爱是开联合国会议啊？还相互交换意见？”宋儒儒前一秒还气炸，后一秒突然又变得无奈，“尊重是你要关心别人的状态和情绪，观察眼下的情况适不适合你说那样的话！有些事一看情况就知道不必商量了，好吗？”她这会儿都要累成狗了，还要和他商量和预约说话时间？

修颉颃听话地仔仔细细打量她，脸还是那么漂亮，神色还是那么咄咄逼人，穿着早上出门时那条看起来一般般但被她穿得很好看的裙子，嗯……他的目光落在她的脚上，因为穿了一天高跟鞋，宋儒儒的两只脚都磨出了水泡，有一个水泡已经破了，露出血红的皮肉。

“看到没？”宋儒儒疼得倒吸一口凉气，“你说我现在想不想和你说话！”她低吼完就弯腰去拎袋子和自己的鞋，哪知刚刚俯身就觉得天旋地转。

真饿晕了？

下一秒，宋儒儒就发现并不是她饿晕了，而是修颉颃趁着她弯腰的时候忽地一把将她扛到了肩上，动作轻松得像在背一个单肩包似的。

“喂！”她红着脸大叫一声。

“你脚破了，我带你去医院。”修颉颃单手扛着她绰绰有余，还能用另一只手去按电梯。

“谁要你带我去医院了？你疯了吗？”宋儒儒趴在他宽阔的后背上，除了莫名其妙的恼火，竟还有些无可名状的脸红心跳。

“有些事一看情况就知道不必商量。”修颉颃一字一字地重复她之前的话，“受了伤就要去医院，不必商量。”

宋儒儒像个虾米一样弓起身子想要挣脱，虽然修颉颃时常被小个子的她吼得一愣一愣的，但他确确实实是一个身形高大的成年男子。宋儒儒再凶再泼辣，被他倒栽葱般地扛着也是无可奈何，只能眼睁睁看着自己被他扛进电梯，又眼睁睁看着他按下负一层的按钮。

等等，一个男人有机会又有力气扛着自己喜欢的姑娘，竟然不是扛到自己家，而是真的带她去医院？

他的手很绅士地紧握着，并不去触碰到她的皮肤，只用手肘的力量隔着裙摆夹着她的双腿。他手臂的肌肉紧实有力，倒和他淡雅清逸的模样不怎么相符。

宋儒儒扭着脖子看过去，他的侧脸轮廓分明，白净的面庞依旧平静如画，只有修长的双眼此刻有一种急切之感。他很急，担心她伤得重不重。宽厚结实的肩膀抵着她的胸口，她突然响起温惜的话——

“你说大可爱长得那么好看，他要是不说话，你是不是还能看上他？”

“要是你不那么疑神疑鬼，什么都要算得清楚准确的话，有惊喜的人生也很有乐趣嘛！”

他突然侧过脸来看她，修长宁静的双眸第一次离她那么近，透明又澄净，像是清晨第一缕光亮破云而出。宋儒儒突然想到一句偈语：菩提本无树，明镜亦非台，本来无一物，何处惹尘埃。

他像是在哄她似的低喃：“很快就到了，忍着点。”

**

修颉颃一路扛着她走到自己的停车位前，他那辆普普通通的沃尔沃宋儒儒还是认识的。只是他却没有走向 NM250，而是继续往前走了两步。就在 NM250 隔壁，是一辆崭新的沃尔沃——和 NM250 同款、同型号、同颜色，却是一辆新车，车窗上还贴有临时的纸质牌照。

他打开新车的副驾驶座车门，把她小心地放进去，并扣好安全带。

宋儒儒坐在车里震惊不已：“这是……”

他关门的动作稍稍停下，一只手还搭在车门上：“哦，我刚才找你就是想跟你说这个，今早你说你不想坐 NM250 车牌号的车嘛，所以我就重新去买了一辆，这次车牌肯定不是 NM250 了。”

炫耀新车这种事，换了别人肯定是又 Low 又俗，可他诚恳又有点蠢的样子，以及两辆一模一样的车，实在让她在哭笑不得之余莫名有了一种感动。

因为他不是要换车，也不是要炫富，他甚至觉得原来的车很好，所以再买的时候才会买同样的车。他做这一切都只是因为她的一句话，甚至是一句她自己说完就忘的气话。

“就因为我？”像是有什么狠狠地撞上了她的心，哪怕那心硬如磐石，也稍稍颤抖了一下。

“嗯。”修颉颃点点头，“我仔细想了想你说的话，我确实没有考虑过你的感受。一直以来我都只顾着自己喜欢你，却丝毫没想过我的喜欢会让你难过。”他像写论文一样汇报自己得出的结论，除了分析资料还要反思之前错误的形成原因：“因为我从来都没有喜欢过谁，也就并不懂应该怎样去喜欢一个人。”

这个问题他今天思考了很久，喜欢一个人应该是怎样的，除了想要见到她，除了想要和她说话，除了想和她分享自己的心情，更重要的是如何见到她，如何与她说话，如何跟她分享自己的心情，可这“如何”二字偏偏是他不会的。

他也曾有过欢喜，有过这样的感情，可后来却骤然失去了。漫长的岁月过去，修颉颃早就忘了该如何去迎接久违的欢喜。他的喜欢让她措手不及，其实对他来说又何尝不是一样。发现自己喜欢她的时候，他也震惊，也茫然，但更多的是期待。

他那么期待将自己的喜爱告诉她，想要诚实地让她知道自己的感受，像无垠沙漠中出现了清泉，枯燥的文字里出现了色彩，让他惊讶又喜悦。然而他是在黑暗森林里迷路的人，只能见到遥远天边的光明，有喜欢的心情，却没能找到喜欢的路。

所以在这篇论文的结尾，修颉颃提出了解决问题的合理方案：“你说你讨厌未知，那以后的每一件事我都会问你的意见，你要是不想和我说话就告诉我，要是也不想见到我，就告诉我你的日程，这样我就不会和你一起出门，你也就不会看到我了。”

这是一场只有两个人的论文汇报，他是汇报人，而她是唯一的听众，也是唯一可以给予评价的人。

“当然……”他小声地补充了一句结束语，“如果你愿意和我说话，愿意见到我的时候，也一定要告诉我……”

唯一的听众笑了。

宋儒儒想，他们俩真的是两个世界的人，他所有的思维她都不能理解，他所有喜欢她的方式都让她无所适从。她甚至觉得他的喜欢很莫名，还很可笑，在她狠狠地刺伤他后，他一定会选择优先保护自己不受伤害。

所以啊，她真的一点都猜不透他，他们也确实没什么是相似的，也没什么是相符的。可修颉颃真是个怪物，他这样耿直又笨拙的方式，竟让她觉得也许不安感也并不是那么可怕。虽然她还是会因为他的突兀而紧张，却也会因为他的认真而感动。

“其实我也没有那么不想见到你，只是我完全不了解你，有时候不知道你在想什么，也不知道你会做什么事，这让我有些不安……”

“你想了解我？”修颉颃惊讶地看着她。

宋儒儒不知道他是怎么从上文中得出的这个结论，一时语塞。而修颉颃已经开始郑重其事地介绍自己：“我叫修颉颃，今年二十八岁，男，汉族，我的工作是……”

“喀……”宋儒儒轻咳了一声打断他，伸手指了指自己受伤的脚。

修颉颃一愣，很不好意思地笑了：“对不起，我忘了要送你去医院。”

关车门的时候，他说：“以后我有做得不对的地方，你都可以直接告诉我。你愿意和我说话，我很高兴。”

宋儒儒想，是不是因为太久没有体验过被人喜爱的感觉，她才会忘记其实无论是不是真的喜欢上对方，被人喜欢都是一件幸福的事。

**

其实这点小伤是完全不必去医院的，换了以前宋儒儒就是菜刀剁了手都不会去打破伤风。可修颉颃偏要小题大做，她倒也不那么抗拒了。当然，其中有一半原因是根据经验，拒绝修颉颃的第一选项，他因此而衍生出的其他选项可能还不如第一选项。

伤口包扎好后，宋儒儒才想起她的鞋还落在自家门口，要是再被修颉颃扛着回去也着实不太好。好在修颉颃经过提点学会了观察，已经给她买好了一双鞋。事发突然，他也来不及去商场，就在医院门口的超市给她买了双鞋。

那是一双黑色的男士拖鞋，上面还有红黄蓝三个黑体字——七星牌。

宋儒儒很欣慰他能给自己买鞋，但还是输给了直男审美。

“这鞋比较大，不会蹭到你的伤口，而且……”他神色自信地说，“我看你经常穿颜色鲜艳的衣服，所以才特意给你选了这个颜色。”

这种闪瞎人的配色，要说是临时凑合还能勉强接受，但特意挑选？尤其是她今天穿着如此知性的一条连衣裙，配上彩虹拖鞋，也是美得无法言喻。

“怎么？”修颉颃见她面露难色，有些紧张地问，“你不喜欢吗？”

根据经验，宋儒儒决定不否认第一选择，主动穿上了这双拖鞋：“挺好，挺好。”

她起身的时候，修颉颃下意识地伸出手扶她。可伸到一半的时候手又停留在空中不敢再往前，因为他不确定宋儒儒喜不喜欢自己这样做。

瞧他一副谨小慎微的模样，宋儒儒在心里暗暗骂了自己一句：作孽啊作孽，好好一个大男人被你吓成这样。你哪里是神婆啊，简直是巫婆。

车子一路往家开，修颉颃的开车技术像他的为人一样一丝不苟，车开得稳极了。宋儒儒又饿又累，靠着座椅竟然都睡着了。

等到了地下停车场停好车，他才发现副驾驶座上的宋儒儒睡着了。她睡着的模样真的很好看，不那么凶，也不瞪着眼看他了。纤细而根根分明的睫毛垂在眼下，鼻头圆润微翘，显得格外机灵。嘴唇是小而饱满的，笑的时候很甜，生气的时候也很可爱。大概是做了吃东西的梦，她的嘴唇动了动，还有滋有味地咂了咂嘴。

修颉颃只觉耳根热起来，不自觉地喉结一动，慢慢凑近她粉嫩的唇瓣，然后——

拿出一张面纸替她把嘴角的口水给擦了。

见她睡得这么香，他不忍心叫醒她，索性开门下车，走到隔壁的NM250，从后备厢里拿出一本书，然后回到车上开始看书。

宋儒儒是被生生饿醒的，她微微睁开眼，就看见坐在身旁专心看书的修颉颃。灯光昏暗的地下车库里，他的双眸却像黑曜石般熠熠生辉。他看得很认真，纸张翻过的沙沙声、油墨淡淡的清香和他清逸宁静的侧颜融为一体。

“这本书好看吗？”她开口问他。

他像是被惊了，长眉一动，目光清澈地看向她说：“嗯，挺好看的，你要看吗？”

宋儒儒揉揉眼，打了个哈欠，摇摇头：“看书好累。”

“那……”修颉颃问，“要不我读给你听？”

“改天吧。”她习惯性地用客套话回绝，成人的世界里不立刻答应的事基本就是拒绝。可她一说完就想起修颉颃并不适用于这一法则，还没等她改口，他立刻就回答了。

“好啊，那是明天还是后天？”

宋儒儒没法像以前那样狠心拒绝他明亮又期待的目光，咬咬牙说：“那就明天吧。”

他果真拿出手机查日程安排：“我明天白天有事，晚上七点来找你。”

“好……”

**

周六是边教授家一周一次的家庭聚会，因为修颉颃最近很少回家，边舜对他无比思念，也就更加怨念：“哥，你为什么不去我的学校，要让边尧那个浑蛋去！”

“哎哎！”边尧从沙发后面走过来，抬手就把边舜的脑袋按到茶几上的干果盘里，“我和你的教授相谈甚欢好不好，要不是我你能去日本交流？”

“那是我成绩好！”边舜顺手抓起一把山核桃就要往边尧头上砸，修颉颃轻咳了一声：“不要浪费食物。”

边舜立刻乖乖把手放下，笑着问修颉颃：“哥，你吃不吃核桃？我给你剥。”

边尧就见不得他们两兄妹友爱的场面，吐吐舌头，嫌弃地往贵妃榻上一躺：“没天理啊，亲哥像后哥，后哥像亲哥。”

边舜一边剥核桃一边白了他一眼：“你是我亲哥？那你认识温惜我怎么不知道？”

边尧一把抢过边舜刚剥好的核桃仁丢进嘴里：“得了吧，你也没告诉过我你和她是同学啊。咱们兄妹俩你不关心我，我也对你没兴趣，能互通什么消息？你还能记得我是你哥不是你姐就很不错了。”

“那是因为我不喜欢她。”边舜嘬着嘴说，“她在学校嚣张得很，长得漂亮了不起啊。”

“还真是了不起。”边尧贱兮兮地说，“喂，你是不是妒忌啊？人家长得好看靠脸吃饭，而我们家舜呢，只能拼命努力靠才华！”

边舜长得其实也算清秀可爱，只是对比温惜那样逆天生长的美人，瞬间就变成了路人甲。她们俩大一时同寝室，温惜当时一夜成名，引来好多记者围堵边舜打听温惜。次数多了，边舜就烦了，便去和温惜说让她不要把记者引到学校来。哪知温惜做事向来雷厉风行，二话不说直接就搬出了寝室。

学校的寝室是两人一间，温惜卷铺盖一走，宿管就把摇滚系一个大四的学生填补进了边舜的寝室。听说那人是被其他寝室赶出来的，正愁没地方去。此人日夜颠倒，大晚上灵感一来就狂弹电音吉他，折磨了边舜整整一个学期才毕业。从此，边舜就和温惜结下了梁子，两人见面也形同陌路。

“我才不会妒忌一个差点留级的人好不好！”边舜气得面如猪肝色，骑到边尧的腰上就要打他。好在一直安静思考的修颉颃突然问了她一个问题，边尧才躲过一劫。

“舜舜，你们女孩喜欢什么样的鞋子？”

“啊？”边舜难以置信地问，“哥，你要送我鞋吗？”

“不啊。”修颉颃反问，“我为什么要送你鞋？”

边舜不高兴了：“那你要送谁鞋？”

修颉颃低着头不说话，边尧“嘿嘿”一笑“怎么了，打算送你心上人鞋子？”

“哥！你真有喜欢的人了？”边舜之前是不信边尧的鬼话，可眼下一看便知是真的，气得她狠狠地在边尧的腰上掐了一把，“我小时候你答应过我以后和我结婚的！”

修颉颃蹙眉看向她：“我没答应过。”

“那我说我以后做你新娘的时候，你也没说不好啊！”其实边舜只是哥哥控，不希望自己哥哥被人抢走。当然，要是有人抢边尧，她可能会亲自送货上门。

“啊——”听她这么一说，修颉颃还真想起了这事。那时候边舜才十岁，缠着自己玩过家家时是说过，那时候他也确实没回答她。于是他抬头看向边舜，目光恳切又认真，“那你要不要再说一次？”

一听这话，边舜立刻从边尧身上下来，羞涩地对修颉顽说：“哥，我以后做你的新娘好不好？”

“不好。”

**

直到吃饭的时候边舜都在生气，边尧笑得乐不可支，修颉顽则在专注地吃饭。今天孟秋做了边教授最喜欢吃的清蒸江白条，他吃得和修颉顽一样认真。

孟秋在桌子下踢了他一脚，边教授才想起有正事没说。

“咯……那个边尧、颉顽啊，你们俩年纪也不小了，现在都还是单身，要不要去相个亲？”

“相亲？”边尧的头摇得像拨浪鼓一样，抬头看向孟秋：“妈，你最近也去跳广场舞啦？是哪个大妈家的闺女啊？”

“我什么时候跳过广场舞，是你爸的学生！”孟秋对边尧即便生气也只是嗔怪，“人家姑娘要才有才，要貌有貌。”

“我才不信。”边尧撇撇嘴，“才貌双全还相亲？只有长得和咱们家舜一样的才要相亲。”

边舜冷冷地说：“就你这样还挑别人？你说温惜漂亮，那你有本事找个和她一样好看的啊！”

“哎哟哎哟……”边尧“啧啧”，“厉害了啊，那你说温惜漂亮没啥了不起，你怎么不找个和她男友一样帅的？”

“我哥就比她男友帅一百倍！”边舜自豪地说。

边尧笑得贱兮兮的：“你这是夸我呢，还是夸刚才拒绝你的那个？”

边舜恼羞成怒，丢下碗筷就走：“我练琴去了！”

“好好练啊，勤能补拙！”边尧还不忘在她身后大喊。

孟秋一筷子就敲上了边尧的脑袋：“你就是这样才会一直单身！连你自己亲妹妹都嫌弃你！”

边尧耸了耸肩，十分无所谓：“单身有什么不好？”说着他揽上修颉顽的肩膀，“大不了我们兄弟俩凑一对！”

修颉颃淡漠地看了他一眼，轻轻抬手把边尧的手从自己肩膀上拂下去，然后继续吃饭。

“不是相亲，是我好不容易说服人家见你们一面，还不知道人家姑娘选你们之中的哪个呢！”边教授白了两个儿子一眼，“你们俩谁被选中，睡觉就等着被笑醒吧！”

吃饱的修颉颃默默放下碗筷，郑重地说：“我已经有喜欢的人了，我不去相亲。”

边教授和孟秋还是头一次听到修颉颃说这样的话，两人皆是又惊又喜：“真的？是谁？什么时候带回来我们看看？”

“可她不喜欢我。”修颉颃说，“所以不能带回来给你们看。”

“……”

边教授愣了好几秒，然后问：“那……她以后会喜欢你吗？”

“不知道。”修颉颃严谨地回答，“但目前她不讨厌我了。”

“……”

边教授汗颜，敢情之前人家还讨厌你？

修颉颃说完站起身，向书房走去：“爸，我要借几本书你的，晚上要去她家。”

他前脚刚走，边教授和孟秋立刻围上了边尧：“哎，你知道是谁吗？”

边尧连忙举手投降：“我连名字都不知道，他什么都没告诉我。我就给他弄过俩石狮子，还目睹了他连人家电话都没要到。”

“那能成吗？”孟秋有些担忧自己的儿子。

“能吧。”边教授过来人似的笑了一下，“他不是说晚上要去姑娘家嘛，去家里哎，你儿子再不开窍还能去姑娘家读书上课不成？”

“那还真不一定。”边尧摸了摸下巴，“也许他就是去读书的。”

“啊呸！”边教授踢了儿子一脚，“颉颃好歹也有追求的目标了，你呢！你就给我老老实实相亲去吧！”

“你不是说人家姑娘还要二选一吗？”边尧玩世不恭地笑道，“没准人家根本就没选我。”

但姜毕竟是老的辣，边教授老奸巨猾地一笑：“她只要了你们的生日，又不知道谁是谁，反正颉颃走了就剩你一个，无论她选哪个，我都说是你！”

**

因为今晚给宋儒儒讲的那本书有些内容需要其他书来辅助解释，所以修颉颃在书房里找到书后又做了一些笔记，就连边尧走进书房他都没留意。

边尧兴致勃勃地问：“那姑娘约你去她家了？很有希望啊，看来之前不给你电话号码是欲擒故纵咯？”

“不是的。”修颉颃一边做记录一边说，“她是个很诚实的人，她不喜欢我，也都是直接告诉我的。”

“你被下降头了吧，她说不喜欢你，你还能夸她？”边尧倒吸一口凉气，不敢相信恋爱竟然是这么可怕的事！

修颉颃抿嘴笑了笑，虽然看起来和他惯常的浅笑没什么两样，可边尧偏偏瞧出里面夹杂了些许的得意。以往在处理人际关系和感情的问题上，他都绝对信任边尧，觉得边尧比自己厉害得多，可现在因为他有了这份喜欢，就完全不一样了。

“你又没有喜欢的人，你不懂。”

“什么？！”边尧莫名受到了一万点暴击，而攻击他的人竟然是修颉颃这个情商为 0 的家伙！

“好好好，你有心上人了，你了不起。”

修颉颃觉得自己确实挺了不起的，做笔记的时候都忍不住暗暗开心。还有五个半小时就可以见到她，就连下笔都潇洒自如，行云流水般地在洁白的纸上留下工整又清晰的笔记。

边尧很佩服那位素未谋面的姑娘，竟然能让修颉颃这样不食人间烟火的人神魂颠倒。难道就因为她诚实？不过边尧也知道，修颉颃对于真假是非有着高于常人，甚至是近乎变态的执着。想到这里，边尧开玩笑地问他：“哎，要是你发现那姑娘骗了你，你还会喜欢她吗？”

修颉颃握着钢笔的手骤然停下，最后一笔因为用力过度而穿透纸面，浓黑的墨水一下洇开，破坏了之前近乎完美的笔记页面。

他紧抿着嘴不说话，幽深的双瞳收敛了方才明亮清冽的光芒，像无星无月的夜空，黝黑又冰凉。

这目光阴冷得让人窒息，边尧忍不住打了个激灵。虽然并不陌生，但因为太久未见，倒真的快忘记修頡颃曾经的阴郁时光了。他一旦陷入执着，是谁也不可能去改变他的。

边尧第一次见到修頡颃那年，他们俩都是十七八岁的青春期。孟秋和边立心再婚重建家庭，他们俩成了继兄弟。边尧的母亲很早就病逝了，他和妹妹边舜都很喜欢孟秋，只因为孟秋笑起来很像妈妈。尽管兄妹俩并不太记得自己母亲原本的模样。

但见到修頡颃的时候，边尧很吃惊，不知道像孟秋这般温柔又体贴的母亲，怎么会养出修頡颃那样的孩子？

自闭、阴郁，眼里看不到任何人，也不关心任何事，没什么能让他开心，也没什么能让他动怒。他就像是悬浮在空气中的细小微粒，就连伸手去抓他也抓不住。

很长一段时间，修頡颃在新家说的话从未超过三个字。

改变修頡颃的，是边立心。

因为研究古代哲学离不开历史，也常和考古有交集，边教授平日爱去古玩市场淘点东西回来，真真假假连他自己都不清楚。

那天他又买了一个玉雕的小兵俑回来，正愁被孟秋发现乱花钱要挨骂，偏巧在家门口遇到放学的修頡颃。他忙不迭把兵俑往修頡颃的校服口袋里一揣，修頡颃对什么都无所谓，闷不吭声就帮边立心暗渡陈仓了。

等边立心被搜身后回到自己的书房，修頡颃才跟进去，把兵俑掏出来还给他，也不问是什么，也不问为什么。

边立心握着自己淘回来的宝贝爱不释手，忍不住用手轻轻叩了一下，玉人发出沉闷绵软的响声。已经走到门口的修頡颃停下了脚步，他曾经听过击玉之声，清冽脆亮的是翡翠，温润如水的是和田玉，但沉闷绵软……

像是冥冥中有神推了他一把似的，他转身问边立心："是真的？"

边立心温柔而小心地摸着小玉人，看起来对自己的眼光很有把握："卖家和我说这是战国玉兵俑……你瞧，这兵俑身上刻着甲衣，甲衣的形状是长方块形。因为在汉代，甲衣的形状就变成了槐叶形，像鱼鳞一样，也叫鱼鳞甲，所以这个兵俑的衣服是汉代以前的。而古代甲衣的制作是由犀甲发展为铠甲的，这个兵俑的甲衣是包肩臂短袖甲，而不是秦兵陶俑那种长袖铠甲，应该是比秦更早一些的。”

修颉颃从门口走回书桌前，素来放空的目光此刻稍稍凝神盯着小玉人，更难得地说了一句超过三个字的话：“这样就能说明是战国的？”

边立心摇摇头：“那倒也不能肯定，得好好研究研究才能得出答案。假的真不了，真的假不了。”

修颉颃难得在意一件事，继续追问：“你是说这个东西一定会有真假是吗？”

“那当然。”边立心笑了，“文物又不是人，它不会撒谎，只有造假的人，没有自造的赝品。”

他向边立心伸出手，示意想要仔细看看。边立心把玉人递给他，他握在手里沉甸甸的。原本空灵到没有魂魄的双眸变得幽深凝重，他迟疑了一下，谨慎地询问边立心：“那……我可以拿去研究一下吗？”

“那你可得小心点。”边教授虽然不放心，但毕竟是继子第一次主动和自己交流，舍不得孩子套不住狼啊，他只能再次叮嘱，“我花了一万块呢，要是真的我再告诉你妈妈，她就会很高兴了。”

三天后。

一家人吃晚餐的餐桌旁，唯独只缺修颉颃。

边尧和边舜嚷嚷着肚子饿了，孟秋便让他们趁热先吃馒头。边尧第一口才啃下去，修颉颃就回来了。

“怎么这么晚回来？边尧都回来一个多小时了。”边尧和修颉颃同级不同班，但放学的时间是一样的。

“最近颉颃放学都去市图书馆。”边尧话还没说完，边舜就狠狠踩了他一脚，嫌弃地白了他一眼，“你真是个二报大队长！”边舜才读小学四年级，在她的认知里，边尧的这种行为就是告状！

“他去图书馆是学习，又不是去网吧，我为什么不能说！”边尧揪起边舜脸上的肉狠狠地掐了一把。

“哇！”边舜立刻星星眼看向修颉颃，“哥哥！你好厉害啊！”

修颉颃依旧是缥缈无物的神色，放下书包在自己的位子上坐下，看向边立心开门见山地说：“你买的玉兵俑是假的。”

孟秋正拿着他的碗筷走过来，听到这话，眉头一皱，一记眼刀就抹过边立心的咽喉：“什么玉兵俑？”

“不不不，怎么会是假的呢！”边教授虽然不是考古专业，但自诩比小孩强，尤其为了躲避妻子的责骂，必须要为自己挽尊：“颉颃还小，不懂……”

修颉颃听了这话，站起身从书包里拿出一份文件递给边立心，语调平静但字字犀利地说：“你是从甲衣的形状和款式判断不是铠甲而是犀甲，所以比秦汉要早，但你没有注意甲衣的制作方式。犀甲的制作是将犀甲片缝在有内衬的布衣上，甲片上下左右错开排布。而这个玉兵俑的甲衣和秦兵陶俑的甲片一样，是上下左右对齐的，说明甲片联缀的方法是用压轧金属线或者动物皮条完成的。这也就是说玉兵俑的甲衣和秦兵陶俑的甲衣款式是一样的，都是铠甲，所以它并不比秦早。而西安出土的秦文物多为陶制品，仅有少量青铜车，从没出土过玉器，也没有任何秦玉兵俑的记载。”

他说着顿了一下，又从书包里拎出一个袋子：“另外，我今天还去了全市所有的古玩市场，一共买回来十三个一模一样的玉兵俑，每个只要三十块。”

边教授的脸色差不多和馒头一样白了，孟秋语气严肃地问边立心：“你、究、竟、买、了、什、么！”

没等边立心回答，修颉颃就一五一十地说了出来：“爸爸花一万块买了一个玉兵俑，他说如果是真的，你就会高兴，所以现在你不用高兴了，因为是假的。”

边尧还记得那天他和边舜都很害怕，害怕这会是新家庭的最后一顿团圆饭，毕竟他们吃了好几年的泡面和外卖，终于吃上可口的饭菜才几个月啊！

打破凝滞气氛的也是罪魁祸首，只听修颉颃又说：“我想学考古。”

边立心在孟秋的眼皮子底下胆战心惊地开口：“你……你确定？”

修颉颃紧抿着嘴不说话，不说是，也不说不是，目光像雪山高峰永不融化的白雪，既冷冰又坚毅。他认定一件事的时候就是这样固执又倔强。

那时的边尧一边啃馒头一边想，嗯，看来新兄弟是个死脑筋，这个家的气氛担当只能靠他了！

第五章
喜欢就是要付出代价

修颉颃准时在七点按了宋儒儒的门铃，宋儒儒一开门，就看见他端正地站在门口，手里拿着一摞书。

嗯，他真的是来读书的。

宋儒儒打开门让他进去，修颉颃自带了拖鞋和水杯，在客厅的沙发上坐下。这是他第一次清清楚楚看她的房子。两人是对门，所以房型本该是一样的，但宋儒儒的房子在装修时做了很大改动，他一时间竟看不出她和自己的房子是一样的房型。

首先，宽敞的客厅被分割成了三个部分，开放式厨房改成了封闭式，就连厨房和餐厅之间也硬加了一堵墙，显得狭小而逼仄，让人有点喘不过气来。

尤其客厅因此没有了采光，初夏的七点天本还亮着，她却得打开所有的灯才能照亮客厅。

“你这样看书对眼睛不好。”修颉颃关心地说。

宋儒儒耸耸肩，显然相比视力她更在乎风水：“这客厅太长了，不聚气，所以要隔开。”

“那有书房吗？”修颉颃抱着书问他，他们的公寓是两室两厅的格局，因为都是单身，应该是一卧室、一书房的。

“我没有书房，我有两间卧室。”宋儒儒指了指茶几以及沙发背后的书架，“这就是我看书的地方。”

修颉颃眨了眨眼：“你和家人一起住？”

宋儒儒跳过了他的问题，直接说：“因为我的八字有劫煞，不宜独居，得有两间卧室。”

“不宜独居啊……”修颉颃腼腆地低下头重复了这句话，神色似有所思，露出迷之微笑。

宋儒儒眯眼看向他：“你在想什么呢？”

他倒是知无不言言无不尽：“哦，我在想，我喜欢你，要是你也喜欢我，我们就可以正式交往了。等交往一段时间后，我们确定彼此就是对方要找的另一半就可以结婚。结婚以后我们就可以住在一起，那你就不是独居了，也就不用两间卧室了，那么就可以把房子改得宽敞一些。不仅客厅采光好了，也可以在书房看书了。”

“……”

宋儒儒扶额，他想得还真够远的！

不过他倒也知道这些构想是有前提的：“当然，前提是你得喜欢我，否则你就没有采光，也没有书房了。”

他惋惜地说：“你不喜欢我，真的好糟糕啊。”

**

不过修老师为人师表，诲人不倦，即便光线不好，也要秉承囊萤映雪的精神给宋儒儒读书。那是一本有关魏晋玄学的书，他的声音一向空灵飘逸，念起流畅雅致的文字更显得儒雅清逸。

宋儒儒听得也认真，她研究的方向一直以玄学为主，相关书籍也涉猎甚广，但这本书的见解显然更加独到。

“我不太理解这段说的道德的价值逆反产生了玄学……”

“道德的价值逆反我个人是这样理解的。”修颉颃放下书为她解释，“儒家哲学将道德视为终极追求，那么在实现目标的过程中就会产生两个概念，第一什么是道德，第二如何实现道德。道德的价值逆反就是，道德是向善的意志这一指向不变，而如何实现道德发生了变化，即善所指代的内容产生了逆反。”

“依据汉儒天人合一的思想，只要遵守道德所约束的规则就可以得到上天的庇佑。但东汉末年受到太阳黑子的影响导致一百年间发生了上百次天灾，所以人民不再相信以往的道德准则。他们仍然将道德列为终极追求，但认为以往遵守的规则并非是真正的善和道德，从而故意去做与之相反的事，并将此视为真正的道德。

“而与儒家入世思想相反的，恰恰就是崇尚无为的道家了。所以说因为道德的价值逆反，导致儒生对道家重拾兴趣，并将道家肢解，以无为为新道德，因此也产生了亲和印度大乘佛学的思想动力。所以说尽管玄学以老庄为圣人，但并非老庄思想的延续，因为老庄谈的是道。玄学无论是崇尚无为还是亲和佛学，都是谈道德，也就形成了所谓的玄礼双修这样奇怪的存在。”

修颉颃解释的方式既专业又清晰易懂，比那些高深晦涩的文字好理解多了。

“这本书是今年刚刚在内地出版的，我之前在香港大学讲课的时候看到过。”修颉颃把手里的书递给她，“你是研究玄学的，应该看看这本书。”

“可你又不是研究玄学的，你怎么会看？”宋儒儒从他手里接过书，记下了书名、作者和版本号。

“是这样的。”修颉颃微微歪头回忆了一下，“讲课那天有个女生让我给她签名，因为没带本子就让我签在书上，我翻看了一下觉得不错，就记下了书名。”

宋儒儒眼珠一转：“女生？那你还记得那女生叫什么吗？”

修颉颃摇摇头：“不记得了。”

“那长相呢？”

“也不记得了，我不大能记得不重要的事。”

“唉……”宋儒儒翻着书页小声嘀咕，“那你怎么记我记得那么清楚……你就不能像无视别人一样无视我吗？”

“因为你不是不重要的事。”他从她的手里将书抽走，指尖无意中碰到她的手指，只是轻轻一触，他却像是被蛰到了似的，耳根渐红。在西边晒黑的皮肤早已恢复了往日的白皙，那红色也就格外显眼，一点点蔓延到他修长挺拔的颈项，“你是很重要，很重要的。”

宋儒儒低头握着自己面前的水杯，轻轻晃着杯子里的水，又问他：“哎？之前有一次我不在家，你来敲门有个女生给你开门你还记得吗？”她说的是修颉颃从陕西回来那天，温惜恰好在她家给他开门的事。

“啊——”修颉颃点头，“我记得的，她说她叫温惜。”

“那你怎么记得她呢？因为她好看？”

他素来坦然：“嗯，她长得确实很漂亮。”

“那你就是看脸记人咯？”宋儒儒略带嫌弃地看了他一眼。

“我记文物也是这样啊，有价值的、有意义的、有艺术感的，肯定记得清楚啊。”他不理解宋儒儒为什么会不高兴，外形记忆法不是最基本的记忆法吗？

“人家有男友的。”宋儒儒也不知道自己为什么会说这句话，莫名就赌气了，“你说她好看也没有希望了。”

修颉颃更纳闷了：“我说温惜漂亮是客观事实，我又不喜欢她。即便我喜欢你，可她还是比你漂亮啊。”

宋儒儒两腮都气鼓了，微微咬牙问他：“你说句假话就会死是吗？”

他微微一怔，然后郑重地道：“是的。”

她虽然生气，却又莫名心头一暖，竟然产生了一种与他在一起从未有过的安心感。修颉颃这人可真奇怪，不安感来自他，而安心感也来自他。他究竟是命运给她安排的一颗糖衣毒药，还是蘸了黄连的糖丸？宋儒儒真的很想算一算。

修颉颃抬头看向她挂在墙上的时钟：“已经九点半了。”他的语气里带着一些焦急，书页翻得“哗哗”响，“我们赶紧继续下一章吧！下一章是常识理性的产生……”

其实学习两个多小时是有些累的，但修颉颃讲得引人入胜，她听得倒也不觉得乏。她看他的水杯已空，就拿起他的水杯起身：“我去给你倒杯水再读吧。”

她从厨房回来的时候，修颉颃正在研究她放在客厅西南角财位上的一对貔貅。

“那可不是文物。”宋儒儒放下水杯说，“没什么可研究的。”

修颉颃转身看向她问：“你为什么信命理风水？”

“我喜欢安全感。”宋儒儒在沙发上坐下，环视她的客厅。西南角是财位所以放貔貅，东北角放常青盆栽有利家运，玄关挂着一幅红字开门见红主平安。

“有这些就有安全感吗？”修颉颃有些疑惑，“每件事都有它产生的真正原因，难道喜欢一个人也是命中注定？不是因为这个人本身让我喜欢吗？”

宋儒儒耸肩：“你看，我们俩的三观是完全不一样的。所以修老师，喜欢才是最没有安全感的，因为它太过缥缈，谁也不知道它能持续多久，你看这种未知多可怕。”

“虽然我们不一样，我也不信你相信的这些，但这并不妨碍我懂它，就像我可以给你上课解惑一样。”他眉梢微调，神色骄傲又自信，“世界上哪有两个人是完全一样的呢，好比青铜器，即便是一个模子浇筑而成，经历的时间和风雨也会变得不一样。所以重要的从来都不是一样的，而是有没有人能够读懂它经历了什么。”

明亮的暖光下，她白皙细腻的皮肤泛着温润的光，眼波潋滟，几缕碎发落在她小巧圆润的耳边。她凝视他澄净的双眼，一字一字问：“那你能读懂我什么？”

修颉颃抬手将她的碎发别到耳后，露出她干净又明亮的面容。两手轻轻捧住她的脸颊，他的手掌宽大却不粗糙，指尖轻触在她柔软的皮肤上，带着恰好的温度和一丝轻微的颤抖。他还是第一次这么近距离地与她对视，熟悉的面容倏然变得有些陌生，像是在重新认识她，然后又重新喜欢上她似的。

“我说了不喜欢别人的手碰我……”

这次修颉颃有了光明磊落的理由：“你这里光线不好，我要看清楚些。”他的嗓音清冽动人，像潺潺的溪水一弯一弯绕过山石，不急也不缓。

“你喜欢鲜艳的色彩，也喜欢舒适自由的生活。

“你很自信，也很坚强，可以活得轰轰烈烈，却只想要安定平稳的生活。

“所以你不喜欢我，你觉得不安，只是因为你害怕自己会喜欢上我。

“宋儒儒，你是不是已经有点喜欢我了？”

修颉颃的掌心暖暖的，他凝望她时双眸里像是有夜空中最亮的星。

其实这个问题宋儒儒也想问自己，如果不是不安感作祟，像修颉颃这样的人，如此真诚地喜欢自己，她真的一点都不心动吗？

绯红从她的颈颈一点点蔓延到全脸，宋儒儒屏息镇定，让自己的声音平稳得不带一丝波澜：“你是我的老师。”

“我也就比你大一两岁吧，你叫我老师我会觉得自己很老，而且……”他小声提醒她，“你在家门口教训我的时候都没有叫我老师，你是直呼我的名字的。”

“你刚才还说自己可以给我上课解惑，那不就是老师？”宋儒儒的牙尖嘴利哪是修颉颃比得过的，论学识她不如他渊博，但论舌战她的经验可是更多。

他只好与她讨价还价地商量：“那可以是亦师亦友吗？”

“嗯。”这个答案勉强可以接受，宋儒儒点头同意。

修颉颃这才松开捧着宋儒儒的脸的双手，开心地拿出自己的手机递给她：“是朋友的话你可以给我手机号了吧！加你的微信你也要通过哦！”

宋儒儒发现自己教训过他之后，他反倒开启了新技能。

**

修颉颃认真讲完第二章才离开，那时已是晚上十一点了。连当事人宋儒儒都不敢相信，一个喜欢自己的男人在她家待到晚上十一点，真的给她上了几小时的课！

出门时，他与她轻声道别：“很高兴今天给你讲课。”

“也很谢谢你。”宋儒儒回道，“书我已经下单了，明天就会送货。”

他站在门口迟疑着没走，像小孩子生气似的，声音里都带着怨念：“我以后不告诉你书名了。你只有不知道书名，才会让我给你上课。”

“我有书也不一定全都能看懂啊。”宋儒儒不敢去看他的眼神，只好用脚有一下没一下地踢着门口的地垫。

修颉颃平日里都是一张放空脸，波澜不惊，没有任何神色与表情，唯独面对她的时候，脸上藏不住一点喜怒哀乐。一听她那么说，他立刻就笑起来："那你要是博士论文写不出来，会不会需要我给你上课？"

宋儒儒抬头看他，蹙着眉头不高兴地说："我博士还没开始读，你就要诅咒我论文写不出来吗？"

他一板一眼地说："我没有诅咒你，写不出博士论文的人很多的。"

宋儒儒气不打一处来，"砰"的一声把门关上："再见！"

她靠在门板上气得肺疼，忽然又莫名地笑起来。心中正感觉异样的时候，身后的房门"咚咚咚"被敲响，不用猜也知道是修颉颃，八成是落了什么东西。

她故意板着脸打开门："怎么了？"

"晚安。"他立在门口浅笑起来，微微露出整齐洁白的牙齿，那样子有点傻，也有点好看，"我忘了和你说晚安。"

宋儒儒不自然地揉了揉鼻子说："晚安"。

她带着鼻音的语调听起来软软糯糯的，像猫的叫声似的，挠得修颉颃心中痒痒的。他垂着眼，有些后悔地说："我不该那么早告白的。"

"嗯？"

"我一看到你就想和你说，我很喜欢你，可又怕你觉得我啰嗦。"他的双眸清晰地映着她的面容，那么晴朗，就像是太阳一样。如果可以将她永远刻在心上，他冰凉的内心也会变得温暖明亮吧。

**

宋儒儒洗完澡已经快十二点了，她将茶几上摊开的笔记拿起，她清秀的笔迹边还有他留下的一些备注。那字铁画银钩，甚是好看。她想起他方才握笔写字的姿态，宛如兰竹，儒雅非常。她不知不觉拿着笔记走进卧室，躺在床上又翻看了一遍。

手机传来一声提示音，她翻滚到床头拿起来，是修颉颃在微信上申请加她为好友。宋儒儒按下通过，才注意到他的头像有些奇怪。点开大图一看，竟然是她做的小布人，一板一眼的表情，身上还贴着他的名字，倒确实很适合他拿来做头像。再点开他的朋友圈，空荡荡的，什么也没有。

修颉颃发来一条消息：博士开学就要交一万字的论文提纲，写不出来告诉我。

宋儒儒回了一个“不听不听，王八念经”的表情，想想还不够，又从手机相册里翻出自己在八卦村给他拍的乌龟合影，一并发给了他。她浑然不觉自己此时满脸笑意，在床上轻轻地晃着、滚着，两只脚一会儿跷着一会儿放下。

没过一会儿，修颉颃空荡荡的朋友圈就有了第一条——乌龟合照。照片中的他比着剪刀手，笑得灿烂又开心。她忽地想起方才他双手捧着自己的脸，两人靠得那么近，只觉得脸颊一阵灼热，忍不住把脸埋进了枕头里。

才……才不会喜欢他呢，只是不讨厌罢了。喜欢这件事哪有那么美好，总是会叫人失望的。人有了想要的，才会有求而不得。如果一开始就不想要，那便不会有痛苦了，不是吗？

她还记得小时候在幼儿园看完长颈鹿和小星星的动画片那天，母亲来幼儿园接她。那是一个大晴天，宋佳宁给她买了一支冰棍，她一边吃一边把动画片说给妈妈听。

“长颈鹿好可怜啊，它都不知道别的小动物围着它，喜欢它呢。”

“可妈妈觉得长颈鹿很幸福啊，它虽然不知道，但有那么多小动物喜欢着它，被人喜欢就是幸福的事啊！”宋佳宁牵着女儿的小手，一步步领着她往前走。

宋儒儒歪头看向母亲：“那我不知道爸爸是谁，爸爸也喜欢着我吗？”

宋佳宁停下脚步，蹲下身子给女儿擦去嘴角的奶油：“只有妈妈喜欢儒儒，儒儒觉得不够吗？”

“够了。”宋儒儒点头，“只是别的小朋友都有爸爸妈妈，而我只有妈妈。如果爸爸也是喜欢我的，那么我不知道他是谁也没关系啊，被人喜欢就是幸福的事！”

宋佳宁摸摸女儿的脑袋：“爸爸很喜欢儒儒，只是他不能陪着你而已。”

“有妈妈一直陪着我就够了。”宋儒儒奶声奶气地说，“妈妈可以喜欢我两倍。”

宋佳宁笑了起来："以后会有很多人喜欢儒儒的。"

"哇！"她开心地叫起来，"那我是不是和小长颈鹿一样，我也有小星星！"

……

宋儒儒从床上爬起来，从衣柜最深处拿出一个木盒，小心地打开，盒子里是一个镶满水钻的小星星发箍。她轻轻地拿起发箍，生怕弄掉上面早已暗淡无光的水钻。

因为长颈鹿有小星星，所以小动物们就喜欢它，围着它，那要是喜欢自己的人已经不在了，是不是就不需要小星星了？可若是没有了小星星，喜欢自己的人找不到自己了可怎么办？

**

宋儒儒这一夜睡得香甜，第二天还是边教授的电话把她吵醒的。她迷迷糊糊地爬起来，以为边教授是要通知她去上课呢！

"边老师，我今天得去社里，不能上课的……"

"不要你上课。"边教授笑着问，"我是想问你生日选好了吗？"

"生日？"宋儒儒挠了挠头，"什么生日啊？"

"哎！"刚才还语气温柔的边教授一下就不高兴了，"这么重要的事你怎么能忘记呢！你可是要读博士的人，作为高级知识分子的代表，你怎么能如此健忘！"

宋儒儒一下蒙了："我……我忘了什么重要的事？"

"相亲啊！"边教授的怒吼破屏而出。

"啊——"宋儒儒全想起来了，可是……她目光一瞥，枕头边是她昨晚看着入睡的笔记。她握着手机打了个滚，"边老师，我可不可以不相亲啊？"

"开什么玩笑？"边教授义正词严地说，"你答应了我要去就得去！"

"可是……"

"怎么？难道才两三天，你就有男朋友了？"

"没有没有……"宋儒儒瞬间脸红，连连摇头。

"那不就得了。"边教授的声音再度变得慈祥和蔼，"你快说说，选哪一个啊？"

宋儒儒回忆了一下那两个生日，一个在三月，一个在六月，要论星座，那当然是白羊座和她更配。可若是不想相亲的话……她咂嘴，装腔作势地说："啊，我算了一下，双子座和我更适合，那就选六月的吧。"

电话那头的边教授明显愣了一下，隔了两三秒才回话："没问题！六月的！那就约这个周末啊！"

说出去的话泼出去的水，宋儒儒没辙，只能答应。

**

第一个发现宋儒儒最近有问题的是苏叶。

要说杂志社里谁权利最大，那肯定是苏叶了。但要说谁脾气最大，那肯定就是宋儒儒了。命理杂志在总公司属于不高不低的位子，销量可以，但毕竟是小刊物，比不上《CHIC》那样的大刊。又都是纯文字工作，所以也没什么副业可言，基本全靠宋儒儒挑大梁。所以在社里她算是一霸，可最近社霸明显脾气比以前要好了。

以前苏叶有什么事要宋儒儒出马，那都得一哄二骗三威胁。可现在不一样了，从今早到了社里，宋儒儒就一直春风满面，就连她抽了一支下下签，解签时也是嘴角上扬，喜不自胜。

到了中午吃饭的时候，更是不知喜从何来，就连助理点了她最不喜欢吃的丝瓜，她都没注意夹了一筷子塞进嘴里。苏叶眼珠一转，趁机说："儒儒啊，电视台要做一档全新的历史文化节目作为今年下半年的重点节目，想请你去做长期嘉宾，你看……"

"好啊。"宋儒儒想也不想就答应了，连出场费是多少都没问一句。

苏叶更加确定她是真的有问题了。可宋儒儒能有什么问题呢？与她有关的事，不是命就是钱。

"儒儒啊，不是你买的房子升值了吧？"

"嗯？升值了？"宋儒儒两眼一亮，"我怎么不知道啊？"

苏叶疑惑地打量她了一圈："抽到下下签，又没发横财，那你在高兴什么啊？"

"我高兴了吗？"宋儒儒轻咳了一声，眼珠一翻就是一记通天白眼，"我平时就这样好吗？这叫活泼开朗！”

苏叶已经忽悠成功了，也懒得戳穿她。反正她都已经答应了去参加节目，管她高兴什么呢？

第二个发现问题的是小秘密群的元老之一。

因为宋儒儒超过四十八小时没有吐槽修颉颃了，根据温惜的数据统计，这非常不合常理！

“宋儒儒，你这四十八小时都在干吗呢！你是不是和大可爱发生了什么不可告人的秘密！”温惜一边弹着古琴，一边开了群语音聊天。

童小悠正在裁剪布料，被那魔音一震，“咔嚓”一声就剪歪了，只听到语音那头传来陆星成的惨叫：“奥林匹克！你往哪儿剪啊！我的手在下面呢！”

屏幕显示：童小悠退出语音。

宋儒儒吓得把音量关到最低：“你弹成这样还不找阮教授教教你？”

“阮教授有私事忙着呢。”温惜身体里的八卦血液沸腾了，“我听说阮教授一直在找她的女儿，找了很多年了。”

“女儿？”宋儒儒正在推算下个月水逆，有一搭没一搭地答话。

“听说是二十年前弄丢的。”温惜弹不下去，自动放弃了，“估计和我差不多大吧。”

“那你肯定不是了。”宋儒儒“嘿嘿”一笑，“你这乐感也太吓人了。”

“我当然不是了。”温惜甩了甩新换的发型，“我看她那么喜欢边舜，还不如认她做女儿好了。”

说起边舜，宋儒儒就想起了猪叫男边尧。这两兄妹的名字倒有趣，尧舜禹汤啊，不过边姓不常有，她却一口气认识了三个……等等，三个？！

宋儒儒头皮一麻，觉得有点不对劲，赶紧追问：“温惜啊……穆扬那个师兄，叫边尧的，你们知道他家里人的情况吗？”

“不怎么知道哎，穆扬说他很神秘的，就连他妹妹是边舜我也是那天和你一起知道的。”温惜歪头想了一下，“但以前边舜和我同寝室时跟我说过，她有两个哥哥，她爸爸……好像是C大的教授，其他的我也不知道了，因为后来我们俩就绝交了。”

两个哥哥……C大教授……宋儒儒想，看来自己周末的相亲对象，有百分之五十的可能性就是猪叫男了！

“哎，你问这个做什么？”温惜的八卦之魂又燃烧起来，“难道师兄也有小秘密？”

宋儒儒没辙，把周末要和边教授儿子相亲的事一五一十地告诉了温惜：“我还不知道是不是边尧呢？”

可温惜关注的点根本不是宋儒儒的相亲对象是不是边尧，而是修颉颃！

“什么！你要去相亲？那大可爱知道了得多难过啊！儒儒,你好残忍哦。”

这个问题宋儒儒当然早就想到了，要不她也不会试图拒绝边教授：“反正也就是走个过场，我又不会真的相亲。”

“若真是师兄也不错。”温惜属墙头草，无风自倒，“大可爱要是真那么不讨你喜欢，你不如考虑一下师兄。”毕竟师兄最近带她团战推塔，于公于私都该投一票。

回想起他那声猪叫般的笑声，宋儒儒就气不打一处来：“猪叫男还不如修颉颃呢！”

“啧啧啧——”温惜“嘿嘿”一笑，直咂嘴，“听听，听听，前天还把他说得一无是处，今天就比师兄好了。”

“我只是做一个比较，又不代表他好。”宋儒儒嘴硬，不想继续说，怕被她套话，“弹你的琴去吧！”

结束语音前，温惜忍不住提醒：“哎，你要是只过个场不是真相亲，就别让大可爱知道，不然他好可怜的！”

听温惜这么一说，宋儒儒也想起了修颉颃的可怜脸。既然如此，那就不告诉他了！

**

可俗话说得好，怕什么来什么，宋儒儒不想让修颉颃知道自己相亲，却越是会碰到他。

比如下班前大概十五分钟的时候，她就收到了修颉颃的微信：我正好在你们杂志社附近办事，要不要带你一起回去？

最近天气渐热，要是能不用挤地铁确实是一件美事。其实以宋儒儒的收入，买辆车很容易。但难的是她一紧张就左右不分，实在没法开车，所以只能一直搭乘公共交通工具。

但她想了想，自己并没有真的决定喜欢他，还是不要让他有太多希望的好，于是回了一条消息：我坐地铁就好了。

等她关了电脑，收拾好桌面，走出杂志社，走进地铁通道，就看到了等在进站口的修颉颃。拥挤的人群中，他穿着一件白色亚麻衬衣和简单的深灰色长裤，因为个子高，不用卷裤脚也能露出一截脚踝，脚边是他常用的双肩包，他正静静地靠在围栏上看书。偶尔有走过的小姑娘看到他，忍不住与同伴耳语议论，他也浑然不觉，纸张悠悠地翻过，就像时间分秒流淌。

“修颉颃，你怎么会在这里？”她走到他面前，叫了他一声。

他合上书，看到她就笑了，眉眼微弯：“我在等你一起坐地铁。”他说完又补充了一句，“你说你要坐地铁，但没有说不让我坐地铁，对吧！”

宋儒儒撇撇嘴，把苏叶问她的话拿来问修颉颃：“你在高兴什么啊？”

“我看到你就高兴啊。”他说着，从口袋里掏出一张交通卡，一脸得意地求表扬，“你看，我还办了交通卡！”

“你不知道可以买单次票的吗？”她侧身从自己的包里掏出交通卡，向着进站口走去。

“我打算经常坐地铁。”他把书放进双肩包里，然后背上包跟在她身后。

交通卡在门栏上一刷，“嘀”一声，门就开了。修颉颃跟着她进站，下楼梯，站在防护门前等地铁，手里却一直握着交通卡在玩。

宋儒儒瞥了一眼，秉承他说有不对的地方就直接告诉他的原则，提醒他道：“别玩了，一会儿丢了就出不了站了。”

修颉颃突然伸直了手臂，拿着交通卡的手距离她的胸口只有一厘米，他孩子气地拟声道：“嘀嘀——”

“你干吗呢？”宋儒儒感觉周围的人看向了他们，一时有些尴尬，隐隐的不安感像小芽一样钻出来。可还没等它继续长，就被他的话生生打折了。

“刷开你心里的门啊。”他特别开心地问她，“你开门了吗？”

宋儒儒嘴角微动，实在没憋住，“扑哧”一声笑了起来。她笑起来眉眼弯弯，声音清脆。

这还是修颉颃第一次见她畅快地笑，毫无负担，也无所掩饰，她好像终于放下了一直背着的包袱。其实不安感也没那么糟糕嘛，因为有了未知，才会有惊喜，哪怕……会有可能的意外，也会有可能的悲伤。可此时此刻的喜悦，依旧是真实的。

当下的喜悦与未知的难过，宋儒儒为了躲避后者也舍弃了前者。可这很糟糕啊，就像修颉颃说，她不喜欢他，真的是太糟糕了。

因为她会没有采光，没有书房，没有这样畅快的欢笑，也没有他。

**

出了地铁往家走，修颉颃腿长，为了与宋儒儒并行，他收着步子，一路观察她的频率，走得同手同脚的。宋儒儒看不下去他这副模样，故意说话舒缓气氛：“你刚在地铁口看什么书呢？”

修颉颃下意识地提高警惕：“我不能告诉你书名。”

“那你说说内容呗，要是我都不知道好不好看，就更不会让你给我上课了啊。”

听她这么一说，修颉颃想想也是很有道理：“是一本介绍宋代文物的书。”

“哦，那不是我的专业，不用看了。”

修颉颃蹙眉：“早知道就不告诉你了。”

宋儒儒笑起来，突然问他：“你为什么会研究文物呢？是因为发现文物很有趣吗？”

他摇摇头：“我不觉得是我们发现了文物，因为文物一动不动一直停留在那里，它又没有做什么来吸引我们，以求得我们的发现。它只是静静地等待，几百年、几千年，等待着在漫长时空中路过的我们……”

宋儒儒停下脚步，她突然发觉每次和他说话都像打开了一扇大门，他的思维和学识都是她从未见过的星辰和大海。可他却又极为内敛，像一把锋芒尽收的利刃，一定要她抽剑出鞘，才会展露自己的光芒。

“所以啊，是文物发现了一直在匆匆瞎忙活的我们，问我们：嘿，你怎么这么久才来啊，我可等了你好久呢！”他说起这些总是格外精神，却又不会过度滔滔不绝，总能停在恰好的位置，给人以点拨却不是说教。

“那你就和文物一样咯。静静的，又闷闷的……”她歪着头举例，“然后发现了蹦蹦跳跳路过的我。”

“不，是你发现了我。”修颉颃看着她，“因为我啊，做了很多很多事，每天都希望你能快点发现我。”

宋儒儒的心里闪过无数小星星，闪得她的心忽明忽暗，忽起忽落，继而像焰火般漫天绽放，把一切都点亮了。

很抱歉，你做了那么多，我却从未迈出过一步去寻找你。

很幸运，我什么都没做，你却还是出现在了我的生命里。

她走近他，踮起脚，高高地举起手，食指点上他的额头，轻轻一戳：“嘿，你怎么这么久才来啊，我等了你好久呢！”

**

周末的时候天气忽地由晴转阴，宋儒儒的周末一向没有早晨，不到中午绝不会起床。

但修颉颃的作息就比较有规律，准时准点就起来了。这个周末他时间很充裕，想去问问宋儒儒要不要一起讨论博士论文的方向，可发了微信过去她没回，他便不敢轻举妄动了。

倒是边尧不偏不倚在这会儿打来一通电话，让他空欢喜一场。

“我晚上回家吃饭。”周末是家庭聚餐，修颉颃以为边尧是来通知他聚餐的，哪知边尧却另有他事。

“我今晚要相亲，你和我一起去吧……”边尧的声音听起来不怎么有精神，他素来也是晚睡晚起的，偏偏一早边教授就亲自打电话叫醒他，让他早早做好准备。晚上的相亲，一早就准备？准备什么啊，难不成还能临时去整个容？

“你相亲我去干吗？”修颉颃有了喜欢的人就是不一样，说话也硬气了几分。

“哎哎哎！”边尧有些生气了，“你追姑娘的时候我可是帮了你不少忙吧，别的不说，就那俩石狮子。我可是费了老大的工夫。我相亲你帮我去长个眼怎么了？”

“怎么长眼？”修颉颃好奇地问。

边尧早已有了安排，就算自己没相过亲也看过别人相亲，套路自在心中。

“我们俩先到十分钟，我呢坐进去，你呢站在门口。相亲嘛，都会提前说好穿什么衣服的，你就帮我留意来的人。要是漂亮的，你就直接回家吃晚饭；要是不漂亮，你就在她进去后五分钟打我电话，把我也一起接回家吃晚饭！”

“好吧。”修颉颃虽然不明白这个套路的意义，但自己欠着边尧的，总要帮他一次。

边尧如愿以偿，自然要对兄弟进行一点人道主义关怀：“对了，你和那姑娘怎么样了？去她家不是真的读书上课吧？”

“我觉得她可能有点喜欢我了，可我之前表白被拒了，还能不能去问她愿不愿意做我的女朋友呢？”其实这个问题修颉颃已经想了三天了，他很怕再次表白又会像上次一样，惹她生气难过。可她认为喜欢是一件缥缈又没有安全感的事，因为不知道能持续多久，若是他不表白，她会不会以为他已经不喜欢她了？

“这还用想，当然是趁热打铁啊。不然好好一件事就给放凉了，感觉也就淡了。”边尧颇有经验地说，“要趁着她对你有好感，一举拿下。”

“那我现在就去！”修颉颃深吸一口气，斗志满满。

“等等！”边尧叫住他，“你等帮完我再去。”

“为什么啊？”修颉颃不解。

“没有为什么。”边尧不讲道理地把电话给挂了。为什么？难道要说他担心修颉颃今天又被甩会没心情帮自己吗？毕竟修颉颃的告白是无法预测的，结果自然也无法预测。

边教授尽职尽责地给儿子打完电话，立刻就给学生打电话：“儒儒啊，今晚的相亲你可别忘了啊！”

被这通电话吵醒，宋儒儒睡意全无，拿起手机就打电话给温惜：“温惜啊，我今晚要相亲，你和我一起去吧……”

“啊？你相亲带上我？”温惜傲娇地抬起头，“不适合吧，我可是相亲杀手。”

“对啊，我又不是真相亲，当然要带杀手咯。”宋儒儒翻身滚下床，“再说了，不是还有百分之五十的可能是边尧吗？你帮我提前偷看一下是不是他，要是他咱们就直接打开天窗说亮话；要不是他，那就只能让你做杀手了。而且，你别忘了，你还欠我一次呢！”

欠着宋儒儒的，总让她胆战心惊，若是能做一次相亲杀手就还上，又何乐而不为？温惜立刻点头答应：“我可是为了帮大可爱才愿意出手的。真可惜，相亲不能告诉他，他也就不会知道我的功劳了。”

宋儒儒坐在床边扭捏了好一会儿才开口：“温惜，你觉得他不错是吗？”

温惜一下就听出了这话里藏着话：“儒儒，被我说中了吧，你喜欢上他了！是不是！”

“我没有！”宋儒儒仍然嘴硬，“我是在做审核，还思考着呢！”

“科科，”温惜嘲笑了她一声，“喜欢就喜欢，又不丢人。人活着就要图个痛快，喜欢的人就拼命喜欢，讨厌的人就往死里对付，这样才潇洒嘛！”

“那我先去算一卦！”

“宋儒儒！”温惜大叫一声，“这事你能不能不算啊，就依着自己的心怎么啦？你算出一个适合却不喜欢的人，你就能和他过一辈子吗？就算不适合，以后不能在一起，可现在你是喜欢他的啊！那就在喜欢的时候好好喜欢，离别的时候好好说再见！”

“那离别的话，受伤了怎么办？”宋儒儒迟疑了。

“咬牙忍着，因为喜欢本身就是要付出代价的。”

**

宋儒儒在家把之前修颉颃推荐的书看了大半，有几处疑惑的地方她都夹了书签。本想去找修颉颃的，可转念一想自己今天还是不要去找他的好，等明天把书全看完了，一并再去问他。

相亲的时间是晚上六点，宋儒儒在四点又提醒了温惜一次时间和地点，然后才去洗头洗澡。因为带着温惜，她很放心地打扮自己，就算不想相亲，也得保持自己的形象。毕竟她也算半个公众人物，尤其是跟着温惜这个公众人物，万一被偷拍，那也得漂漂亮亮地被偷拍啊！

约莫五点半的时候，宋儒儒出门了。看到对面的大门紧闭，她莫名地安下心，按了电梯。

哪知电梯一到，她还没迈步，就听到一声开门声。她一个立定跳远蹦进电梯里，疯狂地去按关门按钮。可缓缓关闭的电梯门还是被一条长臂拦下，修颉颃笑着走进电梯。

“你也要出去啊？”他说着按下电梯的负一层。

“嗯。”宋儒儒莫名心虚，低着头应了一声。

修颉颃侧目打量着她，宋儒儒穿着一件白色的落肩衬衫，里面配着藕色的背心，下面是一条浅色牛仔短裤。她还戴了一条酒红色的 chocker，整个人显得清爽又活泼。

“你今天很漂亮。”他抿着嘴低声说。

宋儒儒不好意思地挠了挠头，话也说得断断续续，不像平日忽悠人那么利索：“那个……我和朋友去逛街……所以打扮一下……”

“和温惜吗？”修颉颃记得她朋友的名字，仿佛就和她的生活圈多了一些交集。

“嗯……”宋儒儒目光直直地盯着电梯楼层的数字，盼着能快点和他分开。她本没有必要向他坦白自己的行踪，却忍不住因为隐瞒而感到难过。或许是对他有了不一样的感情，她无法像以往那样一本正经地撒谎；又或许是因为修颉颃的诚实，让她也不愿意去欺骗他任何事情。

电梯在她的期盼中抵达一层，宋儒儒憋着的一口气终于喘了上来。她急忙走出电梯，犹豫了一下，转身与他告别：“我先走了啊。”

修颉颃轻点了一下头，他的脸上始终带着笑，就像他自己说的那样，只要看到她就会高兴。他的笑意像一汪泉水，泛着清浅的水波，轻漾着粼粼的光芒，他摇了摇手：“注意安全。”

宋儒儒被心虚折磨得有些难过，在电梯口踌躇着没走。可转念又想，自己干吗要为了修颉颃变得这么紧张怯懦呢？她可是呼风唤雨的神婆，要是因为这点小事就自乱阵脚，那以后还怎么号令天下，忽悠万民？于是她狠狠一跺脚，转身就走了。

电梯门缓缓关上，修颉颃心里有些欢喜。也许边尧说的是对的，应该趁着她对自己有好感的时候一举拿下，等今晚回来就去找她吧！

**

宋儒儒的交通工具是地铁，而修颉颃是开车，速度自然比她快一些。约定的地方是湖滨一家法式花园餐厅，餐厅坐落在花园中央的玻璃房内，外面是田园风的院子。花木繁茂中放了几张桌子以供客人喝下午茶闲聊，或是在春秋两季享受室外的烛光晚餐。

但现在是初夏，气温已经有些闷热了，也有了蚊虫，院子里没什么客人，只有负责守门的修颉颃独自一人坐在院子里。院子里点着复古的油灯，光线昏暗不明，不适合看书，他就静坐在院子里默默开始研究四周种了几棵树。女服务员倒是殷勤地过去了好几次，问他有什么需要，修颉颃想着自己要么是一个人回家吃饭，要么是带着边尧一起回家吃饭，便只要了一杯清茶。

宋儒儒到了距离餐厅约莫十米的地方，就发现出问题了——温惜这个不守时的家伙迟到了！她明明四点钟的时候还提醒过她一次的！

时间已经到了六点，边教授的电话也打了过来。因为很了解自己儿子和学生的品性，边教授担心两人有了联系方式能一拍即合都不去相亲，然后合起伙来忽悠自己，所以坚持和他们双方单线联系，以完成对这次相亲的云操控。

“儒儒，你到哪儿了？我儿子已经到了。他穿着黑色T恤，坐在靠窗3号桌。”

“哦，我快到了，我穿着白衬衫和牛仔裤，背着黑色的包。”宋儒儒踮着脚眺望街口，希望能看到温惜的大长腿出现。

“好！”边教授利落地挂断电话，继续云操控边尧。

宋儒儒赶忙打电话给温惜，电话却无人接听。这是温惜惯有的套路之一，若是真的快到了，她就会立刻接听并理直气壮地说“马上到”；若是还有点距离，她就会选择不接，等快到的时候再回电，然后理直气壮地说“马上到”。

所以眼下的情况，十之八九没有十五分钟温惜是不会到的。宋儒儒叹了口气，决定自己先进去。

一迈进院子，就有服务员迎上来询问：“您好，请问几位？”

“应该已经有人到了。”宋儒儒笑着说，“在 3 号桌。”

“好的，请跟我来。”服务员领着宋儒儒往里走。

宁静的院子里，天色渐黑，偶有一两声虫鸣，显得越发幽静。宋儒儒心里还在念着温惜这个迟到鬼，倒也没有抬头去看院子里的景致，只是径直往里走去，丝毫没有察觉院落深处静坐着一人，正默默地看着她。

他握着的手机里是边尧的声音：“说是穿着白衬衫和牛仔短裤，背着黑色包，你看见了吗？漂亮吗？”

待宋儒儒从他眼前走过，修颉颃才慢慢地回答：“嗯，漂亮，她今天很漂亮。”

“太好了！你自己回家吃饭去吧！”边尧欢快地把电话给挂了。

**

宋儒儒一进餐厅就看见了 3 号桌的边尧，他正神色得意地讲着电话，然后挂断电话一抬头就看到了宋儒儒，立马傻了眼。

边尧的目光里俨然写着：怎么会是你？

而宋儒儒则恰恰相反，她笑着走过来，对边尧说：“果真是你，那就好办多了。”

虽然两人之间已经没有了任何相亲的气氛，边尧还是绅士地替她拉开椅子，请她坐下。

“原来你就是我爸的学生啊，看着倒不像。”他还记得宋儒儒那天对着阮教授的一通精彩表演，哪里像他爸的学生，还是博士？

“那你也不像边老师的儿子啊。”宋儒儒不甘示弱地回敬他。可能是第一次见面两人就争锋相对，也各自暴露了本性，所以面对他倒也轻松自在。

边尧回忆了一下她和自己说的第一句话，察觉出不对：“等等，你说果真是我，所以你知道是我？”

“猜的呗，边老师说他有两个儿子，所以你是百分之五十。”宋儒儒一边说一边大方地翻看菜单点菜，“今天咱们 AA 啊，速战速决，然后各回各家……”

“各找各妈？”边尧接了下半句。

宋儒儒翻菜单的手稍稍停滞了一秒，继而若无其事地翻页：“你快点菜吧，怎么着，你还想真和我相亲？”

边尧往椅子上一靠，痞痞地一笑：“为什么不呢？”

宋儒儒“啪”地一掌把菜单拍到桌上：“那今天你请客！”

边尧眉梢一挑，“啪”地一掌把钱包拍到桌上，硬气地说：“想吃什么点什么！”

“嘿！”宋儒儒眼睛一眨，这家伙是属牛皮的吧，越拉还越来劲了，“我吃起来你可别哭！”

边尧把手肘往桌上一撑，倾身逼近她。他轮廓分明的眉眼里透着一股子坏劲，却又不让人讨厌，仿佛还留有少年的劲头，又痞又仗义：“哭一下我叫你一声‘舅妈’！”

宋儒儒也不躲他，凑过去狠狠地瞪了他一眼，对身旁的服务员说：“给我一份战斧牛排！五分熟！”

“要不要来杯 82 年的拉菲？”边尧笑着问她。

宋儒儒的气势分毫不让：“不用了，我不喝酒，但黑鱼子酱倒是可以来一盘！”

边尧抬手打了个响指，目光却仍然盯着她：“好，两份战斧牛排、两盘鱼子酱，谁不吃完不许走。”

宋儒儒正要撸袖子迎战的时候，手机忽然响了。她打开包一看，竟然是修颉颃。她下意识地心虚，拿着手机走到一旁无人的雅座才接通：“喂？”

修颉颃的声音听起来冰冰凉凉的，透着寒意：“嗯……我只是想问你，你在逛街吗？”

“是啊……”宋儒儒握着手机的手心里沁出细密的汗，“你有事吗？”

“没什么。”他低声说，“我本来想找你说些事的，如果你还在忙就算了。”

“没关系啊！”她急忙说，“我很快就会回家了。”

“也不是什么重要的事。”修颉颃挂断电话，甚至都没有和她说一句再见。

玻璃餐厅外，修颉颃隐匿在昏暗之中无人察觉。而一墙之隔的明亮处，宋儒儒和边尧却是那么显眼。他们欢笑地坐着点餐，她与他凑得那么近，比那天晚上自己与她还要近……

修颉颃的心中涌起阵阵寒意，一点点蔓延到他的全身，就连握手机的指尖都是冰冷彻骨的。那双清澈的眼睛像被抽了魂魄似的黯淡无光，满是失望。

她说的每一句话他从不怀疑，说的每一件事他也都相信。她说小布人是护身符他就带着；她说她讨厌他他就难过；她说她去逛街他也不曾怀疑……

其实修颉颃很明白，他和宋儒儒并没有任何亲密的关系，他也没有质问她的资格。

只是他平生最讨厌的事就是被骗，所以他自己说真话，就认为别人也应该说真话。可这个世界哪里有什么真真切切呢？有的只是真真假假。在这样纷繁复杂，充斥着成年人交际规则的世界里，只有修颉颃的一方天地里，非黑即白，非真既假，喜欢就是喜欢，难过就是难过。

他可以接受她不喜欢自己，却不能接受她欺骗自己。

边尧曾经问过他："要是你发现那姑娘骗了你，你还会喜欢她吗？"

修颉颃想，他还是会喜欢她，但他会离开她，忘记她。

因为不接受谎言的人是他，所以他没有资格要求她任何，他唯一能做的，只有自己选择离开。

虽然这样他很难过。

**

温惜自知理亏，一路上不敢接宋儒儒的电话，只是一个劲地催开车的穆扬快点。

穆扬也很无奈："你涂个眼影都花了二十分钟，竟然还催我？"

"那又怎样，我是去做杀手的。你就是个司机，请你摆正自己的身份。"温惜还在拿着镜子补口红，以保证自己百分之两百的战斗值和杀伤力。

"你约了六点，五点五十九分出门，我能怎么办？"

"那我以为我男朋友厉害呗，哪知道错信你了。"温惜叹了口气，所托非人她也很无奈的。

"到了到了……"穆扬被催得一路超车，终于在迟到十五分钟后抵达，"你先下去，我在停车场等你。"

人只要到了，温惜就有了底气，一边往餐厅走，一边主动回电给宋儒儒。最近看了不少玄幻小说，温惜觉得今天的自己绝对称得上是三界第一美！

哪知三界第一美踩着十二厘米的高跟鞋腾云而去，却美不过三秒，就和一个人在花园里撞了个满怀，差点下凡历劫。

幸好那人眼明手快拉住了她的手臂，两人四目相对时，温惜蒙了。

“大可爱，你怎么在这里啊？”

修颉颃将她扶稳，语调冷漠地应了一声：“嗯。”

温惜歪头想了一下，不对啊，自己明明问的是简答题，他为什么用判断题的方式回答？再一看修颉颃，只觉得他整个人魂不守舍，像是遭受了重创似的，恍恍惚惚的。

她飞快地分析了一下当下可能出现的情况，嗯，看来是撞见宋儒儒相亲了。

“那个……大可爱啊……”温惜决定，无论怎样都先稳住他再说。反正也就是隐瞒相亲而已，又不是多大的事。再说了，宋儒儒也没和他确定关系，相亲也不算绿他啊！最多是个善意的谎言。对，善意的谎言。温惜觉得这五个字特别棒！

“其实有些事，就是个善意的……”

可温惜的话还没说完，修颉颃已经松开了扶着她的手，转身径直离开。

“哎！”温惜急忙要去追他，可刚才崴了一下脚，现在一抬腿就感觉站不住，恰好一群服务员看到超模温惜，“唰”的一下将她团团围住。

温惜逃脱不开，只能眼睁睁看着修颉颃走出花园，落寞的背影融入黑暗里，最终不见。

温惜被迫签了几十个签名，又合照了十来张照片，外加拍出的照片她还要亲自筛选，把不好看的删掉，一番折腾后才得以走进餐厅，服务员都已经把战斧牛排送上桌了。

宋儒儒拿起刀叉切了一块，举着叉子没往嘴里送：“咱们专业经费都不够，你有钱不如支援边老师。”

“研究历史是为了弘扬我国文化，国家大力支持文化产业，一带一路知道不？”边尧切得比宋儒儒还大块，“我怎么能越俎代庖呢？”

“啧啧——”宋儒儒咂舌，“你还真是新闻节目主持人啊！”

“那是……”边尧拱了拱手，“你也不差，尊师重道，时刻关心专业经费问题。”

宋儒儒发现了，边尧这人的性格倒适合做自己的行业，张口就来，还有一股子蔫坏。她实在无法想象他一本正经说新闻的样子，决定明天一定要看看他主持的节目。

温惜就是在这个时候冲进来的：“儒儒！”那一声呼唤百转千回，把宋儒儒和边尧都吓了一跳。

“亏你还知道来……”宋儒儒白了她一眼，替她拉开自己旁边的椅子。

“你相亲带着温惜干吗？”边尧听她们俩的口气，好像并非偶遇。

“边老师不是有两个儿子嘛，我担心来的不是你，所以带着温惜来当杀手。”宋儒儒大大方方地说出原因。

边尧的嘴角抽动了一下：“那你多虑了，我兄弟已经有喜欢的人了，根本就不愿意和你相亲。”

“那我早知道就选三月出生的了……”宋儒儒嘟囔了一句。

边尧眉毛一挑：“我就是三……”

“现在不是讨论这些的时候！”温惜急得不行，拉着宋儒儒的胳膊大力摇晃，差点没把她的胳膊给拆下来，“我……我在门口遇到大可爱了！”

宋儒儒的脸色瞬间一变，修颉颃？他怎么会在这里？

“我看他脸色不大好，你没遇到他？他是不是看到你相亲了？你今天不是没告诉他吗？”温惜痛苦地抓着头发，完全想不出为什么会出现这样的情况。

“我……”宋儒儒也蒙了，但她立刻想到修颉颃那通没头没脑的电话，他问她还在逛街吗，她说是的。再往前的记忆便是她问修颉颃你说句假话会死吗，他也说是的。

“我先回去。”宋儒儒抓了温惜往自己的位子上一按，“你陪他吃吧，不吃完不许走！”还没等边尧和温惜回神，她就已经跑出了餐厅。

边尧眨了眨眼，他是在相亲的过程中被人放鸽子了吗？

“大可爱是谁啊？”

温惜心里七上八下，抓起宋儒儒面前的水杯喝了一大口水才缓过神来，对着边尧摆摆手：“师兄你不认识，他叫修颉颃……”

“啊？”边尧叫出声来，“他就是我兄弟啊！”毕竟修颉颃这个名字可不是满大街的李刚、王强，一听就知道仅此一人！

“他是你兄弟？”这次连温惜也破音了，“你不是姓边吗？！”

“我们是继兄弟啊。”边尧也吓得喝光了一杯水压惊。

“你们怎么都不按套路出牌啊？”三界第一美此刻花容失色，感觉天地都黯淡无光，“怎么能一个姓边一个姓修然后还是兄弟呢！”

边尧喝完水，惊吓降低，大脑也恢复正常运转：“等等，难道颉颃一直追的姑娘就是宋儒儒？”

“对啊，你是他兄弟你怎么会不知道？”温惜难以置信，“他没告诉你吗？”

边尧用抖筛一般的频率摇头：“大家都不按套路出牌……”

**

往家赶的路上，宋儒儒慌乱得连她自己都觉得莫名其妙。那遥远的，早已被封存的失去感在一瞬间全部涌来。她害怕那种熟悉的感觉，害怕到让她这么多年再也不敢去拥有什么，只能小心翼翼地自己拥抱自己，不想失去任何，也不想因此难过。

因为那样的难过不是丢了一颗糖，也不是一次考试没考好，而是永永远远失去一个爱你的人；那样的难过是把心生生撕开，任由它鲜血淋漓也无法修补，像是硬生生从生命里剥离出所有的温暖和爱意，让人再也不敢去奢望拥有。

可修颉颃偏偏让她产生了奢望，电梯一层层上升，她脑子里全是他说过的话——

“我喜欢你，哪怕你不喜欢我。”

“你愿意和我说话，我很高兴。”

“宋儒儒，你是不是已经有点喜欢我了？”

……

电梯门打开，宋儒儒小心地走出去，每一步都如踩在云端。而修颉颃就站在她家门口，他沉默的背影像一幅没有留白的水墨画。只有黑，无尽的黑，像是多年前那条无人的小路，让人窒息般的绝望。

如鲠在喉，她也硬生生地咽下，不让自己流露慌乱：“你……你怎么在我家门口啊？”

“我在等你。”修颉颃转过身来看向她，他的眼瞳像被击碎的黑曜石，迸射出墨色的冷光，凛冽刺骨。

宋儒儒第一次感觉他比自己高那么多，离得那么远，就连交会的目光都隔着万水千山。她动了动嘴角，勉强笑起来：“就是你说的要找我说些事？”

“嗯。”他点了点头，神色疏离冷漠，夹杂着她看不懂的情绪。只觉得他的声音很冷，像是冰凌落入寒潭，两寒相触，发出绢帛撕裂之声。

“是什么事啊？”她故作镇定地看他，睫毛却出卖了她的内心，止不住地颤抖。

“宋儒儒，”他轻声念出她的名字，这三个字就像咒语，每次一念平静的心都会因此起波澜，或悸动，或温暖，或悲痛，“我不能再喜欢你了。”

关于“喜欢你”这三个字，宋儒儒从他口中听过无数种组合，却从未听过加上否定的句式，倒也有一种前所未有的新鲜感。

不喜欢她了……

原来得到和失去真的只是那么一瞬间，这一次甚至不用经历生离死别，就可以失去得彻彻底底，会不会太讽刺了？

宋儒儒将眼底的湿意逼回去，睁大双眼瞪着她，不让自己露出分毫可怜，甚至还扬起嘴角显出自己对此的不屑：“难道就因为我骗了你，你就不喜欢我了？”

修颉颃低头避开她的目光：“是的。” “呵……”她冷笑起来，声音像一把双刃利剑，每一刀都削骨如泥，“那你的喜欢可真廉价，都不用经过患难和岁月的蹉跎，只要一个小小的谎言就可以消失？我是去相亲了，可我有义务告诉你吗？你是我的谁？修颉颃，你也太把你的喜欢当回事了吧！”

修颉颃的心里有多喜欢她，此刻就有多么坚决。他不在乎这世上的许多事，他也不在乎许多人，他们说的话真真假假，他不听便是。可宋儒儒不一样，她的每一句话于他而言都是珍藏的记忆，哪怕只是一分一毫的假，都不可以。

她紧握的手止不住地轻颤，目光却依旧灼灼逼人，像一只濒死的小兽最后的凶狠。明明脆弱不堪，却还在咬牙嘶吼。虽然内心悲凉，但她又忍不住期盼，也许他会说没事了；也许他会说你发誓以后不许骗我；也许他会说我还喜欢你……

只要他说一句，就好。

修颉颃沉默良久："对不起，你没有必要对我说真话，是我自己没有办法接受任何谎话。"

她突然有些想笑，又有些想哭，就像她鼓起勇气打开了命运赠予的巧克力盒，却发现进嘴的第一颗竟然是苦的。想笑是她早就猜到却还是犯蠢，想哭是原来她的盒子里真的不会有巧克力。

她早就说过，修颉颃给她的只有未知与不安，从一开始她就知道，所以才会千方百计地躲着他。可他偏偏步步逼近，她稍一松懈缴械投降，就落得如此下场。

所以啊，一个神婆怎么可以放弃自己的第一直觉呢？这不等于是自杀？！

"我当然没有必要和你说真话！我骗你的事多了去了！"宋儒儒咬着牙愤恨地说，"我送你的小布人和招财进宝、早生贵子一点关系都没有。因为我讨厌你，我从看到你的第一眼就讨厌你，希望你永远不要出现在我面前！"

趁着视线还未模糊，她狠狠地将他从自己面前推开，恨不得将他推出自己的人生。如果没有遇到他，她还是那个风风火火的宋儒儒，对于人生与命运，她单刀赴会，无惧无悔。可如今她却变得不是她自己了，她有所畏惧，亦悔不当初。

不就是撒了个谎吗？她宋儒儒最拿手了，别说是一个了，一百个、一千个她都不在话下。关上门前她说："这世上的事本就都是注定的，哪有什么意外之喜？还好你的喜欢我从来都没相信过。"

房门关上，宋儒儒抵着门慢慢滑落在地。她想起了温惜的话——喜欢本身就是要付出代价的。

所以，永远不要喜欢任何人，永远不要去触碰未知，那样就不会受伤了。

第六章

人生大事，自求多福

战斧牛排，每份一点五公斤，两份就是三公斤。按比例分配，边尧、温惜和穆扬三人每人都有一公斤的指标。

温惜作为超模界的大胃王，平时吃点奇多啊、薯片啊战斗值还是可以的，这么大块肉只吃三口她就绝望了。最后只剩下边尧和穆扬对战，她则叫了一壶茶解腻。

“所以……”穆扬难以理解眼下的情况，“为什么现在是我和我师兄在相亲？”

“那你想和你二舅妈相亲吗？”边尧一边切牛排一边问。

穆扬立刻摇头。

温惜打了几次宋儒儒的电话都无人接听，实在不知道情况怎样了。

“只是一个善意的谎言，不会有什么大问题吧？”

边尧放下刀叉，打了个嗝：“换了别人肯定不是大问题，但颉颃不一样。”

“为什么啊？”温惜不解，“他这人有这么较真吗？”

“不是较真，而是……”边尧思忖了一下，给出了一句总结，“他的世界里只有真，不能有假。”

温惜一口茶喷了穆扬一脸：“那还搞个屁啊，宋儒儒可是神婆！你知道什么是神婆吗？就是她嘴里十句话有九句都是假的！”

边尧回想了一下宋儒儒的功力，确实不容小觑。犹豫了一下后，他问：“那今天来的是她本人吗？会不会也是骗我的？比如，只是她的一个分身……”

穆扬抹了一把脸上的水，与边尧握手：“恭喜你！师兄，你见到的都是她的真身！”

**

边尧回到家的时候，已经是晚上十点了。他蹑手蹑脚地打开家门，却发现客厅的沙发上端坐着边立心、孟秋和边舜三个人，皆双手环胸，一副守株待兔的模样。

“嗨……”边尧故作轻松地挥了挥手，“你们怎么都坐在这里啊？”

边舜冲他眨了眨眼：“我们当然是在等你这个浑蛋的相亲结果啊。”

“结果嘛……”边尧不自觉地摸了摸下巴，“我和她顺利会晤，双方展开了友好的谈话，彼此交换了意见，也达成了一些共识。只是形势突然发生了变化，很遗憾没能圆满结束。”

边舜皱着眉头一脸茫然：“你能不能说人话？”

“那就是……”边尧搓了搓手，“我被甩了。”

“啊？”边教授第一个叫出声来，“我就让你小子和人家姑娘吃顿饭而已，你做了什么就能被甩了？”

孟秋素来是袒护边尧的，拍拍沙发，示意他坐下来慢慢说。可边尧只敢小心翼翼地在沙发的另一侧坐下：“故事有点长，也有点复杂……就是和我相亲的姑娘就是颉颃一直在追的姑娘。”

“什么？”这下连孟秋也按捺不住了，“真有这个姑娘吗？不是虚构的？”

边尧点点头：“真的有，大活人。不是那种古墓干尸，也不是田螺姑娘。”

边舜一听，哈哈大笑：“我就说吧，是个姑娘都会选我哥，肯定把你给甩了。”

一个儿子因为另一个儿子被甩，边教授和孟秋想了想，有进有出，还好还好，不算吃亏。

边尧不动声色地把屁股往外挪了一寸：“但因为我让颉颃陪我去相亲，结果两人撞上了，现在他们很可能已经崩了……”

……

空气凝滞了三秒。

边教授深吸一口气，起身默默走进了卫生间。边舜早已洞悉一切，挽着孟秋一边往卧房里走，一边体贴地轻拍母亲的后背安抚，只留下边尧一人坐在沙发上瑟瑟发抖。

一阵浑厚的脚步声由远及近，只见边教授举着拖把就冲了出来：“看我不打死你这个浑球！”

**

正如边尧所言，修颉颃自己也知道一切都结束了。

因为一件让所有人都觉得荒唐又可笑的小事，他选择了离开宋儒儒。有时候人生没有那么多惊天的转折，有的都是一些不经意的触动，一个眼神、一句话，看似平凡无奇，却可以改变很多事。

修颉颃还记得八岁那年，也是这样一个初夏的阴天的周末。唯一不同的是那天是端午节，父亲修翼晚上还有一场音乐会要指挥，他大约是在傍晚时分出的门，也是那样昏暗不明的时候。

其实那天修颉颃很开心，他的父母已经分居三月有余，因为是端午节，加上爷爷奶奶从老家赶了来，所以他们一家人难得坐在一起吃了顿饭。

分居的理由很简单，母亲孟秋发现父亲修翼出轨了。对象是谁她不知道，但孟秋有自己的清高和骨气。她不屑于歇斯底里地争吵，也不屑于刨根问底地追查，更不屑于和小三来一场撕逼大战。她只是提出了离婚，但修翼不肯，双方父母各自规劝，修翼也保证绝不再犯。可孟秋不愿意让步分毫，所以单方面起诉了离婚。根据法律流程，此时恰恰处于调解期。

吃过午饭，爷爷奶奶拉着他七嘴八舌地教他如何去劝说母亲不要离婚，无非是些“离婚后你就没有爸爸了”“你妈妈一个人怎么带你”“你长大以后就明白了”的话。

以修颉颃那时候的年纪对此一知半解，他只记得一句话，还是母亲带他离开家时，他问孟秋：“妈妈为什么要和爸爸分开？”孟秋不知道该如何跟一个八岁的孩子解释出轨与背叛，她只是说：“因为爸爸骗了妈妈。”

所以任由爷爷奶奶说了一堆，修颉颃也只是一言不发。

作为全国闻名的指挥家，修翼在海内外都享有极高的赞誉，他不愿意离婚也是不想折损自己的名誉。可孟秋偏偏不给他这个台阶下，哪怕他下跪认错，她也毫不动摇。这一天难得团聚，修翼也想要借此努力挽回。

临出门前，他抱着儿子亲了亲：“颉颃，你想要爸爸妈妈分开吗？”

“可是妈妈说你骗了她。”修颉颃看着父亲，目光澄澈又坚定。

“爸爸以后不会再骗你们了。”修翼搂着他说，“颉颃会原谅爸爸吗？”

修颉颃想了想，认真地回答：“如果爸爸以后再也不骗妈妈了，我也不想爸爸妈妈分开。”

“好。”修翼点点头，“演出结束爸爸就回来，你把妈妈留住了好不好？”

修颉颃郑重地点了点头，然后“噔噔噔”地跑回厨房。今天是端午节，除了吃粽子，自然也少不了B市最出名的绿豆糕。他抓起两块塞到修翼的手里：“演出很晚会饿的。”

修翼握着绿豆糕，冲儿子伸出小拇指：“咱们拉钩，爸爸以后再也不会骗你了。”

那天的夜特别黑，孟秋几次要带着修颉颃回娘家，他都耍赖地在地上打滚，盼着时钟上的时间快些过去。音乐会是八点开始，一直持续到晚上十点，按照正常的时间，修翼最晚最晚十一点也可以到家。

可是十一点的时候，他没有回来。

十一点半的时候，他依旧没有回来。

那还是只有BP机的年代，修颉颃偷偷打电话给父亲留言，也并未得到回电。

终于到了午夜十二点，孟秋不再有一分一毫的忍耐，修颉颃也早已困得在沙发上睡熟。她轻轻摇醒儿子：“颉颃，醒醒，我们回家了。”

“不行，我要等爸爸……”修颉颃半梦半醒间还在呢喃，两只小手倔强地抱着沙发垫，死活不松开。

“你爸爸不会回来了。”孟秋语调冰冷地说，她虽然不知道修翼出轨的对象是谁，但乐团里的小提琴手曾和她说过，那女人应该也是乐团的，曾被他撞见过背影。孟秋对此是相信的，因为修翼痴迷于音乐，他不会选择一个不懂音乐的女人作为出轨对象。就像他选择背叛自己，也是因为孟秋的职业是高中英语老师，因为带毕业班总是很繁忙，而她的忙碌恰恰给了修翼背叛的理由和机会。

所以若是平日他晚回来或是有事，也许孟秋还会担忧几分，可若是音乐会后，那便没什么可猜的了。他的下跪、他的誓言，孟秋在很早以前就不信了。此刻，她甚至都不感到失望，只盼着分居期满，法院能够判决两人离婚。

可他们母子俩都把这一天想得太过单纯了，一个是单纯的期盼，一个是单纯的漠然，却从未想过这此后的十年会如同噩梦一般。

孟秋抱着儿子离开，走在老旧的楼道里，每一步都带着空寂的回声。夜里起了风，橙色的路灯轻轻摇晃着，午夜的街头早已没有任何行人，只有枝丫交错的梧桐树在路灯的照射下投下鬼魅般斑驳的影子。

不远也不近的地方，消防车的鸣叫声呼啸而过。修颉颃忽地从母亲怀里惊醒，他的身边只有母亲孟秋一个人，那一刻他好像忽然明白了母亲的坚决。他伸出自己的小拇指，轻声问：“妈妈，是不是世界上根本没有什么是真的？”

孟秋不知该如何回答他这个问题，亦真亦假的世界在成年人的眼中再寻常不过，可在一个孩子眼里，诚实守信是父母教他的，却也由父母亲手打破。

寂静的夜里，微凉的风轻轻拂过母子二人的脸颊，孟秋突然打了个寒战。好像冥冥之中有预感似的，她下意识地回头望了一眼曾住了十年的家。原本已经熄灭的灯骤然亮起，她微微蹙眉，心生疑惑，他们离开时修翼的父母早已睡下，怎么现在又起来了？

亮灯的窗内人影幢幢，仓皇的脚步声由远及近。修翼的母亲像一根被狂风卷起的枯木，步履蹒跚且踉跄，摇摆不定，重重地摔倒在孟秋的腿边。她那喑哑的声音仿佛被命运扼住了咽喉，发出夜风一般的嘶吼：“修翼出事了！”

后来修颉颃是在医院见到的父亲，准确地说，他见到的只是一个周身盖着白布的人。医生掀起白布的时候，孟秋蒙上了他的双眼。

母亲的手很凉，覆上他的双眼，为他遮挡住可能让他一生都无法忘却的恐怖画面。修颉颃透过母亲的指缝看见泛红的微光，除此之外，再无其他。他只能感觉到母亲的手微微有些颤抖，掌心的温度一点点降低，从凉到冷，再到寒。母亲的啜泣声由低到高，最后变为绝望的痛哭。

修颉颃前一刻还在生气父亲的欺骗，没想到下一刻却是天人永隔。他在懵懵懂懂中好像知道死亡是怎么一回事，却又好像并不明白真正要面对的是什么。

孟秋松开手的时候，白布已经重新覆盖了回去。那里面的人是他的父亲吗？修颉颃正疑惑的时候，泪水就从他的眼眶掉落了。他却不知道为何悲伤，仿佛悲痛是一种可以蔓延的毒，无声无息地渗透他全身，他连父亲的最后一面都不曾见到，就被卷入其中。

不，不应该是这样的……不可能是这样的……

修颉颃想，父亲的手里应该有自己给的绿豆糕，要是没有，那就不是父亲。

这个念头忽地萌生，瞬间就占据了他的全部思维。他一步步走上前，掀开白色被单的中间一角，焦黑的手中空无一物。

他惊叫起来，然后发了疯似的去扯白色的床单："不是的，这不是我爸爸，不是的……"

孟秋将他拽回自己怀中，按住他奋力抵抗的手脚："颉颃，颉颃……"她一遍遍叫他的名字，像是一种安慰，又像是一种自我催眠。

此刻的世界，唯有儿子是她所有的一切。那些恨和怨瞬间消散而去，留下的不过是一具焦尸，一抔黄土。

然而这却不是终点。

医生走上前对孟秋说："修太太，其实还有一件事要告诉你……"

孟秋抬眼看向医生，她的眼中隐着更深痛的悲伤，让医生不知该如何开口。

"在修先生出事的时候，还有另一个人在他身边……"

修颉颃得到更多消息的来源，是报纸与新闻。

比如那是一场整整烧了一夜的大火，照亮了 B 市的夜空，让整个音乐厅都化为灰烬。最初起火的地方是后台，时间约莫是十一点。因为音乐会十点散场，所有的观众和工作人员早已离开，仅有两人在散场后没有离开因而葬身火海。一个是音乐会的指挥修翼，另一个是修翼的女助理。

乐团的人说，女助理是今年二月才被雇佣的，因为工作需要，她与修翼几乎每天都在一起，或是去外地参加公演。而二月恰恰也是孟秋察觉修翼出轨的时候，很老套的婚外情故事，衬衫上的香水味、西装上的长发，十年婚姻，一朝到头。若说有什么不俗套的，那便是修翼与情人的结局了。

两人的尸体在后台的一间小仓库被发现，当时紧紧抱在一起，像一对誓死殉情的鸳鸯，一度让医护人员以为他们是一对恩爱夫妻。直到确认身份以后，他们才知道修翼的妻儿尚在家中，并未遇险。

在修翼历经死亡的最后时刻，陪在他身边的或许才是他最爱的那个人？

这个故事好像很感人，却又好像很讽刺。

然而他们都死了，没有人知道他们经历了什么，却有无数人去猜想他们经历了什么。没有人关心火灾的原因，却有无数人“关心”活着的人该如何生活。

全城的报纸头条都是著名指挥家修翼与情妇偷情惨死，偌大的版面在向全世界昭告这桩丑闻，在那个年代成了家喻户晓的聊资。每个人都有道听途说的可靠消息，每个人都有秘密得到的真实内幕，每一个版本都绘声绘色，说得仿佛他们就在现场一样，仿佛那场惨剧是可以倒带的电影胶卷，一帧帧画面都可以肆意地快进和后退。

而修颉颃只记得父亲跟他说的最后一句话是——“爸爸以后再也不会骗你了。”

人生是多么大起大落，无法预测，前一刻他恨，后一刻他痛，再后来呢？他变得冷静了，也想明白了，所有的一切都是因为欺骗开始的。这个世界有太多的谎言，善意的、恶意的，为了自己的、为了他人的，有高尚的，也有卑劣的，可是那又如何呢？

它们始终是谎言。

修翼骗了孟秋，也骗了修颉颃，就连最后的离去都带着谎言。因为他死了，就可以被原谅吗？修颉颃不同意，带着谎言的死亡像用锯齿一点点割开皮肉，让人痛得不利落，却又备受折磨，就连生死都变得不再坦荡。无法痛恨也无法怀念，曾经熠熠生辉的印记都被谎言蒙尘，这样的死亡是卑劣的。

因为它既伤害了自己，也伤害了身边的人。它更像一张网，纠缠了修颉颃与孟秋整整十年。可笑的是，修翼给予他们的爱也不过十年。

从那以后，修颉颃再也不接受谎言，无论那谎言有多美好，也无论真相有多残忍，他都宁愿选择真实。

哪怕他很喜欢宋儒儒，却也不得不离开。

**

边尧暗搓搓回家还是挨了一顿揍，温惜得到消息自然有所防备，当晚根本不敢去找宋儒儒。好不容易熬到第二天天亮，她硬是拉上童小悠做和事佬才敢去找宋儒儒。

一进门，温惜就主动认错："儒儒，是我错了，我要是不迟到的话，先进去探路的人就是我，那样大可爱就不会遇到你了。就算遇到你我也在场，咱们就可以说是逛街逛饿了，一起来吃饭。"

宋儒儒一边收拾行李，一边冷冷地说："可千万别，他修颉颃的眼里揉不得一粒沙，我撒一个谎他就粉转路人了，我要是连撒两个谎，那他不得路人转黑啊！"

"儒儒……"童小悠坐在床边替她叠衣服，"你都没和他解释一下吗？"

"解释什么啊！"宋儒儒抓起一把袜子塞进行李箱，"我又不稀罕他喜欢我，他不喜欢我我不要太轻松了哦！"

童小悠和温惜对视一眼，就算三个人中属宋儒儒最聪明机灵，她们俩也能听出这话是在赌气。

温惜见修颉颃和宋儒儒的关系无法挽回，索性替自己挽回："你说这个大可爱可真不可爱，就这么一点小事他就说不喜欢你了！儒儒，我和你说，男人没一个好东西！铁打的姐妹，流水的……"

宋儒儒转脸看向温惜，那一记眼刀见血封喉，温惜立刻就跪了，声音也蔫了："流水的男人……"

"错！"宋儒儒一掌拍向床头柜，那一掌震得温惜和童小悠齐刷刷地耸肩，

“是铁打的命理，流水的感情！”

“我那天就该算一卦。”她说着愤恨地瞪向温惜，炮火开得很大，“你倒好，和我说什么依着自己的心，什么适合的不一定喜欢，什么喜欢就是要付出代价啊！统统都是扯淡！我宋神婆叱咤风云这么多年，我凭什么立足江湖，还不都是因为我事事占卜，无所不知啊！感情这种东西，本来就是靠不住的。什么叫喜欢，什么叫合适，合适的才能喜欢！不合适的喜欢也没用！”

温惜被轰得快吓哭了，缩在童小悠身后求庇护。童小悠当然知道宋儒儒的武力值，哪敢替温惜挡子弹，一个转身就把温惜又顶到了自己前面。这让温惜很吃惊，嫁给陆星成以后连童小悠这个软柿子都学坏了，可见男人真没一个好东西！

宋儒儒把行李箱合上，再扣上一顶棒球帽，雄赳赳气昂昂地走出卧室，顺便对她们俩下逐客令：“我要去山上了，你们也走吧。”

“你去山上干吗？”温惜胆儿肥，这种情况下还敢主动提问，童小悠赶紧拉过她耳语：“儒儒是去找她师父……”

“师父？”温惜眨了眨眼，“她师父能逆转时空，让相亲再来一次吗？”

童小悠摇摇头：“但她师父可以劝住她……”

“劝住什么？”

“劝她放下屠刀立地成佛，否则她可能会杀了你。”

“……”

**

宋儒儒的师父月真是C市市郊上天竺的现任监寺，如今已年过六旬。当她还只是一位在家修行的居士时，就在机缘巧合下与宋儒儒的母亲宋佳宁认识了。宋佳宁去世后，她独自一人把宋儒儒从六岁抚养到上大学。待宋儒儒成年后自己半工半读，她便彻底皈依住进了寺里，朝五晚九作息健康。

后来宋儒儒读完研究生，工作赚钱买了房，几次要把师父接下山与自己同住。可她都不肯，说是山里空气好，已经住习惯了。宋儒儒拗不过她，也只能逢年过节与她团聚，或是遇到无解的事就去找师父排忧解难。上一次宋儒儒求助师父，还是童小悠和陆星成一夜换运。

所以这次宋儒儒一上山，月真师父就知道她肯定是又遇到想不通的事了。其实论周易八卦，月真师父虽是她的启蒙人，却早已不如宋儒儒在行了。但很多时候宋儒儒来找师父，寻求的只是一种心灵的慰藉。

寺里的膳食寡淡简单，月真师父知道她要来，多准备了一道茄子，因此也就有了三道菜：香菇青菜、酸菜豆腐和油焖茄子。

月真师父很早就茹素了，小时候宋儒儒跟着她吃不惯全素，她偶尔也会念着阿弥陀佛给她买上一些熟食肉类。但这三道素菜是宋儒儒一直都喜欢吃的，尤其是上天竺的大厨做素斋一流，油焖茄子可是被誉为堪比红烧肉的镇寺名菜。哪怕是上次求助的时候，宋儒儒也能就着油焖茄子拌了一海碗的米饭。月真师父也是如此，所以即便她作息健康，体重却不大健康；即便按标准体重来算，她也属于微胖界的。

可就是这么诱人的素斋，宋儒儒今天却只夹了一筷子，然后就食不下咽了。

月真师父小心地问她："儒儒，该不会是你朋友这次和别人换灵魂了吧？"上次换运气愁得宋儒儒拔头发打滚依旧胃口极佳，看架势这次比上次还要严重啊。

宋儒儒想，童小悠还用和陆星成换灵魂？人家现在正在蜜月期，灵魂都融为一体了！她拿筷子戳了戳油焖茄子，又还是搁下："师父，你说我也到山上来好不好？"

"你要辟谷？"月真师父看她又不吃饭又说要上山，得出了一个符合逻辑的猜想。

"我是说……"宋儒儒就着盘腿的蒲团往旁边的榻榻米上一歪，"我也上山和你一样，过清静的生活。"

一听这话，月真师父祥和的面上大惊失色："儒儒，你要是来了山上，那山上可就不清静了！"

月真师父说这话是有根据的。宋儒儒还在念大学的时候，有一年暑假她趁着打工的空闲期上山看望师父。那天偏巧是农历六月十九，观音菩萨的生日。上天竺里满满的都是来上香的信徒。宋儒儒一看这架势，根本按捺不住体内的洪荒之力，徒手扛起一米多长的供桌放到了大殿门口，海清袍子一穿，帽子那么一扣，活脱脱一个明眸皓齿的小尼姑。桌上一个签筒，一个龟壳，外加六枚铜板，她的生意就这么开张了！

若说她只财迷心窍，倒也不得不承认她确实有本事。这供桌一连放了十天，日日排队都算不完。宋儒儒倒也有良心，把自己赚来的钱分成三份，一份捐到寺里的功德箱，一份给月真师父每年捐款用，最后一份才收进了自己的腰包。

所以对于月真师父的嫌弃，宋儒儒不是很服气："师父，我现在可是赫赫有名的半仙，我来山上，那叫山不在高有仙则名！"

月真师父确定她是真的不吃了，不忍浪费，便将她面前只动了一筷子的米饭拨到自己碗里，一边拨一边说："儒儒啊，你上山来陪我，我是高兴，可有时候一期一会，难得一面也很好啊，并不一定非要天天见到才是好的。"

宋儒儒顺着榻榻米滚到师父身边抱住她，有点委屈地说："师父，你是不是不想见我啊……"

"师父当然想见你了，但这人世红尘，不是所有人都可以放得下的。你看你的母亲，那时候她独自生下你很是辛苦，可对她来说，早在你还未出生前便是她无法放弃的羁绊。而师父我养你的时间比你母亲要长得多，但你与我并无羁绊。"月真师父怜爱地摸着她的鬓发，"我会关心你，却不会爱你，因为我早已解开与尘世的一切因缘。"

"这世上本来就没有人爱我，我和师父一样。"宋儒儒撇撇嘴说，"我来山上有什么不对？"

"你若是这么说，那反倒说明你有了所爱。"月真师父把她扶起来，"如果没有所爱，就不会有欲念。所谓十二因缘，先有'爱'方有'取'，曾经历过'有'，才会对'失'念念不忘。"

"所以还是不要喜欢任何东西最好。"她一个鲤鱼打挺坐起来，"心无杂念，无色无相。"

"但是儒儒……"月真师父说，"你知道佛学最根本的前提是什么吗？"

宋儒儒摇摇头："是什么？"

"是你得觉得这世间没有任何快乐，一切都是苦难，那么你才会放下一切追求解脱。若是你还能感觉到幸福与快乐，虽然有苦难，但你依旧期待美好，又要如何解脱呢？"

和修颉颃在一起，他带给她的不安感，全都让宋儒儒觉得是磨难，可真的没有快乐吗？也是有的吧。因为有，所以她失去的时候才会难过。否则就像师父说的那样，如果觉得一切都是苦难，那么舍离就是一种解脱，而不是一种悲伤。

“每个人都有自己的执着，可执着之外，这尘世依旧有你们可寻找的幸福。”月真师父说完，端起面前堆得高高的饭碗，念了一句，“善哉善哉，儒儒也长大了，都会失恋了。”

宋儒儒当即反驳：“什么失恋啊，我一没抽签二没卜卦的，师父你瞎算什么呢！”

月真师父咂咂嘴，从衣袍里掏出自己的智能手机：“你看，这是为师的微博，每天有好多姑娘给我发私信。失恋的都这样，要么暴食，要么绝食，你连油焖茄子都不吃，肯定是失恋了，还用算？！”

**

虽说月真师父觉得宋儒儒上山纯粹是逃避，可那又如何，逃避可耻，但是有用。起码以眼下的情况，宋儒儒可没法继续和修颉颃抬头不见低头见的。被甩这么丢人的事，一般只有一种解决办法——那就是找到一个比对方更帅、更高、更好的人，才能昂首挺胸地杀回去啊。

否则无论你显得多么不屑，总会在气势上低人一等。尤其是宋儒儒在山上刷了十来部充满正能量的励志电视剧，得出了“我穷我幸福，你富你孤独”这一社会主旋律后，她发现现在的自己背着房贷却不幸福，孤独却不富有，也太没正能量了。

所以在幸福和暴富之前，宋儒儒决定窝在上天竺里闭关谢客。

一晃一个夏天就过去了，她还没有下山的意思。温惜忍不住打电话问她：“儒儒，我期末考都考完了，暑假也要结束了，你怎么还不回来？”

“我九月中旬才开学。”宋儒儒最近跟着月真师父在山上种菜，每天茹素，人瘦了几斤，连皮肤和气色都变好了。这让她觉得，若是不能脱单或暴富，变美了再回去也是不错的，总之不能让人看笑话。

“那你的工作呢？”

“我答应了苏叶参加下半年的节目，所以她必须给我放假两个月。”宋儒儒那会儿是被爱情冲昏了头脑，现在清醒了，当然要一笔笔算账了。

“那你的粉丝呢？”

宋儒儒正在拿剪刀剪秋葵，歪头夹着手机不耐烦地说：“你去看我微博上的置顶公告。”

温惜挂断电话就去看宋儒儒的微博，果真置顶了一条十六字微博——

“炎炎夏日，半仙闭关，人生大事，自求多福”。

在宋儒儒那儿碰了一鼻子灰，温惜还不死心，趁着去电视台录制《娱乐播报》的机会，以玩游戏的名义向边尧旁敲侧击了解修颉颃的近况。她得到的消息是修颉颃跟着考古队去了云南，暂无消息。

“这次是真的没转机了……”根据温惜的经验，感情这种事可不能温水煮青蛙，得是油锅氽丸子，轰轰烈烈、噼里啪啦才叫过瘾。在一起的时候死命纠缠，就是吵架撕咬也要大干一场。若是两人一个躲一个逃，就什么激情都没了。

“你兄弟也太奇葩了，害我被儒儒嫌弃，现在她连我都不理了。”

“其实颉颃很简单的，只要不骗他，什么都可以。”边尧一边收人头一边回答。

“他以前被人绿过吗？这么怕被骗？”穆扬好似很有经验地问道。

边尧放下手机，叹了口气：“颉颃的父亲以前出轨，父母闹离婚，哪知在调解期的时候，他爸和情妇出意外一起死了，这是很多年前B市尽人皆知的丑闻。所以颉颃小时候每天都活在别人的指指点点中，导致他以前自闭，不和人交流，也不关心任何事。后来她妈下定决心带着他离开B市，这才认识了我爸。我们俩是在十七八岁时成的兄弟。不过学了考古后，他的性格已经变好了很多，但欺骗还是他的死穴，谁都不能碰。因为他爸死前和他说的最后一句话，就是骗他的。”

边尧说完，温惜沉默了很久，然后“哇”的一声哭了：“天哪，大可爱怎么这么可怜，我怎么能这么作孽啊……”

“算了吧。”穆扬虽然刚被温惜打，此刻却还是温柔地安慰女友，“你想啊，他都这么可怜了，要真摊上宋神婆那不更惨？”穆扬仍然坚持之前的观点，宋儒儒又狠又不好惹，谁敢做他二舅，他就认谁做大哥。

“那倒也是……”这么一说，温惜也觉得颇有道理。她目光一瞥边尧：“哎，师兄，你和儒儒相过亲，你对她感觉如何啊？”

“这……”边尧神色复杂，欲言又止，“我有心也没胆啊，因为相亲的事，我差点被我爸给打死。”

“有心就好。”温惜老司机一样笑了笑，“反正儒儒和大可爱也没戏了，师兄，虽然儒儒不好惹，但与其是别人，我倒宁愿是你。”

边尧低下头，淡淡地笑了一下：“那我得先确认颉颃是真的不喜欢她了……”

穆扬很是心疼师兄：“师兄，怎么你们全家都护着他，你却像是捡来的一样？”

边尧站起身摆摆手，似乎心中藏着无数血和泪：“不说了，我要上节目了。”他抓过衣架上的西装就往外走，温惜看他上半身西装革履，下半身却只穿一条运动短裤，画风甚是诡异：“师兄，你的西装裤呢？”

“反正只拍我的上半身，穿长裤多热啊。”边尧帅气地把西装往后背上一甩，英姿飒爽地走出了休息室。出门前，他又叮嘱温惜，“对了，颉颃的事你可别告诉其他人，我们全家人在他面前从来不敢说起这事。”

温惜连连点头，等边尧一走，她一通电话就打给了童小悠：“小悠啊，我告诉你一件事，你可不能告诉其他人啊……”

童小悠听完故事，小声嘀咕了一句：“这么巧，儒儒以前也是B市人……”

“哇！”温惜的眉梢一挑，立刻来劲了，“那儒儒一定听说过这个丑闻，我要找她八卦一下……”

“那你就别指望了。”童小悠说，“儒儒六岁就被师父带去C市了，兴许她离开的时候，丑闻还没发生呢。”

“那儒儒怎么会被师父带走啊？”温惜稍稍知道一些宋儒儒的家庭情况，但具体的她也没问过。

童小悠和宋儒儒是大学室友，关系一直很好，所以知道的比温惜多一些，却也不算详尽：“儒儒的妈妈在她六岁时因为火灾去世了，她妈妈以前常去庙里烧平安香，于是就认识了月真师父。所以后来是月真师父养大的她，她一身本事也是月真师父传授的。”

温惜一天之内听到两个如此悲惨的故事，一时间竟不知该心疼修颉颃多一些还是宋儒儒多一些：“那……这事我是不是不要告诉儒儒……”

“当然啦，难道你还想告诉她不成？”童小悠连忙阻止了温惜这个扩音喇叭，“儒儒很不喜欢说以前的事，尤其是和她母亲有关的……”

“那她爸爸呢？”温惜想到了一个问题。

“连儒儒自己都不知道她爸爸是谁。”童小悠说，“她妈妈是单亲母亲，所以儒儒就跟着她妈妈姓。”

这些八卦让温惜很难过，她决定今天回家和爸妈团聚一下，温暖一下自己的内心。

**

暑假的尾声，也是边舜出发去日本交流的时间。外出交流是音乐学院每年给一批优秀学生的特殊优待，为期一个月，边舜在阮教授的推荐下才得到了这次交流的机会。

她出发的前一天，恰好修颉颃也从云南回来了。他整个人比去之前更清瘦，全家人都知道他失恋了，但未免他难过，都表现出不知道的样子。可是他们又按捺不住关切之心，以至于画风相当诡异。

首先是边教授毫无征兆地在吃饭时向边尧发难，莫名其妙骂了一通边尧，说他做事拖拖拉拉，要是能早点成人也省得父母操心。这让边尧很无奈，他好好一个电视台新闻频道主持人，怎么着也算是半个社会精英，突然就变得不成人了。他是用手走路了，还是用脚吃饭了？

接着是孟秋迂回地怪边立心安排了这场相亲，说他好好的一个大学教授、高级知识分子，竟然学街舞大妈组织相亲，为老不尊。这事得到了边舜的强烈支持，认为父母就是不该干涉孩子的感情。边尧见状，以为自己可以翻身，连忙加入 diss 阵营。哪知他一开口事情就绕回了原点，边教授继续怒骂他不成人，才导致父母不得不干涉他的事。

修颉颃默默地吃完饭，放下筷子，平静地说：“这事和谁都没有关系，是我自己的决定，也都过去了。”

他说这句话的时候，边尧侧目看去。他的目光像一汪清泉，一眼望到底，什么都没有。

“可是儒儒……”边教授小声说，“还是挺好的……”

修颉颃没有回应这句话，宋儒儒好不好，他心里最清楚不过了，只是他和宋儒儒之间的不可调和是无解的。他曾相信他们性格、志向、行事作风不同并非障碍，但他忘了自己本就是一个内心残缺的人，是他的偏执和放不下导致了这一切。从某种意义上来说，不是他不再喜欢宋儒儒了，而是他觉得自己做不到去喜欢她了，也丧失了去喜欢她的资格。

因为喜欢一个人就应该包容她的一切，而那个无法包容的人，是他。

宋儒儒是真实的，她有善良也有刁钻，有冷漠也有热情，有真实也有虚假。可他是不完整的，他的世界只剩下一半，所以问题只是他自己不够完整而已。

修颉颃也知道家里人是担心他，未免他们继续针对边尧，他主动转移了话题：“舜舜，你明天几点的飞机？”

“下午一点。”边舜也不喜欢之前压抑的气氛，赶忙顺着话题继续扩展，“阮教授也会来机场送我，正好你们可以认识一下。”

“每天都听你说阮教授、阮教授的，明天总算能见到了。”孟秋笑着说。

边尧逃过一劫得以喘息，连忙抱住孟秋的大腿：“妈，我觉得你比阮教授好看！”

“人家比我年轻多了，我能比吗？”孟秋掐了边尧一把，“拍马屁也要有分寸。”

边尧摇摇头：“妈，这你就不懂了，这叫相由心生。阮教授虽然年轻些，但她不如你家庭幸福，所以看起来也就不如你慈祥……”

“哎，对了，”边舜问边尧，“阮教授寻女的新闻什么时候播出啊？”因为上次见家长，阮教授认识了边尧，得知他是新闻频道的主持人，就将自己一直在找寻女儿的事告诉了他，希望可以通过电视新闻帮助她找回女儿。

“下周，下周黄金时段。”边尧拍着胸脯保证，“那是收视率最高的时候，若是阮教授的女儿真的在咱们C市，肯定能找到。”

**

修颉颃离开家，回到公寓时已经是晚上九点。对面的大门紧闭，门口的地毯上落着灰尘，显示着主人已经很久没有回来了。

此刻已入秋，消防通道的窗户开着，吹进来的风带着些许刺骨的寒意，站在窗前可以清楚地看见电视台的双子楼。

修颉颃还记得那是早春的一天中午，他像往常一样走出家门。因为母亲的反复唠叨，他在年初结束了跟着考古队奔波的日子，同意去C大工作，搬来这里不过两个月。

知道修颉颃不善生活，公寓也是边尧替他选的。虽然边尧平日里没个正经，两人也没有血缘关系，但一起生活了十年之久，一家人早已建立了深厚的感情。对于边尧这个兄弟，修颉颃亦是十分信任。

等电梯的时候，一阵风忽地吹到他背后。那天虽然气温低，但天气晴朗，无云遮蔽的阳光白亮得有几分眩目。修颉颃转身去关窗户，回身时却被一道刺眼的白光刺了眼。他下意识地闭眼，缓了几秒后，才睁开双眼寻找光源。

原来是一缕光恰恰照在对门门头一面巴掌大的八卦镜上，折射出刺目的光芒。修颉颃蹙眉走过去，想把镜子稍稍挪一个角度，边尧的电话恰恰就在此时打了过来。

修颉颃一边动镜子一边接电话，一般情况下边尧都没什么正事，若是有，也不会是什么好事。

“颉颃啊，我朋友去日本淘回了一本经书，你帮他鉴定一下真假呗！”

“我不喜欢帮私人鉴定。”修颉颃不乐意的事，向来都直接说。

“人生在世不如意十之八九。”边尧劝说他，“你反正会遇到不喜欢的事，那你不如做了这件，好歹也让我顺心，这样我们一进一出也不亏啊。”

修颉颃挪好了镜子，问他：“那我问你一件事，在门口挂一面镜子是什么意思啊？”

“镜子？”边尧想了想，“照妖吧！”

照妖？修颉颃挂断电话，陷入了思考。为什么要挂镜子照妖呢？难道小区有什么不干净的东西？虽然他是不信这些的，但若真的有，这么小一面镜子恐怕也没用吧。修颉颃决定帮帮对门，于是他折回家里，扛出了自己的玄铁乾坤剑！

可他万万没想到，第二天对门竟然拿出了一把桃木巨剑，这下修颉颃才察觉出一股战争的意味来。虽然他平日里淡泊无心，此刻却隐隐有了斗志。尤其是他上前细细品鉴了一下那把桃木剑，确认并非文物后，他莫名有了几分骄傲，对门竟然拿赝品出来和他的乾坤剑比大小？

于是他一通电话就打给了边尧："你要我帮忙做鉴定也行，你帮我弄一对石狮子来。"

那时候他丝毫不知道自己的对手是谁，也从未想过自己与宋儒儒的命运会因此纠缠。若是知道……修颉颃想，他还会去碰那面镜子吗？

应该不会了，他想，他会直接去敲她的门，对她说：哎，我以后会很喜欢你，所以我们就不要斗了。自我介绍一下，我叫修颉颃，这三个字虽然不好念，但我可以告诉你念。另外，我不喜欢别人骗我，所以你不要对我撒谎，这样我就可以一直喜欢你了，好不好？

可是时光不会倒流，就连前一秒吹过的风，下一秒都不会相同。与她相遇的每一次，也都与众不同。他何其悲哀，无法再喜欢她；他又何其幸运，曾经喜欢过她。

他从包里掏出白色的小布人，半年过去了，只有它崭新如故。虽然知道它不能招财进宝、早生贵子，却也记得她说小布人是为了让他永远不出现在她面前。若是如此，他就应该一直带着，也好如她所愿。

**

因为是国际航班，又是边舜第一次出远门这么久，孟秋担心路上会有突发情况，所以一家人在十点半就到了机场。

临行前的叮嘱无非是注意安全，多打电话，好好学习。边尧懒得说这些大道理，只是递给边舜一张银行卡："舜啊，出门在外不比在家，在家呢，你丑点哥不嫌弃你，但出了国要是丑，那你就是丢咱们祖国妈妈的脸了。所以这些钱拿去买点衣服和化妆品，好好捯饬捯饬自己啊！"

边舜一把夺过银行卡，凶巴巴地问："我倒要看看你会给我多少钱捯饬！"

边尧掏掏耳朵，咂咂嘴："怎么了？你还指望着去买资生堂和SK-II啊，你买点马油擦擦就行了！"

“就买马油那点钱你还给我银行卡干吗！”边舜咬牙切齿，“你直接给我一张红票子得了，装哪门子的大款啊！”

边尧扶住她的双肩，语重心长地说：“舜啊，你是忘了你脸大吗？你不买个几百瓶马油哪里够擦啊！”

“你……”边舜又气又恼，气的是边尧着实嘴欠，恼的是他确实给了自己卡，她也不能硬气地说不要。

修颉颃素来不擅长应付这样的事，所以一早就拜托边尧去办了。他给边舜的只有一句话：“卡里的钱是我的。”

“边尧！你要不要脸啊！”边舜一听这话，瞬间爆炸，追着边尧满大厅打。

阮教授一进机场，远远就瞧见了这一幕。这对兄妹还真是无时无刻都这么精神。若是她的女儿在自己身边长大，应该也是边舜的年纪，自己也会教她古琴。那或许今天她来机场送的就不是爱徒而是她自己的女儿了。

想到这里，阮咸的眼眶微热，稍稍别过脸去，却不想一眼就看见了站在大厅中央的孟秋和边立心。孟秋绾着长发，身穿一条藏青色棉布长裙，这是她惯常的打扮。年轻时她就喜欢穿棉布长裙，现如今还是如此。藏青色也是她尤为钟爱的颜色，许多年过去，岁月虽然在她脸上留下了痕迹，但不变的是她温柔却又坚毅的目光。

阮咸万万没想到，时隔二十年，自己还会再见到孟秋。

曾经就是远远地看着她，现在还是这般远远的。

不，总该有一次是自己主动上前的。二十年了，她们都失去了许多，总没有任何亏欠了。

阮咸深吸一口气，撩起鬓发走上前。边舜见到她后停止了对边尧的追打，领着阮教授向着自己的父母走去。

“爸、妈，这是阮教授。阮教授，这是我爸妈。”边舜笑嘻嘻地介绍他们彼此。

孟秋主动向阮咸伸手：“初次见面，总是听舜舜说您特别照顾她。”

阮咸轻轻握着孟秋的手，微微摇了摇：“我也常听边舜说自己父母的感情很好，今天一见，果真如此。”她松开手时，掌心已有一层薄汗。

边教授得意地说：“我们一家人的感情都好！”

“真叫人羡慕。”阮咸轻轻叹了一口气，“可我却还没找到我的女儿。”

边尧坏笑着凑到孟秋身边低声耳语：“妈，我就说没你好看吧。”

孟秋用手肘顶了儿子的腰一下，安慰阮咸：“新闻的事交给我们家边尧吧，您的孩子一定能找回来的。”

阮咸的目光落在一直静默的修颉颃身上，他身姿挺拔，目光淡然。他长得很像孟秋，唯有鼻子不像。他的鼻子很直也很挺，像修翼。

**

转眼就到了宋儒儒躲也躲不过的时间了，边教授还亲自打电话提醒她交论文大纲。可宋儒儒分明听出他话里话外另有深意。比如：“其实学术研究和人生一样，遇到阻碍是常事，可以换一条路走啊。”又比如：“论文不确定最终方向的时候，每个构思都可以去尝试啊。”

最后还是宋儒儒强硬地打断他的话：“边老师，我现在就想好好学习，天天向上。”

边教授只得无奈地同意：“好吧。”

宋儒儒收拾行李的时候，月真师父说要去后山挖点今年的新红薯给她带回去，宋儒儒不放心，便跟着她一起去了。

说是后山，其实距离上天竺寺还有一公里多的山路。这里鲜少有香客来，是上天竺寺近几年新开发的一处菜园。后山的土质特别适合种红薯和土豆，只是现在这个季节红薯还未大丰收，但有些早熟的已经可以收获了，所以宋儒儒和月真师父只能在硕大的一片山田里寻找。

“去那边吧……”月真师父指着山田最南面的一块陡坡，“那边日照好，温度高，应该熟得快。”

宋儒儒得令，扛着锄头就过去了。她虽然个头小，但力气大，一锄头下去再一翻，就翻出一串红薯来。

南面略陡，宋儒儒没让月真师父跟过来，她只能隔着几块田的距离喊话：“熟了吗？”

宋儒儒弯腰拿起来一看，个头都已经不小了。她徒手掰开一根细长的红薯，嫩黄的瓤中冒出奶白色的液体：“熟了！”

“那你多带点回去。”月真师父喊道，“这红薯可甜了，也耐放，不容易坏的。”

到了秋冬，宋儒儒也喜欢吃红薯，所以锄头挥得铿锵有力，没一会儿就翻了小半块田。她估摸着差不多够了，便放下锄头折回去拿麻布袋来装。被翻开的泥土松软又湿润，月真师父叮嘱道：“小心点踩，注意鞋子。”

“没事……”宋儒儒大大咧咧地迈步走，最后一声长音还没完，她忽地脚下一空。本以为是踩到红薯打滑，哪知半条小腿一下子落入土中，吓得她一把抓住地面上的几株红薯秧，发了疯似的抽腿往前爬：“啊！啊！！”

月真师父见状神色大惊，蹒跚着跑过去拉她。直到握住月真师父的手，宋儒儒才从惊吓中缓过劲来，一屁股坐在田里大喘气。

“怎么回事啊？”月真师父隔得远，只看到她手脚并用往前爬，并不知道那一瞬间发生了什么。

“那……那里有个洞……”宋儒儒惊魂未定地往后指，“吓死我了……”

月真师父把她又往前拽了几分，才小心翼翼地往后走了几步。方才宋儒儒刨红薯的陡坡中央赫然出现一个将近二十厘米直径的深洞，周围的泥土还在慢慢松落，洞口有越来越大的趋势……

“这是……”

宋儒儒回过神来再去瞧那洞口，隐隐察觉出了问题：“这下面可能有墓葬……”

第七章

命中有劫

上天竺寺后山疑似发现墓葬，立刻成了 C 市的大新闻。作为第一发现人，宋儒儒一时半会儿没法离开，要接受警察的调查与询问。

宋儒儒掉落的地方随着泥土的松落，现在露出的洞口约三十厘米，倒是够一个成年人跻身入内的。做笔录的时候她随口问了一句：“不会被盗过了吧？”

只这一句话，她立刻就被围攻了。

“盗过了？你从哪儿知道的？你是不是早就发现墓葬了？你们为什么要在上面种红薯？是不是为了掩人耳目？”

宋神婆何惧于此，她挑着眉神秘兮兮地说：“为什么在上面种红薯啊？那肯定是这儿土肥呗，你懂的……”

给她做笔录的警察胃里翻腾，捂着嘴就跑开了。宋儒儒得意地一笑，竟然敢质问她？也不看看她是谁！没说段子吓唬他，已经算是她手下留情了。

警察还没离开，记者就闻风而来。宋儒儒远远瞧见偌大的摄影机从山下逼近，生怕被逮住又是一通采访，撒腿就想跑。哪知却被一个熟悉的声音叫住："宋儒儒？"

那声音精神十足，又带着些许玩世不恭。她扭头一看，打头阵的竟然是边尧！

两个月没见，他却俨然一副故友重逢的模样跟她打招呼。就算宋儒儒与修颉颃的事和他无关，他好歹也是修颉颃的兄弟，就没点退避三舍的自知之明？还这么没脸没皮，没羞没臊的？

宋儒儒上下瞥他一眼："你不是新闻频道的主持人吗？怎么还要亲自出外景拍摄？"

"这个……"边尧挠了挠头，"犯了点小错，最近在检查期，所以被叫来出外景了。"

"什么错？"

"哎，你这人怎么哪壶不开提哪壶啊？我都说我是处在检查期了，你应该安慰安慰我啊！"边尧歪着头看她，两个月没见，她清瘦了些，头发也长了不少，但精神一如往常。他回想起修颉颃说的话，大概他们俩是真的都过去了吧。

宋儒儒对边尧素来不客气："我都不知道你犯了什么错，又怎么安慰你？要是你干了什么伤天害理的事，我也要安慰你？"

"我能伤天害理？"边尧实在替自己叫屈，"我就是那天录节目只穿了上身西装，下身穿的短裤，正好赶上台里纪检巡查，就给我记过了。"

宋儒儒想了一下那场面，应该是挺精彩的。边尧顺势将她拉到一旁，压低声音说："所以我现在急需戴罪立功，你有没有关于这个墓葬还没告诉过别人的小秘密，透露给我啊？"

宋儒儒斜他一眼："凭什么啊？是凭咱们俩相过亲，还是凭你是边老师的儿子啊？"

"就凭那天温惜和穆扬两人都没把牛排吃完！"边尧找出一个让宋儒儒无法反驳的理由，"咱们可是说好了不吃完不许走的。"

早在相亲那天，宋儒儒就看出来了，边尧巧舌如簧，简直就该做自己的同行。

"那好吧。"她点点头，冲边尧钩了钩手指，边尧立刻心花怒放地凑上前。

只听她神秘兮兮地说，“这个墓葬上面种的红薯特别好吃。”

“……”

C市文物局也在当天组织专项小组赶到现场，对墓葬进行勘测。电视台则要对勘测进行拍摄，录制纪录片。所以除专项小组外，摄影组也要在后山驻扎。可上天竺寺是尼姑庵，所以他们只能住在半山中央的中天竺寺的禅房里。

经过初步勘测，该墓葬形制为唐代盛行的长斜坡多天井单室砖墓，弧方形的平面结构，墓室南侧有甬道，而道内开凿多天井，墓室内还开凿了对称小龛。宋儒儒踏空的地方恰好就是一处天井。因为后山被上天竺寺开发成菜园，几年来耕地播种，掩盖墓葬的土壤日渐稀松。加之今年夏季多雨，泥土更加松动，再被宋儒儒那么铿锵有力的一锄头刨下去，实在是无处躲藏。

事件发展至此，三方势力汇集，宋儒儒认为基本就和自己没什么关系了。哪知专项小组进入墓葬后，一没清理好陪葬品，二没确认墓主身份，倒是先在棺椁里发现了一本奇书——《大乘起信论》。此书最早出现于南朝后期，是心性论佛学的代表作，对中国佛学有垄断式的影响，依据墓葬的年代大抵可确定此为唐代抄本。

这个消息立刻就传到了边教授的耳朵里，无奈他刚刚飞去首都参加学术会议，当即一个电话打给宋儒儒，命令她严守阵地收集资料，直到他开会回来。

边尧的工作是录制纪录片，可他本人对这些丝毫不懂：“哎，我爸怎么还研究佛学啊？他是要出家吗？”

“边老师是研究古代哲学的，佛学当然是哲学中的一支。”宋儒儒不忍看他以文盲的姿态录制节目，好心解释了一下，“而且《大乘起信论》可是儒家心性论和佛学结合的奇葩产物。”

“一本佛经而已，能有多奇葩？”况且边尧也知道佛学是从印度传入中国的，怎么还能和儒家产生关系？

“举个例子吧，佛经都是从印度传来中国的对吧，但这个《大乘起信论》却是从中国传入印度的。”宋儒儒讲课和修颉颃的风格完全不同，修颉颃是言简意赅，直指人心。宋儒儒呢，则是寓教于乐，生动有趣，“佛学虽然在汉代传入中国，但真正兴起于魏晋南北朝，就连鸠摩罗什法师都来到长安讲经翻译。可咱们中国的传统思想是儒学，老百姓并不喜欢印度佛学。因为印度佛学里有两个问题，第一是此世修行是为了彼世解脱，第二是不是人人都能成佛的。”

“啊……”边尧好像有点懂了，“所以中国人想要此世成道，人人可成佛。”

“没错。”宋儒儒给了他一个“孺子可教也”的赞许的眼神，“所以呢，南朝后期有人假托印度马鸣法师之手，结合孟子的心性论儒学自己写了这本《大乘起信论》。此书最核心的观点就是一心开二门，人人可成佛。你想想啊，老百姓得多开心啊，人人可成佛，那烧香信佛才有意义嘛！”

“所以这本书一问世，那叫一个席卷全国，妇孺皆知，甚至代代相传。等到唐代玄奘法师去印度取经的时候才发现，印度既没有马鸣法师，也没有《大乘起信论》。这就很尴尬了，全国人民都喜欢的书，你玄奘法师去了一趟没取回来，那叫啥取真经呢？所以迫于无奈，玄奘法师将此书先译成了梵文，然后假装是从印度带回来的，再给它翻译成汉语，这才普天同庆。”

边尧听得认真，却藏不住满脸的笑意。

宋儒儒瞧他笑里藏坏，蹙眉眯眼不高兴地说：“我免费授课给你脱盲，你笑什么笑？”

“不不……”边尧摆摆手，“我不是笑你，我是觉得你说这些正经的知识都像在说书一样。”

“我哪里像说书了！”此刻荒郊野外，宋儒儒无桌可拍，只能对着边尧当胸一掌，拍得边尧早上吃的八宝粥都要喷出来了。

偏偏边尧这人有一种无所畏惧的不要脸，即使被打成内伤，也绝不放弃嘴欠。他扶着一棵树，轻咳一声，竟惟妙惟肖地模仿起宋儒儒方才说的话——

“你想想，老百姓得多开心啊，人人可成佛，那烧香信佛才有意义嘛……”

他一开腔，原本还火大的宋儒儒一下就惊呆了。因为边尧的声音竟然与自己的一模一样，恍惚间她还以为边尧是在播放录音。

他模仿后，还贱兮兮地挑了一下眉头问她：“你说像不像说书的？”

“你……”宋儒儒惊诧地指着他，“你怎么学的？”

边尧得意扬扬地靠着树干摆了个帅气的姿势：“儒儒，咱们下学期的研究经费就都靠你啦！”这次是边教授低沉略带沙哑的嗓音。

“看不出来你还有这本事啊！你专门学的吗？”这下宋儒儒觉得边尧更适合做半仙了，这仿音效果，多适合跳大神啊！

边尧收了笑容，总是不怀好意的眉眼此刻有了几分正经，“我妈……我是说我和边舜的生母很早就去世了。那时候边舜还小，睡前都要妈妈哄，所以我就用她生前留下的录音带模仿她的声音，哄边舜睡觉。后来发现学得还不错，我就开始模仿各种声音，大学时也就选了播音专业。”

他炫技时臭屁得简直要上天，说起往事时却云淡风轻。宋儒儒倒有些糊涂了，边尧究竟是真的不正经，还是假的不正经？

“看不出来你还挺疼你妹妹的，那你现在怎么整天和她吵架斗嘴呢？”宋儒儒还记得他们兄妹俩大打出手的场面，那完全是你死我活啊！

边尧勾起嘴角，又恢复了往昔的模样：“那是我以前看她可怜，后来她有妈疼，有哥哥爱，就不需要我啦。再说了，我对她坏，她才会缠着新妈妈和新哥哥啊。若是她总缠着我，我也嫌烦啊，难道真的管她一辈子啊？”

他自命不凡地“啧啧”出声：“这可都是我的人生智慧啊！”

“那你的人生智慧可真够家长里短的。”宋儒儒翻了个白眼，“你怎么不去社区调解婆媳矛盾呢？”

“哎，这倒是个不错的兼职呢！”一说起不正经的事，边尧就特别正经了。

宋儒儒还想呛他，却被不远处专项小组的一声惊呼打断：“耳室里面还有青铜器！”

中国的青铜器时代主要是夏、商、西周、春秋以及战国，到了战国末年至秦汉末年这一时期，传统的礼仪制度瓦解，铁制品广泛使用。至东汉末年时，陶瓷器和漆器发展迅速，不仅日用品鲜少用青铜器皿，就连兵器和工具也多用铁器。隋唐时铜器主要以铜镜为主，数量较为稀少，铜器本身也就不具有特别高的价值了。

可这座唐墓里发现的青铜器，却偏偏是鼎、爵、尊这些较大的食器和酒器，还意外地发现了编钟，另有一些连专项小组都不认识的器具。

专项小组将情况报告给文物局，文物局也陷入了困境。首先墓室的结构确实是唐代无疑，其次《大乘起信论》乃南朝后期才有的经书，唐代佛教盛行，墓主有此藏书并不奇怪。纵然是墓室结构不足以确定年代，《大乘起信论》也可以将墓室的年代限定于南朝以后。而即便是南朝，大型的青铜器也没落已久，实在不知为何会出现数量可观的大型青铜器。

专项小组组长提出，编钟虽然在秦汉以后由盛而衰，但在隋唐时还能用于演奏隋“九部乐”和唐“十部乐”，只是极少流传于民间。因此猜测墓主可能是皇室贵族，才会在陪葬品中出现编钟。墓葬的主人经过初步判定是一位老年女性，然而有如此多重器陪葬，墓葬中却又没有任何可证实其贵族身份的文书和印鉴。

一位疑似贵族的老年女性，墓葬中出现唐代罕有的青铜器作为陪葬品，着实难倒了整个专项小组和文物局。

边尧在录制节目时是这么解说的：“花季少女为何上山挖薯？红薯地为何惊现深洞？唐代墓室重见天日，陪葬青铜器是真是假？神秘老妪究竟为何人？她又隐藏着什么秘密？这一切的背后，是历史真相的揭开，还是永远无法知晓的谜题？敬请关注今晚 8 点，CBTV 特别报导之《后山谜洞》，让我们跟随镜头走进充满文化与历史的世界……”

他洋洋洒洒地说完，一旁的吃瓜群众宋儒儒问：“跟着你的镜头走进去就能得出答案了？”

“录节目都得这么说，走进真相、走进科学、走进历史……”边尧老练地说，“这可是我翻身的好机会，我一定要好好把握！”

摄制组收工时，宋儒儒和边尧听见专项小组组长又打电话请示文物局领导：“要不请他来吧，现在的情况真有点复杂，还有好些青铜器我们见都没见过……”

唐墓大多依山而建，又无墓门和神道装饰，所以很难被发现，目前已发现的唐墓多数集中在陕西一带。C 市位于东部，唐代墓葬是极少有，也极为重要的发现，文物局对此相当重视。但架不住经验匮乏，有心无力。

虽然组长只说了一个“他”，但宋儒儒和边尧对视一眼，莫名就有了默契。

“你兄弟要来了，你开心吧。”她虽然嘴上说得随意，心里正暗暗盘算着怎么跑路。

“还好还好，那你……”边尧故意不说后面的话，留下填空题给宋儒儒做。

宋儒儒斩钉截铁地说：“老师。”

边尧点点头：“那你老师要来了，你正好可以请教一下他。”

“用不着。”宋儒儒昂着头，颇有几分傲气，“闻道有先后，术业有专攻，我和他不是一个专业的。”

边尧不经意地挑了下眉：“那你们后来就……”

“我和他之前都没开始，哪有什么后来。”宋儒儒竖着手指逼近边尧，“我告诉你，我可是花季少女，你说话小心点，不然别怪我翻脸无情给你念个咒。”

边尧握住她那根戳到自己鼻下的食指，轻轻一弯：“要是什么都翻篇了，我也不用连坐了吧。我从头到尾可都没惹过你，相亲我还被你放鸽子了。”

“你以为我忘了你那声猪叫？”宋儒儒就差敲黑板画重点了。

“一顿战斧牛排加鱼子酱还不够抵我一声猪叫的？”

宋儒儒摇摇头，转身离开，她觉得自己还是赶紧撤离比较好。

边尧看着她神采奕奕的背影，忍不住笑着自言自语：“不够抵就不够抵呗，那说明我的猪叫很值钱……”

**

走很容易，不容易的是如何向边教授交代。换了以前，头疼脑热生理期，工作开会加班忙，随便什么借口她都是信手拈来。可不知怎的，现在忽悠这件事变得艰难了，以前一百个一万个都不在话下，现在却连一个都莫名心虚。

边教授接通电话的时候，宋儒儒是这么说的：“边老师！出大事了！我……”

“你怎么了？”

“我……”宋儒儒的嗓子眼像塞了棉花似的，“我……一直待在山上，感觉海拔有点高，不是很舒服……”

“C市是丘陵地带，山都没有超过四百米的，你还有高原反应？”边教授早已知晓边尧上山的事，才不会轻易放过宋儒儒。

“那个……”宋儒儒也不知道刚才怎么就会说出那么荒谬的理由，赶紧改口，“是快开学了，我要准备论文提纲，得去图书馆……”

“呵呵——”边教授笑了，“你两个月都不学习，现在抱佛脚？你还是先研究研究《大乘起信论》与唐代儒学的关系吧。”

宋儒儒咬咬牙，豁了出去：“实话和您说吧，边老师，我最近给自己算了一卦，我将有血光之灾，必须下山避一避！”

“血光之灾？！”边教授对此很是关切，连语调都变了，“那是你生理期到了吧！”

还没等宋儒儒回话，电话就被挂断了。

“啪！”谎言被戳穿。

宋神婆感到羞耻，无比羞耻。因为认识了修颉颃，不仅难过一场，还丧失了谋生技能。她越想越不值得，由此可见，不仅男人不能信，就连闺密也不能信，安全感这种东西只能靠自己。

**

修颉颃上山的时候，已是第二天上午了。边尧对他的到来报以热烈欢迎。因为之前专项小组禁止摄制组深入拍摄，可现在有了修颉颃，边尧的地位立刻就不一样了，俨然成了修颉颃的经纪人与代理人，亲自与专项小组交涉。

“修专家不是别人，那是我兄弟。所谓打虎亲兄弟，上阵父子兵，所以修专家进入墓葬的时候，我也得在旁边。摄影机进不去没关系，我可以拿手机录，不不……我并不是要拍摄墓葬内部，而是为了拍摄修专家，留下珍贵的家庭记录。”

一遇到这种场合，修颉颃只负责配合地点头，无论边尧说什么，他都赞同。专项小组没辙，只得同意下午让边尧也进去。

边尧虽然斗志昂扬地想要靠纪录片翻身，可真要进墓葬还是有点怕的。趁着午饭时间，他“噔噔噔”跑去上天竺寺找宋儒儒想求个护身符，偏巧遇到了月真师父。

边尧双手合十与她问好：“师父，宋儒儒呢？”

“她午休了，要叫醒她吗？”摄制组上山的时候，月真师父就注意到边尧了，但见他和儒儒有说有笑，看起来并不是导致儒儒上山的人。

“不用了。”边尧连忙摆手，“我就是一会儿要进墓葬，心里不踏实，想来求个符。”

“这样啊。”月真师父笑着说，“那我帮你做也是一样的啊，你把你的生辰八字告诉我即可。”

“还要生辰八字？”边尧有些疑惑。

“那当然了，特指的才有用啊。”月真师父认真地说，领着边尧往偏殿的禅房走去。

“那……”边尧犹豫了一下问，“我可不可以要两个……”

月真师父笑了笑：“你就是问我要十个又何妨，你不是儒儒的朋友嘛。”

边尧素来讨女性长辈的欢心：“做儒儒的朋友福利这么好啊，那我可绝不能撒手了。”他不动声色地将称呼里的姓氏摘除，跟着月真师父一起叫她儒儒。

拿到月真师父做的平安符，边尧踏实又安心地往外走。一个给自己，一个给修颉颃，墓葬总是有阴气的，不管他信不信，都要塞给他。

倒是留在偏殿的月真师父陷入了沉思，案桌上米黄的纸笺上是边尧留下的半页小楷，横如列阵排云，直如倒笋垂露，兼具力道与气韵。让月真师父诧异的却不是吊儿郎当的边尧能写出这么漂亮的书法，而是他给的另一个姓名与八字。

“修颉颃……”月真师父轻轻念出这个名字，记忆一下就回到了很久很久以前。

冰冷惨白的停尸间，她来签署宋佳宁的死亡通知单，一墙之隔的另一侧传来一对母子悲痛的哭声。

“不是的，这不是我爸爸，不是的……”

“颉颃、颉颃……”

月真师父知道躺在隔壁的人是谁，但她不想去过问。医生问她：“死者是不是还有一个女儿？”

月真师父点点头：“不过孩子还小，什么都不知道，出殡后我就会带着她离开。”

**

宋儒儒中午吃了一碗油焖茄子盖饭，又扎扎实实睡了个午觉，醒来后精神抖擞，脑子也灵光了。

她为什么要躲修颉颃呢？

是她做了亏心事吗？还是她被甩了？

从头到尾都是修颉颃追她，她狠狠拒绝的好不好？

就算两人之前有过一些不可避免的交集，那也不过是social（注解：社交）而已啊！

对！就是social（注解：社交）啊！

而且她怎么可以因小失大，因为一个男人而耽误自己的事业和前途呢？

她！宋儒儒！微博粉丝千万的超级神婆，在上天竺寺后山清修，发现唐代墓葬，墓葬棺椁里还有佛学奇书《大乘起信论》，墓主身份神秘，陪葬品奇特。以上哪一个元素不能上热搜？不能发财致富？

她竟然还在微博上写“人生大事，自求多福”，她是疯了吗？！

若是人人都自求多福，那她的房贷也该自求多福了！

她洗了把脸，简单地画了淡妆，撸起袖子就要去后山，却被月真师父半路给拦住：“儒儒，你刚醒就要去哪儿啊？”

“我要去开直播。”宋儒儒洗脸的时候就已经想好了，她要开上、中、下三期唐代占卜专题直播。

“刚才边尧来找你了”月真师父说，“看你在睡觉，他就没吵你。”

“他来干吗？”宋儒儒急着去敛财，礼节性地随口一问。

月真师父将纸笺递给她：“他说他要进墓葬，来求两个平安符护身。”

宋儒儒接过纸笺，第一眼就看到“修颉颃”三个字，但她神色淡然地夸起了边尧：“哎哟，这字不错嘛。”

“是啊，字如其人。”月真师父颇有深意地试探了一句。

边尧的人能和他的字一样工整规矩？打死宋儒儒都不信：“得了吧，他的人和字相反。”

月真师父笑了笑：“那倒也不错啊，人幽默，字正经。”她指着修颉颃的名字故作轻松地问她，“那这个人你认识吗？”

宋儒儒随意地回答：“认识，但不熟。”

“那就好，这个人的八字和你特别相冲相克。”月真师父压低声音叮嘱，“你啊，离他远一些，能不接触就不要接触。”

月真师父这话宋儒儒是信的，她以前不知道修颉颃的八字，光靠个人经验也知道他肯定克她啊。

“好，我走路都绕道。”她说完眉头一动，眼里闪过不怀好意的光芒，“要不师父你给做个法术，把他弄惨点，这样我就连绕道都不用了。”

月真师父瞬间脸色大变，连声道：“哪有这种法术！可别瞎说，不要让人以为为师教了你歪门邪道呢！”

“我这不是开玩笑嘛。”宋儒儒撇撇嘴，把纸笺还给月真师父，“看把你吓的，这人是牛鬼蛇神？”

月真师父把纸笺窝成一团，攥在手心：“倒是边尧和你的八字甚是相合。”

宋儒儒神色冷淡地抬起头说：“我现在对感情不报任何希望，我就想发财。”

月真师父摸了摸她的脑袋，现在的宋儒儒活泼又厉害，可真好。匆匆二十年，不管她是真的走出了阴影，还是伪装了坚强的模样，她确实不再是那个绝望又悲伤的小女孩了，不会一遍遍哭着问：“师父，是不是我害的妈妈？是不是我走错了路？是不是都怪我？”

时间不一定能抚平伤痛，但总会推着人前行。入定一刹那，世上已百年。

**

边尧拿着护身符就好像有了勇气，只是当他把护身符给修颉颃的时候，修颉颃却摇头拒绝了：“我自己有护身符。”

边尧不放心地追问：“你的特指了吗？要特指才有用。”

“嗯。”修颉颃点点头，“我的还特指了相貌呢。”

边尧一听，有些嫉妒，他的护身符可没有人脸识别系统。

进入地下墓葬后，就连空气都带着湿寒之感。边尧之前兴致勃勃，此刻也不由得打了个寒战。倒是修颉颃进入墓葬便有一种进自家后花园的熟练感，他一边走一边左右观察墓室的结构，与专项小组讨论，第一步就否认了组长提出的皇族猜想。

“安史之乱后，唐王朝走向衰败，所以在唐代第三期墓葬中会出现墓形降级的情况。即使达官贵人，也可能采用庶人的墓形。但唐代规定，贵可同贱，贱不可同贵，所以皇室贵族可降级，庶民不可越级。这个墓室是长斜坡多天井单室砖墓，属于唐代第二期墓葬的结构，不太会出现墓形降级。而唐代在墓室长度上有较为严格的规定，庶人墓的长度多在 25 米以下，而此墓葬长度是 22 米，所以墓主的身份不可能是贵族，只可能是庶民。”

“那怎么会有编钟呢？”最让专项小组困扰的问题还是青铜器的发现。

“我觉得最关键的问题在于，墓葬中的青铜器是青铜器时代流传至唐代的，还是唐代铸造的。”修颉颃一针见血地说道，“如果是唐代铸造的，那么即便她的身份不是贵族，也要考虑可能与贵族有关系。但如果是青铜器时代流传下来的，那么她的身份则要考虑特殊职业。”

专项小组连连点头，就连拿手机录像的边尧都与有荣焉。对边尧来说，他真的很感激孟秋与修颉颃。因为他们，他的家庭才得以重新完整，只有失去过的人才会珍惜每一分的圆满。尤其是修颉颃所学，多多少少继承了边教授的部分家学，这也让身为亲儿子的他可以放心去追求自己喜欢的职业。

当然，这些肉麻的话并不会从他口中说出来，他只是将它们压在内心深处，时时刻刻提醒自己，颉颃想要的，他就绝对不会与他争抢。当然，他绝没有物化宋儒儒的意思，只是在他心底，若是颉颃还喜欢她，那么他自己的喜欢就可以割舍；若是他们已经过去，那他才能放心去追求。

**

因为青铜器已经移出了墓葬，所以修颉颃只在墓葬中简单地观测了一圈，记录下他需要的数据，便提出移步去看青铜器。

一行人刚刚走出墓室，就听到外面宋儒儒活力四射的声音：“《大乘起信论》说的是什么呢？一个核心：一心开二门。所谓一心开二门，就是说善恶全在一念之间，心向善，便打开善门，得善终；心向恶，便打开恶门，食恶果……老妇人的棺椁里放着《大乘起信论》，说明她是笃信心性论佛学的，认为带着此书便可以通往解脱之门……”

她一手举着自拍杆，一手挥斥方遒，讲得那叫一个声情并茂：“可大家又要说了，人生在世只此一遭，我们怎么知道自己做的事是对还是错呢？有时候我们怀着善心，却不小心做了坏事，岂不是用善心开了恶门？所以在唐代，上至皇帝，下至庶民，都通过寻卦求卜问吉凶、问命运，这次直播，我就要为大家介绍唐代四种占卜——龟卜、易占、五兆和杂占卜。首先要说的第一种就是龟卜，龟卜从字面意思来看……”

宋儒儒边说还要边留意观察屏幕左上角的观看人数，眼看就要破五百万了，游艇已经开过去几艘。依照惯例，只要进入占卜正题，飞机、大炮可就都要来轰炸了。

哪知她身后冷不丁冒出了修颉颃的冷漠脸，还没等宋儒儒回神，他就已经开了口：“唐德宗就不信阴阳占卜，所以不能说上至皇帝、下至庶民都寻卦求卜，这不严谨。”

宋儒儒连忙把手机按在自己胸前挡住摄像头，狠狠地瞪向修颉颃。原来两个月不见，他宝刀未老啊，还是能一出场就坑她没商量！

“不好意思。”他目光躲闪地说，“虽然你讨厌我，但你说错了我就得纠正。”说完他转身就走，仿佛真的在认真履行不让她看到自己的承诺。

宋儒儒拿起手机一看，就那么一句话，观看人数瞬间跌破两百万，屏幕上已经开始了两派粉丝的拉锯战——

死忠粉 A：人有失误马有失蹄，神婆最棒！

死忠粉 B：刚才那人是不是上次节目里怼宋儒儒的，怎么又是他？！

路人粉 A：小哥哥好帅啊，求联系方式。

路人粉 B：神婆专业不行了，失望……

……

“修颉颃！”宋儒儒匆匆关闭直播，愤怒地对着走远的人大吼一声。他可以在节目上怼她，也可以突然说不喜欢她，但是！他不可以挡她的财路！尤其是在她对感情不报以希望，只想发财的时候，这简直是掐灭宋儒儒最后一点星星之火啊！

修颉颃听到她叫自己，自然是停下脚步转过身。即便内心暖如春风，他平静的脸上依旧封了一层透明坚硬的冰，然后“啪”的一声，全碎了。

边尧这辈子都不会忘记那个画面，小个子宋儒儒像炮弹一样冲出去，将比她高一个多头的修颉颃撞翻在地，然后狠狠地、毫不留情地……把他揍了一顿。她那股子狠劲就像只猎豹似的，迅猛、凶残、身手不凡……

最后足足三个男人才把宋儒儒从修颉颃的身上拽开，拉开时她还不忘再踹两脚，杀红的眼里迸射出凌厉残暴的光芒："以后惹我一次打你一次！"

边尧咽了口口水，直到此刻他才真正明白穆扬时常挂在嘴边的那句话——"她这个女神婆，又狠又不好惹，谁敢做我二舅，我认他做大哥！"

**

对宋儒儒来说，揍修颉颃其实是一种仪式。这么多年，她从不会被任何人欺负。修颉颃算不得欺负了她，但她确实因此伤心难过了。这种情绪一天得不到释放，她就一天不得安宁。就好像吵架的时候因为太过气愤而一时语塞，回家之后整夜都会酝酿台词，后悔当时没能怼回去。

宋儒儒也一样，两个月来她日日夜夜都在想，当时她就应该抢在修颉颃说不喜欢她之前先开口的，说什么都可以。她那天失去先机，即便后面要狠也不过是亡羊补牢，总是被动了。换成今天这样，主动出击将他揍一顿，立刻就爽了。

可爽过之后呢？宋儒儒发现又进入了新一轮的循环，那就是早知道揍他这么爽，她就应该抢在修颉颃说不喜欢她之前先把他揍一顿，那应该会更爽。于是新一轮的结论就变成了——也许再揍他一顿，就可以弥补了。

再说修颉颃，被宋儒儒一顿暴打，眼睛肿了，嘴角也破了，就连脖子都被抓伤了，简直惨不忍睹。边尧给他上药时，都有些下不去手。

"你怎么好好的又去惹她？"边尧嘴上说着心疼修颉颃的话，可看着他挂彩的脸又忍不住笑出声来，有些难以置信地说，"你说她下手……她胆子可真大。"

"我听到她说错了，忍不住。"修颉颃垂着眼让边尧上药，疼的时候也一声不吭，就像挨打的时候他也是一动不动一样。

边尧"啧啧"出声："你说你当老师是不是有瘾啊，不纠正别人就难受是吧？"

修颉颃陷入惯有的沉默，他想说，宋儒儒不是别人，他也不是不纠正就难受，他只是看到她就难受，心里一阵阵地疼。他本以为时间过去很久了，自己也不会再遇到她，可今天他才明白，就连隐隐听到她的声音都会疼。

走向她的时候，他像是被牵住的木偶，不想去，却不得不去。因为她在那里，她那样鲜活地侃侃而谈，她那样美丽地笑着、跳着，他不自觉地就走了过去。

说句实话，就连被她打的时候，他都忍不住暗自赞赏，她的拳头可真有劲，一定不会被人欺负。

对……若是以后还有人像自己那般让她难过，她也会毫不留情地揍回去，只是一切都已经与他无关了。

“以后不会了。”修颉颃说，“我会避开她的。”哪怕很想靠近，他也会逼着自己控制。

“她都说了惹一次打一次，你还不避开？”边尧摇摇头，“女人真是太可怕了，不，是宋儒儒真的太可怕了。”

修颉颃试着眨了眨眼，除了有些酸疼，倒也没什么大碍：“我得去看青铜器了。”

“你都这样了还看青铜器？”边尧简直要给他颁发劳模锦旗，“让人看到不得笑话啊，一个大男人被一个女人给揍了。”

“可她揍我的时候所有人都在场啊。”

边尧想了一下，确实如此，一开始还只有专项小组在，打了七八拳后摄制组也到齐围观了，确实是无人不知无人不晓。

“而且打架的输赢和性别无关，是武力值的问题。”修颉颃忍不住纠正，“所以我只是被一个比我厉害的人打了，这并不可笑，而是必然的结果。”

边尧叹了口气：“修老师，我叫你老师可以了吧，您就别给我上课了，赶紧去看青铜器呗！”

**

专项小组清理出来的青铜器共有十五件，已知的鼎、爵、尊和编钟共计十件，还有五件造型奇特。有一个上部是梯形斗，一面平一面半圆，两面都刻着兽纹，下部配有粗手柄。剩下的是几块巴掌大的厚片，顶端有穿孔，刻着飞鸟的图案。

修颉颃顶着被打肿的脸进来时，所有人都不自然地低下头，想笑却不敢笑。而当事人却自然得很，认真地观察起梯形斗上的兽纹来：“这上面刻的是饕餮与夔龙的纹样，主要出现在商末周初的青铜器上作为装饰。夔龙是《山海经》里记载的一种蛇状怪物。”

“那这东西是什么呢？”边尧看着这东西又像簸箕又像漏斗。

“这是铙，也叫执钟，是一种铜质的打击乐器，经常和钹一起使用。”修颉颃指着上面的夔龙纹继续说，“最早用于军中传播号令，后来才变为乐器的。因为相传夔和龙是舜的两位良臣，所以才会将此刻在铙上。”

“那剩下的这些是什么呢？”

这个问题让修颉颃陷入了沉思，这些刻着飞鸟纹的厚片他倒是真的从未见过，因为只有巴掌大，并不知道所为何用。若说是其他大型重器的组成部分，它们偏偏又边沿光滑，显然是独立存在的，加上飞鸟纹鲜少在青铜器上出现。他摇摇头说：“我现在还不知道，这几天要去查查资料。”

此时天色已晚，边尧揽上他的肩膀，心疼地说：“修老师辛苦了，今晚我给你捏肩。”

修颉颃一听这话，平淡的神色里透出不易察觉的嫌弃：“我和你睡？”

“不都是住禅房吗？”边尧挑着眉头不高兴了，“你不和我睡，那你想和谁睡啊？”

“哦。”修颉颃小声说，“你睡觉会说梦话。”

边尧坏笑了一下：“那你睡觉还会哭呢！啧啧——”

他话音刚落，修颉颃耳根一热，赶忙打断他的话：“我和你睡！”

边尧满意地一笑，拍拍自己结实的胸膛：“放心吧，和爷睡你不亏！”

**

上天竺寺今天的晚餐是清炒丝瓜、粉丝白菜和红烧冬瓜，丝瓜是宋儒儒最不爱吃的蔬菜，没有之一。可因为下午揍修颉颃颇费力气，心情又爽，宋儒儒晚上食量剧增，不仅吃光了白菜和冬瓜，就连丝瓜都吃了大半盘。

月真师父看这情形不对劲，试探地问：“儒儒，你又失恋啦？”上一次是食不下咽，这一次是暴饮暴食，这些年轻人干吗一恋爱就和吃饭过不去呢？好好吃饭也是一种修行啊。

“才没有呢。”宋儒儒边说还边活动手腕，她出拳太猛，好像手腕有些扭伤了，“我下午把师父你说克我的那个家伙给揍了一顿，可爽了！”

“啊？”

“你不是让我见到他就绕道嘛，那我多麻烦啊，不如我把他揍一顿，让他以后见到我绕道，那我不就省事省心了嘛！”说起歪理，宋儒儒总是格外有逻辑。

“阿弥陀佛……”月真师父连声叹息，“儒儒啊，放下屠刀立地成佛！”

“我一没刀，二没屠啊。”宋儒儒耸了耸肩，一脸无谓，“再说了，师父你说人的命都是天注定的，那他就是命里有此一劫，不是我揍他，也会有别人揍他啊！”

“你你你……”月真师父又圆又白的脸气得通红。宋儒儒只当她是生气自己动手打人，连忙诚恳地发誓：“好啦，我保证以后再不随便打人。”却不知月真师父并非在意打人，只是希望宋儒儒与那个孩子永远不要产生任何关联。

月真师父还想说什么时，宋儒儒的手机响了，她拿出来一看，竟然是穆扬给她打的电话。宋儒儒当下有些迟疑，因为穆扬曾说过只有中年人才会打电话，年轻人能打字就绝不打电话。

“喂，中年人，你怎么了？”

“儒儒，出事了……”穆扬的声音里透出一股子诡异，但宋儒儒仍不忘与他论资排辈：“叫二舅妈！”

“你能帮我想出办法，我叫你舅奶奶都行！”穆扬的语调都变了，宋儒儒琢磨着是真出大事了。

“怎么啦？你劈腿被温惜抓了？”

“你看了今天的新闻没？”他没头没脑地回了这么一句，宋儒儒大惊失色，“你劈腿还上新闻了？”

“是阮教授寻女的新闻！我师兄安排的播出时间！”穆扬大吼一声，他养的那只蠢狗甜瓜立刻开始狂吠。

狗叫声混合了穆扬毫无章法的解释，宋儒儒彻底蒙了：“阮教授找女儿？你师兄安排的？关我什么事？”她本来就不看新闻，所以之前连边尧是主持人她都不知道。

“阮教授说她女儿右胸有一个红色的三角形胎记。”穆扬小声说，那声音里都带着哆嗦，“可是温惜的右胸也有一个红色的三角形胎记。”他本也不是个爱看新闻的人，今天是他爸在家看新闻，他路过客厅时无意中瞥了一眼，就这么一眼，差点把他给吓死。

宋儒儒愣了三秒，声音也跟着他一样变了：“你怎么知道温惜右胸有胎记，你们这些孩子啊！真是……”

“我们都成年了好不好！”

“打住！”宋儒儒捂住耳朵，“我现在可是在寺庙里，你别跟我说那些污秽之事。”

“谁要和你说污秽之事了！”这次穆扬有经验了，怒吼时先摸甜瓜的脑袋，免得它狂吠。

宋儒儒捏了捏眉心，镇定精神：“可温惜不是有父母的吗？”

“所以我才慌了啊。”见她终于理解了自己的意思，穆扬感动不已，“你说右胸有红色三角形胎记，这不常见吧，而且阮教授找的女儿也和温惜同龄。”

此事确实非同小可，不是随随便便就能轻易揣测的。宋儒儒走出斋堂，来到一处僻静无人的地方静静地思考。此时秋月高悬，明静如水，月色下远山如墨染的画卷。

她握紧手机，压低声音，很认真地问：“穆扬，我有一个猜想……”

“什么猜想？”穆扬此时心乱如麻，急需宋儒儒压阵。

“但是你得坦白……”

“嗯？坦白什么？”

“你老实告诉我，温惜右胸的红色印记是不是吻痕啊？”

“宋、儒、儒！你才污秽！”

如果穆扬说的都是真的，宋儒儒也确实不信会有那么巧的事，世上还有另一个女孩与温惜同龄，并且还有个一模一样的胎记。

穆扬倒是想出一个可靠的办法：“要不这样吧，温惜对我们来说都是很重要的人，这事我们不能坐视不理，但也不能捕风捉影。咱们俩各自分工，我呢就去弄几根温惜的头发，你呢就去弄几根阮教授的头发，然后我们送去做个 DNA 鉴定……”

“哎哟，你可真聪明啊！”宋儒儒咂嘴夸奖他。

“哪里哪里……”穆扬谦虚地说。

“啊呸！”宋儒儒狠狠地啐道，“这叫分工吗？你去弄温惜的头发？你在枕头上就能捡出一把来！我怎么弄阮教授的头发，你当是薅羊毛呢？”

“那你不是好歹还见过一次，我连见都没见过……”穆扬小声嘀咕，“再说了，你不是神婆吗？你掐指算算哪里有头发呗！”

宋儒儒心烦意乱却也无计可施：“好吧好吧，我想想办法。”她记得穆扬说阮教授寻女的新闻是边尧安排播出的，那边尧应该和阮教授关系不错，恐怕只能通过他想办法了。但还得编个合理的理由，总不能随随便便就把尚未落实的事给说出去。

庙里睡觉早，宋儒儒在山里住了两个月，刚刚习惯健康的作息，又因为温惜的事辗转反侧。思来想去，她还是等不到第二天天亮，连夜就给边尧打电话。

手机响起时，边尧恰好在洗澡，而修颉颃正在查阅资料，便抬头叫了他一声：“边尧，你手机响了。”

浴室的水声停止，边尧回应道：“我洗好了，你帮我拿进来吧。”

修颉颃起身去拿手机，目光落在手机屏幕的来电名称上。他的心倏然一紧，像是被狠狠捏住了似的，感觉心痛却又无法说出任何不对的地方。

毕竟两个月前他们就相亲了，不是吗？

边尧在浴室等不到修颉颃进来，裹着条浴巾就跑出来，一出来就瞧见修颉颃握着他的手机发呆，手机铃声还在响。

“怎么了？是诈骗电话？”

修颉颃把手机递过去，淡漠地说：“嗯，是个骗子。”

边尧接过来一看，笑了：“这可不是个普通的骗子。”

修颉颃没说话，继续坐回书桌前查资料，淡定得仿佛真的是一通诈骗电话似的，边尧确定他神色无恙才接通了电话。

宋儒儒开门见山，也不和边尧客套：“你有没有阮教授的联系方式？”

“阮教授？”边尧笑起来，“当然有啊，今天新闻播出，全市人民就都有了啊。”

宋儒儒也发现自己问了一个愚蠢的问题，但神婆的颜面是一刻都不能丢的：“我能来问你，那当然是要私人的联系方式了，要不然我还用问？你边尧难道是普通市民吗？我是看在新闻是你安排的分上才来问你的！”

“哦。”这下边尧觉得是自己蠢了，“私人的联系方式我应该可以打听到，那我要到了给你？”

“这……”宋儒儒迟疑了，要到阮教授的联系方式，自己又要怎么和阮教授说呢？这事温惜是当事人，她现在过得开心快乐，若是能够告诉她，穆扬也不会来求助自己了，那就只能是瞒着双方进行。

“倒也不用给我，就……就……你最近会去找阮教授吗？”

“最近？”边尧歪头想了一下，“我被派来出外景，新闻的事也有人和她对接，连边舜都去日本了，我应该没什么事要找她吧？怎么，你有事啊？”

“我也没事。”宋儒儒顿了一下，“我就是想你要是有事的话，我可以和你一起去看看她。”

边尧愣了好久才理清逻辑，挠挠头：“我怎么觉得你就是要我去找阮教授啊？”

“嗯，可以这么说。”宋儒儒觉得边尧还是挺聪明的，“然后你去的时候，我不经意到场而已。”只要能接触到阮教授，头发啊、指甲屑啊，随便弄点都可以嘛！

边尧想了想，虽然不知道她要做什么，但有女生求助自己哪有不帮忙的道理，何况还是自己有好感的女生呢？

“这样吧，等录制结束，我们下山一起去找她，我就说和她谈谈边舜回来后的规划。”

可宋儒儒连今晚都彻夜难眠，再等几天岂不是百爪挠心：“那你拍快点啊，就一个二十平方米大的墓室，你打算拍多久啊！”

边尧撇撇嘴：“你求我办事还限定时间的啊？”

宋儒儒毫不客气地说：“都是你那声猪叫欠下的！这次完了才算还清。”然后她利索地挂了电话，不再给边尧讨价还价的机会。

边尧想，自己那声猪叫可真是天价猪叫了，他要是当时一个没忍住多叫了几声，岂不是这辈子都要还债？

他放下手机时，修颉颃合上手里的书起身向浴室走去，澄澈的双眸里没有丝毫波澜，口中还念念有词，仿佛还在推敲青铜厚片究竟是何物，并未在意他们通话的内容。

边尧拍拍他的肩膀催促道："快洗澡吧，爷已经等着你了！"

**

修颉颃刚来边家的头一年，他们兄弟俩住在一个房间，是上下铺。原本上下铺是边尧和边舜小时候睡的，后来俩孩子长大了，边舜有了自己的卧房，边尧就睡在下铺，上铺空出来摆放东西。所以修颉颃来的时候，孟秋就收拾了上铺给他睡。

第一天晚上，边尧和修颉颃还有几分别扭，准确地说，是边尧一个人有些扭捏。毕竟是再婚家庭，突然从陌生人变为兄弟，即便他平日有些自来熟，尴尬和陌生也还是在所难免的。但那时候的修颉颃没有这种凡人的细微情感，也对身边的一切事物不闻不问，边尧当然也属于一切事物之一。

所以边尧扭捏了一会儿，故作爽朗随意地向修颉颃示好："你平时玩什么游戏啊？"

上铺静默了好一会儿，然后才有个冰冷的声音下来："数独。"

边尧想了一下，又重复了一遍："我是问你平时玩什么游戏。"

上铺也跟着想了一下，然后继续冰冷地回答："数独游戏。"

边尧当时就在心里冷笑了一声，科科，小样啊，刚认识所以在小爷面前装是吧？装谁还不会了！

"这样啊，我也很喜欢数学，改天较量一下？"

"嗯。"上铺回答。

第二天一早，边尧和边舜吃到了久违的早餐。正感激涕零的时候，一本《数独大全》伴随皮蛋粥和鸡蛋饼递到了边尧的面前。

修颉颃翻开一页指给边尧看："你说要较量的，那就各自选一个吧，做不出来不要吃饭。"

“……”

到了第二天晚上的夜话时间，边尧学乖了，不和他谈数学了，改谈文学：“哎，你平时看不看小说啊？”

“看一些。”上铺继续冷漠。

“嘿嘿……”边尧笑了笑，“那你在床铺下翻一翻，床板中间夹了一本好书！”

上铺一阵窸窸窣窣，确实掏出了边尧珍藏的“好书”，把小夜灯摁亮，有翻动纸张的沙沙声传来。

边尧双手交叠枕在脑后得意地笑起来，自己都这么大方了，怎么着，吃人的嘴软，拿人的手短，这兄弟也应该明白他一心交好的诚意了吧！

第三天早上，早餐是小馄饨加酥皮烧饼，人生还有比这更幸福的事吗？但边尧忘了，也许在那一刻，任何事都不能超过馄饨和烧饼的幸福上限，但下限还是开放的啊，而且是无限开放。

因为修颉颃不加掩饰地在餐桌上拿出昨晚那本“好书”递给边尧：“我看完了，这本书写得不怎么样，太多不必要的情色画面，故事结构松散，人物形象单薄，情节也不切实际。”

“……”

边尧伸手去抢书，坐在修颉颃身旁的边舜近水楼台先得月，已经抢先一步把书拿了过去，然后脆生生地念出书名：“《都市采花录》！”

她把书递给边教授：“爸爸，什么叫采花啊？”

边教授勉强笑了一下，把书接过来，然后默默走进卫生间。边尧一口烧饼还含在嘴里，不上不下的。待边教授再出来的时候，手里已经没有书了，只是多了一个拖把。

“看我不打死你这个浑球，你自己不学好还教坏别人！”

到了第三天晚上，边尧不敢再轻举妄动了，这位新兄弟不吃任何套路，看来相当棘手。所以这天晚上，他什么也不说了，直接蒙头就睡。

哪知修颉颃却主动和边尧说话了，他清冷的声音里没有任何情感和温度：

“你爸爸揍你你生气吗？”

“废话，他揍我我能不生气吗？”边尧心疼地摸了摸自己的屁股，暗想你还好意思问，要不是你我会挨揍？

“那你说梦话的时候，为什么说‘妈妈你放心，爸爸对我很好’？”修颉颃奇怪地问，昨晚他看书到深夜，下铺的边尧突然说起梦话来。他听力甚好，所以即便声音不大也听得一清二楚。

边尧静默了几秒，坚定地说：“我没有说梦话。”

“你说了。”

“我没有。”

“你真的说了。”

“我绝对没有。”

“我从不说谎话。”

“我还从不说梦话。”

“你……”

“不要说了，我困了！”

虽然边尧嘴上说着困了，可暗地里却狠狠掐了自己的大腿一把。他今晚绝对要睡得比修颉颃晚，免得又被他听到秘密。

这天晚上，边尧两手扒拉着自己的眼皮坚持不睡，确实没有秘密被修颉颃发现了，但他却发现了修颉颃的秘密。原来没有任何表情，不在乎任何人，也不关心任何事的修颉颃，会在睡梦里不自知地哭泣。

发现修颉颃睡觉时会哭，被连坑了两次的边尧觉得自己有了翻身的机会。

又到了早饭时间，今天孟秋做了蒸饭包油条加豆浆，边尧心情甚好，给自己盛了一大碗豆浆，再加了两勺糖。待到修颉颃坐下，他不急不慢地问：“最近有部电影，《电锯惊魂4》上映了，敢不敢一起看啊？”

“可以啊。”修颉颃平静地说。

边尧挑起眉头，痞笑了一下。看吧，这小子又开始装了，明明睡觉做噩梦都会被吓哭，还敢看恐怖片？

“你确定？”

“颉颃不怕这些的。”孟秋又煎了荷包蛋端上桌来。

“那他晚上睡觉还哭？说什么死不死的……”边尧说完冲修颉颃胜利地一笑，让你坑我两把，今天小爷让你也体验一把什么叫丢脸。

原本热闹的餐厅一下子陷入寂静。

然后是边教授的招牌动作，放下筷子，走向卫生间……

这次边尧饭也不敢吃了，拎起书包撒腿就跑。他就纳闷了，修颉颃半夜偷偷哭是有些丢脸，但为什么被揍的又是自己呢？！

这天之后，边教授才将修颉颃小时候发生的事告诉边尧，并嘱咐他以后在家绝不能提及此事。其实边尧挺喜欢修颉颃的，虽然这兄弟的性格有点古怪，但真正了解后与他相处倒也是一件简单利落的事。更何况因为有他，这个家才更圆满不是吗？

后来修颉颃和边尧都上了大学，家里也换了大房子，每个孩子都有自己独立的房间。再后来他们又各自工作，各自买房，那样同住一间房夜聊的时光也就很少有了。

**

等修颉颃洗完澡出来，边尧早已睡在自己的床上等候了。寺庙的禅房是双人地铺，边尧不仅给自己铺好了床，还替修颉颃把床也铺好了。

修颉颃擦着头发走过来，掀开被子坐了进去。

“眼睛还疼吗？”边尧问他。

“好多了。”修颉颃回道，还总结了一句，“可能她下手还有保留。”

“那你还想毫无保留地试一次？”

修颉颃摇摇头，然后放下毛巾，躺了下去。他的声音很轻，像是可以飘散到云雾迷茫的远方：“我还是要避开她的。”

边尧抬手关了灯，屋内立刻暗了下来，只有月光透过纸糊的木窗照进来。外面大概是起了风，树影在窗纸上轻轻摇曳。

“你真的……不再和她有关系了吗？”边尧的声音低沉又认真，他好像从未和修颉颃有过这样严肃的对话，又或者说在过去的十年里，他做很多事都像是默认的。可唯独这一件，他既不能默认放弃，也不能毫无顾忌地争取。

修颉颃翻了个身，幽深的双眸在昏暗里依旧明亮透彻："其实边尧，你不需要那么在意我……"

"我一直都知道你的用意，你故意欺负边舜，就是希望她能多和我亲近，这样我在家里就会有归属感；你时常惹爸生气，也是希望他偏爱我，这样家里就不会出现父母只关心自己孩子的情况。你做的这一切都是为了让我们家更幸福。我是一个不懂人情世故的人，但她……有一个人教过我要去考虑别人的心情，所以我们要尊重别人，更要尊重自己。无论你心里是怎么想的，无论那对我来说意味着什么，你首先应该成全你自己。

"而我也会遵从我的内心，能不想我便不想，但若是不能不想我就会想。"

边尧扬起嘴角笑了起来，他说得没错吧，他确实很喜欢修颉颃这个兄弟啊！

"那我要是真的抢走了她，你会恨我吗？"

"会啊。"修颉颃回道，"我尊重你，你也要尊重我啊。"

"那你不是说你要避开她吗？你都要避开了，还和我生气？"边尧抬脚踹了身边的修颉一下。

"我是说我要避开她，"修颉颃一字一顿地说，"又不代表我真的能避开。"

"啊？"

修颉颃转过身，用后脑勺对着边尧："我要是不小心又遇到她，总不能瞬间蒸发吧。"

"巧合不算！"边尧说道。

"无巧不成书。"修颉颃轻哼了一声，不再说话。他是要避开她啊，可他心里装了一万个马达想往她身边冲，想要的事那么多，又有几件能真的实现呢？

就像他那么想要喜欢她都做不到，那想要避开她也一定做不到啊。

第八章
知难而不退

边尧倒也不负宋儒儒所托，第二天起床就催着摄制组加快速度。好在之前跟着修颉颃进了墓葬内部，拍到不少珍贵的画面。摄制组核算了一下影像时长，做节目已然够用，边尧便立刻拍板马上下山。

恰好今天边教授也从帝都赶了过来，宋儒儒忙不迭地交接工作，将已知信息全盘托出，然后拎着行李箱就要蹭边尧的车回城。

临行前，月真师父为了感谢边尧带宋儒儒回去，送了他一口袋红薯，还不忘叮嘱宋儒儒："记得啊，离那个人远点……"

"知道啦。"宋儒儒怕师父担忧，没敢说修颉颃就住她对门，想远离真的还挺难的，大不了再打他一顿便是了。

趁着边尧开后备厢放红薯的时候，宋儒儒拉着师父恋恋不舍地告别："师父，我走啦，你要好好照顾自己，要是在山上住累了，就下山去找我。"

"师父这辈子都要住在山上啦。"月真师父抱了抱她，"倒是你，有不开心的事就来找师父，不要一生气就动手打人！"

宋儒儒垂下眼睑，她是有很多不开心的事啊，可是……

“师父，人的命都是注定的对吧？对的人就会在一起，不对的人怎样也不可能在一起。哪怕你特别想留住一个人，可不对就是不对，总是要失去的。所以开心也好，不开心也罢，也都是注定的。”

“这……”月真师父觉得她这么想是有些消极的，可话到嘴边却也无法反驳。二十年前，如果不是儒儒年纪小，又一紧张就左右不分，跑错了去打电话的路，也许……也许有那样微小的机会，宋佳宁不会死。

明明死亡是每个人都注定走向的终点，可若是一个人提前结束生命，便会留给身边人无数的自责与愧疚，而“如果”就是这份愧疚的全部根源。其实月真师父也想过，火灾那天已经那么晚了，就算宋儒儒真的跑对了路，打电话的报亭也早已关闭了；就算宋儒儒叫到人帮忙，就在起火点旁的仓库也早已陷入火海，一切还是会发生。

可就是因为宋儒儒亲历过，她才会痛苦。她本可以接受意外，如果她不曾奔跑过，不曾看到过希望。所以她的痛苦远远超过了丧母之痛，她一遍遍地自责，一次次地追问——

“是不是我害了妈妈？是不是因为我走错了路？是不是都怪我？”

一个六岁的孩子不应当承受这种程度的自责，尤其是在丧母之后。所以宋佳宁出殡后，月真师父就带着她离开了B市，告诉她人的命运都是天注定，不是她的错，是她妈妈注定要在那一天离开。

也许六岁的宋儒儒未必明白什么是天注定，也未必真的就相信这番理论。但或许她实在是太难熬了，那份苦楚与悲痛超越了她所能承受的极限，所以她不得不相信，不得不以此疗伤，不得不告诉自己失去母亲也要继续生活下去。

她只有笃信命运才能缓解噬心的自责，只有回避未知才能让自己得以安宁，只有不去喜欢，才能不再因为失去而难过。

她这样一信，便是二十年。

月真师父轻轻抱住宋儒儒，就像抱住六岁时的那个孩子一样。她慈祥的嗓音带着安抚人心的力量：“嗯，一切都是注定的。所以，远离会让你不开心的人吧。”

宋儒儒坚定不移地点点头：“好！”

等她上车坐下，关上车门后，边尧好奇地问：“月真师父让你离远点的那人是谁啊？”

“你啊。”宋儒儒一边随口就答，一边给自己系好安全带。人生在世，安全第一。

“怎么可能！”边尧神秘地笑了一下，“月真师父可是跟我说，让我和你靠近点，说你的八字旺我。”

宋儒儒透过后视镜看见在车后热情挥手的月真师父，瞧着她那一脸的笑意，十有八九是真的和边尧说了什么。她调整了座椅靠背，让自己舒服地躺下：“我师父和谁都这么说……”

“为什么啊？”边尧突然丧失了某种特权，降级为普罗大众，瞬间感到失落。

“干我这一行最需要的就是朋友，所以我师父和谁都这么说，大家就都会帮我呗。”宋儒儒双手环胸，一副老江湖的口吻。

“那干你这行的是不是说话满嘴跑火车？”

宋儒儒已经闭目休息，她竖起一根手指摇了摇，慵懒地说：“时代变了，我们不跑火车了，跑高铁了。”

**

边教授是有点郁闷的，他大老远从帝都赶过来，不仅宋儒儒走了，就连边尧也走了，把他独自一人丢给修颉颃。和修颉颃在一起，除了学术就是学术，没有一丁点乐子。

知子莫若父，修颉颃果真从早上起床就和专项小组一起去查资料了。边教授研究完《大乘起信论》已经是下午，他有些问题要和修颉颃讨论，便去他们开会的办公室等他。

经过修颉颃的鉴定，墓葬里出土的青铜器都是从商朝晚期一直保留到唐代，再作为老妇人的陪葬品跟着她一同下葬入土的。这也是修颉颃之前所说的一个关键，倘若青铜器是唐代铸造的，必然得是皇室贵族才有资格铸造此等重器，那么老妪虽是庶人，却应该与皇室有关联。而若是从商朝代代相传，直到传入老妪手中，那么老妪的身份应该与青铜器有密切相关。

众所周知，唐代素来偏好华贵艳丽的器物与装饰，寡淡笨重的青铜器并不符合唐代审美。可老妪不但保存了商朝的青铜器，还将它们带入墓葬之中，可见对其十分珍视。

“编钟和铙上都有一定程度的敲击磨损，并非氧化所致，所以老妪生前应当经常使用。这些青铜器是她生活的组成部分，也有重要的意义。”修颉颃将他研究出的结论娓娓道来，“青铜厚片上的飞鸟纹很像商未灭夏前，原始部族所使用的玄鸟图腾，所以我认为青铜厚片虽然是商晚期铸造，但实际上寄托的精神来源则是曾经的原始部族。而在原始部族时期，音乐属于巫文明的一种。到了商朝，更是占卜成风，巫乐占了很大的比例。在祭祀等重要场合，都需要巫师和巫女主持表演部族的乐舞。编钟和铙都是乐器，那么青铜厚片也应当是某种乐器，或者说是某种巫乐器。”

“巫乐器？”专项小组提问，“那这个老妪……”

“她应该是唐代的一位女巫师，社会地位不高，只是庶人，这些从商朝流传到唐代的青铜器是她谋生的工具，所以她才会将它们带入墓室陪葬。可能本该代代相传的，但到她手中却后继无人了。”修颉颃叹息了一声，“至于青铜厚片究竟是巫乐中的哪一种，我确实不擅于此，建议可以咨询研究古乐器的专家。”

“那修老师你可有认识的专家？”

修颉颃清冷的双眸微微亮了一下，像是夜空中的星星眨了下眼，他抿着唇微微一笑：“我倒是知道音乐学院有一位阮教授是研究古乐器的，我可以帮你们去咨询一下。”

站在门口的边教授傻了，这节奏是……连颉颃都要走？把他一个人丢在这里？

等修颉颃一走出办公室，边教授立刻把他拦下：“颉颃，怎么，你也要走啊？”

“实地考察结束了啊。”修颉颃认真地说，“我现在要去做资料收集工作了。”

“你之前跟着考古队的时候，不都是实地考察十天半个月的吗？”边教授戳穿他的借口，“你是不是和他们一样嫌弃我？”

修颉颃摇摇头："我没有嫌弃你。"

"那你为什么要走？"边教授把问题又绕回了一开始。

修颉颃感觉若是不回答这个问题，实在是绕不过去。于是他细想了一下，给出了一个精准的理由，既真实又不带有嫌弃。他说："只是相比你，我更想见其他人吧。"

这话很受用，边教授点了点头，直到修颉颃走了，他才回神："那还不是嫌弃我？！"

唯一可以安慰边教授的是，这个世界还有另一个人与他一样被嫌弃，那就是一直伺机薅温惜头发的穆扬。

本来弄一根温惜的头发是很容易的事，她是长卷发，枕头上、卫生间都是他捡头发的好去处。哪知当天赶上清洁阿姨一周一次大清扫，别说温惜的头发了，就连甜瓜的狗毛都没有找到一根。

穆扬并不担心，毕竟只要温惜的头发还在，掉头发是迟早的事。等温惜结束工作后回家已是深夜，穆扬期待不已地牵着甜瓜在门口守候，可大门一开，他就傻眼了。

"你……你的头发呢？！"

温惜穿着帅气的朋克皮衣、皮短裤加长靴，堪堪一寸长的短发染成了奶奶灰，脸上是摇滚烟熏妆加姨妈色口红，帅得简直能掰弯无数女生。

"哦，今天发型师给我做头发的时候有一缕烫坏了，我一生气就全剪了，是不是很帅！"温惜对自己的新造型特别满意，脱下长靴就去抱甜瓜。

穆扬震惊得无法言语："你那么长的头发，说剪就剪了？"温惜现在的头发比他的还短，他可怎么捡头发啊！

温惜朝他翻了一个白眼："你什么意思啊，难道我剪头发还要经过你的同意不成？头发是我自己的，剃光了我乐意！"

"可是……"穆扬从牙缝里艰难地挤出一个字来，"我……喜欢你的长发……"

"那还不容易！"温惜从大挎包里掏出一顶长假发往他手里一丢，"喏，给你长发，剪了头发我才知道世界有多美好，以后我想要什么发型就戴什么假发！”

拿着假发的穆扬生气了，很生气，他胆战心惊一晚上，一直都在等她回家，然后弄一根头发，可眼下这叫什么事啊？！小狼狗怒气上头，基本智商就需要充值了。他丢了假发就去薅温惜的头发，可寸长的短发连抓都抓不住，只把温惜的头皮给扯了一把。

“啊！！”论武力值，温惜可能略输宋儒儒，可她毕竟人高腿长，打穆扬更是轻车熟路。她一只手捂住被抓疼的头皮，一只手就把穆扬给揪了起来，“你疯了吗？敢抓我的头？”

“我……我……”和温惜对视的一刹那，穆扬感觉自己正与死亡擦肩而过，他连忙哆嗦着说，“我是想看看你的头发是真还是假……”

“假的！都是假的！”温惜愤怒地大吼，“不就剪个头发嘛，看你大惊小怪的，你是喜欢我这个人还是喜欢我的头发啊！”她说完一把推开穆扬，进了房间就摔门上锁，“今晚你就和甜瓜睡沙发吧！”

甜瓜抬头看了穆扬爸爸一眼，特别高兴：“汪！”

到了第二天早上，穆扬还不死心，趁着温惜没起床，他拿着钥匙蹑手蹑脚地把房门打开。清晨素来是温惜睡得最沉的时候，这次穆扬学聪明了，说是薅头发怎么能真的薅呢，得用剪刀啊！

他小心地爬上床，用拇指和食指小心地捏起前面的一撮头发。正要剪的时候，穆扬犹豫了一下，他家温惜这么美，万一把刘海剪坏了多难看啊，还是剪旁边吧。

于是他放下刘海，转而选择了鬓角。可是一想也不对，鬓角都是左右对称的，这剪了左边，右边不是长了吗？不行不行，还是剪后面吧！

他又把鬓角放下，在后脑勺上找了一个中间位置剪下一小撮，满意地放进塑料密封袋里，安全地全身而退。

出了卧房，他立刻打电话给宋儒儒宣布大捷，却被宋儒儒十分鄙夷地喷了回来。

“你没干过这事我不怪你，但你不能先百度一下亲子鉴定对头发的要求吗？直男不是连老婆难产都会上百度求助吗？头发必须带毛囊，要么是当天刚掉的新鲜头发，要么就得薅，不薅不行！”

“那你薅到了吗？”穆扬问道。

“我正在去薅的路上，而且我已经想好了薅羊毛的完美计策！”宋儒儒扬起嘴角，自信满满，“倒是你，连这么简单的事都做不好？要你有什么用！”

穆扬知耻而后勇，挂断电话决定干一番大事。昨晚没薅住，那是因为他动作不够狠，对象也太多，这次要有针对性，行动要快、准、狠。

于是他重新杀回房里，却不想在之前那番动静后，温惜已经睡得不那么沉了，再听到他进来的脚步声就已经醒了。她还以为他是来道歉哄自己的，就故意没吭声，闭着眼睛等他。

哪知穆扬在床边停下了，她正纳闷的时候，只觉得后脑勺一阵剧痛，接着是火辣辣的灼热感。她立刻从床上蹦起来，捂着后脑勺怒骂：“你竟然贼心不死！”

穆扬行动前就定好了方案——快、准、狠！那就是薅得准，下手狠，外加跑得快！所以温惜开口的同时，他就已经捏着头发狂奔出了房间，等温惜的话骂完，穆扬连家门都出了。

**

边尧约了阮教授上午十点见，所以宋儒儒九点就出发去坐地铁了。两个多月的与世隔绝，她都快忘了城市早高峰的恐怖。人流推推搡搡地涌向进站口，一张张交通卡刷向门栏，开门声此起彼伏——“嘀嘀……嘀嘀……”

恍惚间，宋儒儒想起那个拿着交通卡刷她胸口的人，幼稚又无聊的行为，却在当时给了她那么多快乐。

可匆匆的人流却没给她片刻的回忆时间，后面的人见她傻愣着不动，脚步匆匆将她挤到一旁，很残酷，却也很现实。这本就是一个人人都在前行的时代，回忆是注定要被抛弃的，就连缅怀都显得多余。

宋儒儒自嘲了一下，重新挤进人流中。

他说，她不喜欢他，那真是太糟糕了。

可是她喜欢他，好像更糟糕呢。

宋儒儒到音乐学院的时候是九点四十五，她本以为肯定会是自己先到，却没料到她走到教学楼门口时，边尧正靠着墙打盹，看来靠墙睡是他的一项独门绝技。

她踮起脚走上前去想要吓唬他一下，可走了两步却停下来。她突然发现一件事，那就是边尧这个人很可能比她想象中更在乎别人。尽管他嘴上说得那么无所谓，就像她的嘴里也从不会吐露感情一样。

无论是获得爱，还是付出爱，都格外小心翼翼，说得天不怕地不怕，其实比谁都害怕失去。可能他们都曾在小时候失去过母亲，即便在成长的过程中有其他女性悉心照顾，却始终无法替代亲生母亲。因为他们失去母亲的年龄说大不大，说小也不小，已经明白一个孩子可以无止境地向母亲撒娇，索要母爱，却不可以对其他人那么做。

他们要学着懂事才会被喜欢，才能拥有缺失后难得的圆满。对他们来说，维持圆满的现状，不再让自己失去是做每一件事的出发点。

宋儒儒走上前轻咳了一声，边尧一下醒过来，挠挠头抱怨道："我都等得睡着了！"

"你很早就到了？"宋儒儒故作歉意地问。

他抬手看了一下手表，痞痞地笑了一下："那倒也没有，才睡一分钟，可能因为边舜不在，她弹琴我才能睡得香。"

"我看你是活该被你妹妹追着打。"宋儒儒给了他一个白眼。

边尧耸耸肩，很是无所谓："她又打不过我，哪像你，武力值那么高！"

宋儒儒握紧拳头在他眼前虚晃了一下："那是当然，欺负我的人都没好下场。"

"那你也不需要人保护咯。"边尧敬佩地鼓掌。

"你见过神婆需要保镖吗？"宋儒儒骄傲地昂着头，"我可是六岁起就跟着师父闯江湖了。"

边尧看着她骄傲的小表情，忽然就明白修颉颃为什么会喜欢她了。她不单单是有趣，而是连笑容里都带着勇敢。

那份勇敢是即便生命里的悲痛给她留下了不可避免的阴影，她也依旧有走出去的勇气。哪怕她失败，也会是摔倒在阳光灿烂的地方。

而他和修颉颃都没有这份勇气，所以他们还沉迷其中，一个执着于真假而选择放弃，另一个执着于得失而不敢追求。

顺着走廊往阮教授的办公室走，宋儒儒给边尧安排任务：“一会儿呢，你就负责问阮教授边舜的发展，然后我就说替边舜算一卦，阮教授一定会很感兴趣，也让我帮她算一算女儿在哪，这时候我就可以问她要几根头发……”

“头发？”边尧瞪大双眼，压低声音问，“你真是要弄法术吗？”

“我要头发有用。”宋儒儒懒得和他解释，“你只要配合就好了。”

边尧摇摇头：“我说我在检查期你都刨根问底我犯了什么事，你现在要我帮你弄头发，万一你是要做什么伤天害理的事呢？”

“对啊。”宋儒儒双手环胸坦然地看着他，“我就是要做伤天害理的事，你要是不帮我，我就把对象换成你。”

边尧打了个哆嗦：“那会怎么样？”

“也就是破财生病、失业被绿这些生活小琐事吧，不打紧的！”

阮教授的办公室近在眼前，边尧回味了一下宋儒儒的话，微微一笑：“那我还是帮你弄头发吧！”

他抬手轻敲办公室的门：“阮教授，我是边舜的哥哥边尧。”

“请进。”阮教授的声音一如往常那般温柔。

边尧推开办公室的门，绅士地侧身让宋儒儒先进去。哪知宋儒儒只迈了一步，就停在门口一动不动了。

边尧好奇地探头一看，这下连他也傻眼了。

因为办公室里的沙发上赫然坐着修颉颃。

看到宋儒儒的一刹那，修颉颃就知道自己来对了。他早就说过，他是要避开她，却不一定能成功啊。就像伤口稍稍结痂就会忍不住去抠一样，疼却无法自控，因为她本就是他身上一道久不愈合的伤疤。

她说惹她一次揍他一次，但这一次他可没有惹她，他还比她先到呢。哪怕她不理睬自己，能看到她也是好的。况且，他并不喜欢宋儒儒单独和边尧在一起，尽管边尧是他最好的兄弟。

他尊重边尧，但他也要尊重自己！

“你怎么在这里啊？”边尧吃惊地看着修頡颃。

“也是巧了。”阮教授笑着说，“修老师来问我一些关于巫乐器的事。”

边尧对墓葬纪录片很是上心，一听这话，耳朵立刻就竖了起来：“什么巫乐器？那个青铜厚片吗？”

“嗯。”修頡颃说，“我怀疑它们是原始部族演奏巫乐的一种乐器，因为上面刻着商族在原始部族时期的图腾玄鸟。”

宋儒儒原本还杵在门口不肯进来，听到“巫乐”二字，也有点不可自控地往里挪了挪，远远坐在沙发的另一侧，让边尧将她和修頡颃安全隔离。

修頡颃不经意地低头浅笑了一下，若是靠传授知识就能吸引她，那他是不是要再多看一些书？

“相传商族始祖契的母亲简狄吞食玄鸟蛋，因孕生契，所以商族信仰玄鸟，并将此作为部族的图腾。待到汤灭桀，建立商王朝时，大量制作乐器发展宫廷音乐，其中最受商族人钟爱的一类就是巫乐。”修頡颃向后来的两人解释，一边说一边打量着宋儒儒，生怕有说得不够详尽的地方，会让她产生疑惑。

宋儒儒到底是半个历史专业，一听就懂，可边尧明显反应就慢了一些：“不是契吗？怎么又是汤了？”

修頡颃就像实验班的理科老师一样，只要好学生说听懂了，立刻就讲下一题，根本不管差生的进度：“当时的巫乐主要是祭祀祖先和鬼神，上层建筑大力宣扬鬼神也是为了加强对奴隶的剥削，所以商族人事无大小皆问神占卜，打猎、疾病、用牲、分娩都会进行祭祀。而根据《尚书》记载，商族人巫乐的风格狂野奇险。若是祈雨，则能跳上一天一夜直到下雨……”

“说到狂野奇险……”阮教授接过了话题，“商朝有一首著名的巫乐叫《桑林》，是专门用来祭祀玄鸟图腾的乐舞，由打扮成先妣简狄的女巫和用羽毛打扮成玄鸟的巫师一起表演简狄吞玄鸟蛋而生契的具体过程。据说风格粗野离奇，商灭以后只有商族后裔继承此曲并观赏……”

“具体过程？！”边尧眨了眨眼，有种晕车的感觉。

阮教授也颇为不好意思地点了点头：“是的，所以不为后世的礼法所接受。”

“那您知道《桑林》是用什么乐器演奏的吗？”修颉颃问道。

阮教授想了一下：“商朝的古乐器无非是钟、铙和磬，钟和铙墓葬中都发现了，只剩下磬了。虽然磬也是上部有穿孔，用以悬挂打击，但磬多为曲尺状，雕刻龙纹和兽纹，而青铜厚片是长卵形，形状、图案都不一样。”

宋儒儒听得很仔细，也一直在思索。虽然她不想和修颉颃说话，却也不得不开口问他：“那磬在商朝是一种礼器吗？”

“是的。”修颉颃回答，“到了后代也多用于雅乐。”

“那就是它没跑了嘛。”宋儒儒眉梢一挑，那双明眸就亮了起来。她若是想出什么，便是连说话的声音都带着欢快与自信，“既然磬本身是用于雅乐的礼器，那么表演巫乐时，尤其像《桑林》这样风格粗野的曲子肯定不合礼数，所以老妪所用的磬应该是改造过的，专门用于表演《桑林》，因此才会刻上玄鸟的图样，并且造型也向玄鸟蛋的卵形靠近。”

“这些青铜器本该代代相传，却陪着老妪一同入土，那就说明她后继无人了。”她继续说道，“因为唐代是儒学复兴时期，儒家的礼教制度重新建立，《桑林》这样粗野的巫乐即便是商族后裔恐怕也不会接受。你看老妪自己都带着《大乘起信论》入棺椁，就说明她自己都接受了心性论的思想，知道继续跳《桑林》是没有前途的！”

修颉颃专注地看着她眉飞色舞的小模样，她就像只快乐的小鹦鹉，高高竖起漂亮的翎毛。她依旧那么聪明有趣，一点就透，对事物有着独特的见解，与她在一起哪怕只是远远地看着，都会感受到令人惊喜的精彩。

他很想问问她：宋儒儒，我不能再喜欢你，可你为什么还是我喜欢的模样？

**

边尧有任务在身，片刻不敢懈怠，他琢磨着眼下巫乐气氛正浓，不谈边舜也可以切入话题，于是十分顺畅地接了话：“阮教授，您还不知道温惜的舅妈是很厉害的占卜师吧，江湖人称‘宋半仙’就是她了！她看到寻女新闻，特意和我一起来见您，感谢您上学期期末给了温惜考试的机会，所以想帮您算一算寻女顺利不顺利，以表心意。”

宋儒儒热情地看着阮教授，暖人的笑容挂在她期待的面庞上，倒让阮教授有些迟疑："可我不怎么信这些……"

宋儒儒连忙冲边尧眨了下右眼，边尧立刻再度开启僚机护法："算一算无伤大雅，只当一个猜测嘛。"

她眨眼的动作被修颉颃尽收眼底，那样俏皮可爱的小动作，她之前从未对他做过，却对边尧做得如此自然。他心头隐隐泛酸，有些孩子气地和开僚机的边尧对着干，毫无察觉边尧开僚机都是为了掩护宋儒儒！

"若是不信，虽然无伤大雅，但是有违信仰。"

"啊！！"

边尧没料到友军会开炮，僚机轰然坠毁。他诧异地看向修颉颃，以前他说什么修颉颃都是只配合点头的，今天他不但不配合，竟然还在背后偷袭？

宋儒儒对此也是十二分的吃惊，自己都打过他了，他竟然还不老实？看来他千手观音的属性还在啊，不把他一千只手剁下来，只怕他还要搞事情！

但此时此刻不适合质问，边尧只能从地上爬起来，徒步进攻："信仰也不一定就是宗教嘛，相信自己一定会和亲人团聚也是一种信仰啊！"

这句话一下就打动了阮教授，她的目光变得幽深而凝重。是啊，她是那么渴望与女儿重逢，她们在一起的时间那么短，只有短短半个月，就整整错过了二十年。二十年可以改变很多事，就连孟秋都有了新的家庭和生活，难道她还不能拥有属于自己的圆满和幸福吗？

其实今天修颉颃来找她的时候，她是很意外的。送边舜去日本时，她没想到会遇到孟秋。虽然相隔二十年她总算主动了一次，但她绝不想他们中的任何人再涉足自己现在的生活，她也不想与他们的新生活有任何关联。等她找到女儿就会离开 C 市，"久别重逢"这个词从来都不适合她与孟秋。

"好吧。"阮教授点了点头，"那就麻烦宋师父了。"

"一点小心意而已。"宋儒儒的一颗心总算是落下了。

"那不知道宋师父要怎么算呢？"

宋儒儒从包里拿出纸、笔和一个透明塑料袋，微笑着解释："需要您的生辰八字还有几根头发。"

"头发？"阮教授有些诧异，"我还是第一次听说占卜需要头发的。"

论学术知识，宋儒儒不落他人，论吹牛忽悠，那更是独领风骚，自成一派。

“是的，自古有易卦、龟卜，我也有独门绝技——发卜。”

“发卜……是怎么卜啊？”别说阮教授，在场的其他两人也蒙了。边尧这次有了经验，狠狠掐住自己的大腿，不敢发出一丁点声音。修颉颃则没有这种顾虑，在他的认知体系里，只要宋儒儒不撒谎，他觉得她说什么都是对的。而大部分情况下，他并不能辨别宋儒儒是否在忽悠人。

“发卜是一种有科学根据的占卜，中医认为发乃血之余、肾之华，身体发肤受之父母，所以既能推测出直系长辈，也能算出后天子女的命理，而且审辩头发也是面相学的一部分。”宋儒儒侃侃而谈，忽悠得那叫一个行云流水，“举个例子，头发硬的人性格一般比较顽固，意志力强，有行动力；而头发软的人一般感情细腻，体贴温柔，头脑灵活。”

“原来头发还有这样的学问。”阮教授很是惊叹，接过宋儒儒手里的纸和笔写下自己的八字，再亲自从头上拔下几根头发递给她。

边尧傻眼了，进门前他觉得宋儒儒要头发是一件荒唐事，却没想到一件荒唐事竟被她说得有理有据，并且还能让阮教授自己拔头发！

佩服啊！

别说边尧了，就连宋儒儒都在心里为自己的智慧鼓掌呐喊，她这样的人才还有谁比她更适合做神婆？“结果我会尽快告诉您，因为外面人多嘈杂，我需要在绝对安静的时候才能为您占卜。”

这次边尧不学猪叫了，而是打从心底里甘愿做僚机：“阮教授，宋半仙在微博上很出名的，您就放心吧！”

阮教授点点头：“那请问宋师父的全名是什么？也好让我多关注一下。”

“我叫宋儒儒。”宋儒儒笑着说，“儒家的儒。”

阮教授平和的眉眼忽地动了一下，儒儒……她仿佛在哪里听过这个名字，在她曾经的记忆里一闪而过，却无法清晰地捕捉：“好的，我记下了。”

**

三人都各自完成了任务，走出阮教授的办公室，边尧不自觉地数起了步子，有一种“山雨欲来风满楼”的预感。

一步、两步、三步……十一步、十二步、十三步……下楼梯……走出大门……四十八步、四十九步……

“修颉颃……”宋儒儒的声音不同于上次动手前那么粗暴，然而此刻的平和却让气氛更加压抑。

“嗯。”修颉颃也平和地应了一声。

“我是不是说过，你惹我一次我打你一次？”宋儒儒虽然身高不占优势，但她挑着眉往上看时，眼神杀气逼人，有一种不战而胜的气魄。

“是的。”他点头承认。

“那你刚才还说无伤大雅但是有违信仰？”宋儒儒已经开始活动手腕了，手指关节捏得“咔咔”响。

这个问题修颉颃就不能继续承认了，他抬手指向边尧：“我是对他说的。”这话的意思是，我怼的人是边尧，惹的人也是边尧，所以你不能打我。

一旁的边尧内心崩溃，难道我不打你你就可以惹我？

“惹他就是惹我。”宋儒儒咬牙说，难道他看不出来今天边尧是她罩着的吗？

“为什么？”修颉颃显然不明白这里面的逻辑关系，也自然看不出来今天宋儒儒和边尧是一伙的。

宋儒儒冷笑了一声：“我和边尧可是相过亲的，我们俩当然是一起的了。”

“那……”修颉颃一下愣住了，他下意识想问“那我呢”，可这却是一句他没有资格去问的话，因为他早就主动出局了。

边尧显然还在意修颉颃的反应，立刻上前打圆场解释：“我今天是来帮儒儒忙的，所以我们俩是在唱双簧，你不清楚情况也是正常。”

正常？修颉颃素来平静的眼中波澜乍起，边尧竟然叫她儒儒？这哪里正常了？！边尧那么容易就有了她的电话号码，和她说说笑笑也那么自然，就好像打从一开始宋儒儒就不讨厌边尧。那为什么轮到他的时候，过程就又坎坷又没有好结局呢？

他知道错不在宋儒儒，而在他自己，所以他更加难过。像个考试没考好的孩子，拿着不及格的试卷，觉得自己活该，却又忍不住委屈。活该的是自己确实答错了题，委屈的是自己真的努力了但就是不会做。

曾经有那么十年，修颉颃都活在议论声中。他仿佛不再是修颉颃这个人，而只是“修翼的儿子”“那个孩子”……他没有朋友，也不知道该和谁做朋友，曾经坚信一个人却被欺骗后，他对一切谎言变得尖锐又敏感。可这个世界充斥着虚假，所以他只能对周遭的一切冷漠相对，对未来也没有任何期待，只因世界从未给过他什么温暖和期待。

到C市的十年，他重新有了家庭，也感受到了温暖，可要怎么做才能得到爱呢？他始终不会，像一个笨拙的小孩，很努力地听课、背书、做练习，却被告知努力不一定有好结果，因为没有天赋的孩子永远都不会有天赋。

可他又是委屈的，因为他也曾融入这个世界，也曾有过天赋，可一场意外犹如恶疾，突如其来夺去了他曾有的一切，更是剥夺了他今后面对世界的能力。

如果他可以像边尧一样，是不是一开始宋儒儒就不会讨厌他，是不是他就可以毫无保留地去喜欢她，叫她儒儒，与她说说笑笑，和她一唱一和，让她高兴……

那都是修颉颃想要做却没能做到的事啊，偏偏另一个人轻轻松松就做到了。

原来他不仅没有喜欢她的资格，也没有喜欢她的能力。

再没有比这更让人自卑的事了。

宋儒儒对他下了最后通牒：“在学校里，我叫你一声‘修老师’，那是我尊师重道。但在其他地方，你要是再惹我，我就真的对你不客气了！”说罢她对着边尧钩钩手指：“今天你特别棒，走，请你吃饭，加鸡腿！”

修颉颃没应答而是在想，不客气？是有多不客气呢？如果只是打他的话，好像并没有什么问题，毕竟她说过要尊重对方的感受。那若是他惹了她，她因此生气揍他也没什么不对的。

因为他早已做好了被她揍一百次的准备，反正他就是要见到她！

**

各自拿到头发的宋儒儒和穆扬，犹如特工一般小心翼翼地在检验中心门口接头。宋儒儒加戴了一顶棒球帽和一副墨镜，而穆扬就大费一番工夫了，帽子、墨镜不必多说，黑口罩是一定要的，穿着也不能像他主持时尚节目时那么张扬。所以他不知从哪儿弄来一件土土的夹克穿在身上，搭配一条宽大的运动裤，整个造型有一种用力过猛的显眼感。

以至于他们一到问询窗口就被人盯着打量了，好在穆扬坚决不摘口罩和墨镜，即便问询员对两人的装束心生疑惑也不能妄加猜测。只以为他们是两个要面子的人，做 DNA 检验觉得丢脸罢了。

真正出问题的地方是在缴费处，关于检验费用，宋儒儒觉得百分百得是穆扬出啊，从头到尾都是他发现的事，他提议做检验的啊。但穆扬临时换了这身土土的装束，压根儿就没带钱包，然而这个理由遇到宋儒儒根本没用，现在电子支付多便利啊，没带钱包就用支付宝呗，检测中心没有扫码系统那就先转账给个人呗。宋儒儒一只手拿起穆扬的手机，一只手抓住穆扬的大拇指，就利索地把钱转给了收费员。

一个问题解决了，另一个问题却出现了。但当时他们俩关注的中心都是 DNA 的检测结果，根本没想过问题会出在他们自己身上。

头发交上去还要等五个工作日，穆扬实在太着急了，索性又追加了一笔加急费。完全忘了自己的名字在收费员的手机里出现一次还不太引人注意，可若是一连出现两次，那真是让人想不注意都难。

所以他们俩刚走出大门，收费员就看着手机疑惑地和隔壁同事说：“刚才那男的叫穆扬哎，和主持人穆扬是同一个名字……”

同事还没反应过来是哪个穆扬，对面窗口的问询员就按捺不住了。她早就对那两人的奇怪装束产生怀疑，一听这话，当即拍板确认：“肯定就是他！我刚才还纳闷呢，他全身裹得严严实实的，说话还故意压低声音。”

“那他旁边的女人是谁啊？个子那么矮，不像是温惜啊……”收费员虽然没留意宋儒儒的棒球帽和墨镜下露出的模样，但身高还是记得一清二楚的。

穆扬和温惜年纪都不大，但名声很大，不是标准意义上的明星，却比某些小明星知名度更高。尤其是温惜的私服街拍，素来是微博霸屏的常客，“带货女王”的名头让无数淘宝店把她的照片挂在商品封面上，“温惜同款”更是高频率搜索词。

“那当然不是温惜了！”问询员的八卦之血已经在燃烧，“他们俩来做亲子鉴定，还鬼鬼祟祟的，看样子是瞒着温惜的！”

“他们一男一女瞒着温惜来做亲子鉴定……”收费员也沸腾了，“为什么啊？”

“你用脑子想想为什么啊！”问询员给了她一记“这都不懂”的白眼，“肯定是他们俩那个了，然后有了那个，现在女的要那个，男的不承认那个，所以要鉴定那个是不是那个啊！”

“啊……”收费员恍然大悟，“原来如此啊……”

问询员对此义愤填膺：“太过分了，这样怎么对得起温惜嘛！渣男都去死吧！”

第二天，快中午的时候穆扬才起床，一下床他就觉得耳根痒痒的，感觉有人在背后说他坏话，他估摸着应该是温惜。因为薅头发的事，温惜气得回自己家了，换了平时，穆扬早就捧着花带着礼物登门道歉了，可为了亲子鉴定的事他硬是忍着没去。所以温惜铁定在背后骂他呢，估计没少说难听的话。

吃饭时，穆扬顺手刷起了微博。他先看了一条还是昨天半夜的鹦鹉唱歌视频，也跟着鹦鹉哼了一段曲子，然后再刷新今天的内容。他心不在焉地扫了一眼，几个平日发搞笑视频的大V都转发了一堆相似的长文字，八成是什么广告吧。他揉揉眼继续往下拉，这才发现那条内容好像还霸屏了？

是出了什么大新闻吗？

穆扬的指尖停住，定睛一看——#穆扬做亲子鉴定#。

“这是什么鬼啊！啊啊啊！！”

“汪汪汪！汪汪！汪汪！！”

作为当事人之一，宋儒儒因为没有泄露个人信息，加上并非热门公众人物，所以在新闻里只是以“神秘矮个子女性”的代号出现。

这天恰恰是她博士开学的第一天，她正在C大的电子阅览室选课，坐在她身旁的两个女生是今年研一的学妹。C大的规矩是研究生和博士生的第一年除了专业课外，还必须上四门必修课和三门选修课，到了第二年和第三年就只有专业课了。

其中一个学妹佳佳已经选好了课，顺手登录QQ，一则弹窗新闻就蹦了出来。

“哎呀，穆扬怎么去做亲子鉴定啦！”

另一个学妹阿珂还没选完课，一听这话，扑过来连声惊叫：“什么啊！他竟然背着我女神乱搞？”阿珂是温惜的忠实迷妹，三年来温惜上的每一本杂志她都会买。

穆扬？亲子鉴定？乱搞？

还在挑课的宋儒儒手一抖，“啪”的一下就点错了一门课。她赶紧勾选取消，然后故作镇定地平移过去，凑在俩学妹身旁看新闻：“这……是什么啊？”

“就那个主持人穆扬啊！”阿珂很激动地指着新闻标题，“他都有我的女神了，竟然还和一个矮个子女人乱搞，我女神腿都比她的头高！”

宋儒儒有点生气了，他们去检验中心的事上新闻她只是震惊而已，但把她概括为一个“神秘矮个子女性”，她就不是很满意了。“神秘女性”就“神秘女性”呗，干吗要加上“矮个子”这个定语，不是身高歧视吗？

“可能是那个矮个子女人手腕厉害吧！”佳佳猜测，“不能小看！”

宋儒儒很想告诉她们，那位“神秘矮个子女性”现在就在她们面前。此外，温惜的腿只是到她的胸口而已，绝不可能比她的头高。再者，她的手腕再厉害，也不会用来勾引穆扬好不好？

可此时她包里的手机如催命般响起，宋儒儒想，来电话的人只可能是两个，要么是温惜，要么是穆扬。若是穆扬，无非是和她讨论怎么办；若是温惜的话，那应该是天都要炸了……

她掏出手机一看，嗯，是天要炸了。

宋儒儒索性不接，有些话还是得当面说才说得清。她拍了拍深陷八卦的阿珂和佳佳：“你们俩帮我选一下课啊。我刚才选错一门取消了一次，要等十五分钟后才能继续，我现在有急事马上要走。”

“那你要选什么课啊？”阿珂问她。

宋儒儒挎着包已经在向外走：“我就剩一门选修了，你们俩看着给我选吧。”

出了电子阅览室，宋儒儒就狂按电梯。但C大的电梯素来是越急越不来，温惜的第二个电话又打来了，这代表橙色警报。

她也来不及等电梯了，埋头就往楼梯跑去，然后“砰”的一声和一个人撞了个满怀。

那坚硬的胸口撞得宋儒儒的鼻梁都要断了，再加上那人身上淡淡的沉香味，和以前一样清雅隽永，宋儒儒不用抬头也知道自己撞到谁了。

“修老师，不好意思。”她低着头道歉，先往后退两步，再向左迈开一步，躲开他继续往前走。

“你不看我都知道我是谁？”修颉颃空灵清逸的声音里透出一丝喜悦，好像获得了某种肯定似的。

“那当然。”宋儒儒头也不回地冲他举起拳头，“否则我还怎么履行我的誓言啊！”说罢急匆匆地往楼下跑去。

修颉颃看着她的背影笑了起来，他突然发现原来不单单只有喜欢才能记住一个人，讨厌也一样可以。他反正都不能喜欢她了，又想她多注意自己，那就只能让她讨厌了，最好是讨厌到每天闭上眼睛都会想起他！

修颉颃刷了教师卡走进电子阅览室，虽然唐墓中的青铜器已经确定了年代和名称，但关于老妪本人，他还想上古籍资料库查一查有什么线索。

阿珂和佳佳还在电脑前激烈地讨论穆扬的八卦，她们俩是修颉颃今年与边教授一起带的中国思想与文物鉴定专业的新生。看到两人凑在一起交头接耳，话题里又隐约有温惜的名字，他忍不住走过去一探究竟。

毕竟温惜是宋儒儒的朋友，了解温惜就可以了解一部分宋儒儒嘛。

一看到自己的导师，还是让她们俩从复试面试就开始兴奋了小半年的帅老师，阿珂和佳佳忙不迭站起来打招呼：“修老师好！”

修颉颃点了点头，拉开她们身边的椅子就要坐下。阿珂连忙说：“修老师，这台电脑儒儒学姐已经登录了，我们过一会儿要帮她选课的。”

修颉颃的目光投向电脑屏幕，确实是C大的选课页面，博士生和研究生的必修课和选修课是一样的，必修课六选四，选修课十选三，她竟然一门他的课都没选！

他幽深的双眸变得凝重又暗沉，喜欢宋儒儒的时候，他每天都特别高兴。而不喜欢她的时候，他时常会莫名阴郁：“那她说要选什么课了吗？”

“她说就剩一门选修了，随便选一个就行。”其实阿珂已经想好了，儒儒学姐学的是古代哲学，回头给她选一个与哲学相关的便是。

“那我来替她选好了。”修颉颃握住电脑前的鼠标，淡漠的神色使他看起来既认真又威严，作为老师的魄力让阿珂和佳佳默默点头不敢反驳。

“好，那就麻烦修老师了……”

**

宋儒儒一回家，就发现天还没炸，但她家快炸了。温惜像那种一万响的鞭炮，点燃后没有尽头似的噼里啪啦上蹿下跳，能丢的、不能丢的，能砸的、不能砸的，全都砸了。

“哎哎哎……”宋儒儒提醒她，“这可是我家！”

“姑奶奶我明天就走它一百场秀，全赔给你！”温惜恶狠狠地捏着宋儒儒沙发上的熊猫抱枕，有种要徒手撕开的怒气，“但是你得陪我去杀了穆扬！”

宋儒儒从她手里夺回自己仅存的家当：“你看到新闻没去问穆扬？”

“我为什么要问他？”温惜反问道，“做出这种丢人现眼的事，他不配和我说话！”

“我说八卦绯闻怎么就那么有市场呢？连你这个当事人都能信，狗仔业能不兴旺吗？”宋儒儒正说着，家里的门铃就响了。

温惜想了一下，自己没点外卖啊，难道是儒儒知道自己心情不好，给她叫了小龙虾？哪知宋儒儒把门一打开，来人竟然是穆扬。

“你叫他来的？”温惜难以置信地看着宋儒儒，难道这是她隔了两个多月的报复？

“我不叫他来，你不得把我家都给掀翻了啊。就算掀翻了，我也得找个人赔偿吧。”宋儒儒翻了个白眼，“指望你走一百场秀，还不如让穆扬去卖一百次身。”

温惜鄙夷地看向门口瑟瑟发抖不敢进来的穆扬：“是啊，他多吃香啊，环肥燕瘦，老少咸宜，高矮都可以。”

“事情不是你想的那样的……”穆扬上下左右观察了一圈，确定温惜手边没有大型杀伤性武器，才敢迈步走进来。

“哦？那你倒是说说，那个矮个子女人是谁啊？”温惜习惯性地霸气撩发，却忘了自己现在没有长发可撩，瞬间更生气了，“对！你还薅我头发来着！是不是也是为了讨好那个矮女人！”

温惜一口一个“矮女人”，宋儒儒终于忍不住打断她，“喀喀，你能不能好好说话，那个女人就那个女人，什么叫那个矮女人，矮有罪吗？矮惹你了吗？矮是白吃了你家大米但是不长个吗？”

温惜睁大眼睛看着宋儒儒，那双漂亮的丹凤眼含着盈盈泪花：“你把他叫来就算了，你现在还替那个女人说话……哇！你们都欺负我！”

“那个女人就是我！”宋儒儒绷不住了，“我矮碍你事了吗？！”

温惜一下傻了，指指穆扬，又指指宋儒儒，“你们……”说完，她就变得和历史上所有美人那样娇弱，又如同所有小说女主那样戏剧性地晕倒了。

温惜是被宋儒儒掐人中掐醒的，醒来后鼻子下面红红的一片，看起来有点可怜也有点蠢，泪水顺着她卷翘的睫毛滴落：“告诉我……有多久了……”

穆扬崩溃地抓着头发，倒是宋儒儒人狠话不多，上去就给了温惜一巴掌：“就昨天！”

“就昨天？”温惜靠在沙发上眨了眨眼，“就昨天你们就急着去做亲子鉴定了？”

宋儒儒给穆扬使了个眼色，示意这事瞒不下去了，再瞒下去别说天要炸了，只怕宇宙都得爆炸。

“好吧。”穆扬叹了口气，蹲下身子握住温惜的手，“我们的亲子鉴定是替你做的。”

“我？”温惜脸色一变，“我和谁做亲子鉴定？”

宋儒儒打开电视机，幸好还可以使用，她选择了新闻回看，翻出阮教授寻女的新闻，按下了播放：“给你和阮教授做亲子鉴定，看你是不是她的女儿。”

“开什么玩笑！”温惜觉得这太荒谬了，不，是扯犊子！

“我有爸有妈你们说我是阮教授的女儿？你们怎么不给我和老佛爷做个亲子鉴定，没准他就把我捧成宇宙第一超模了！”

此时新闻播放到阮教授说女儿右胸有一块红色的三角形胎记，宋儒儒按下暂停键，看向温惜，问她："你有这个胎记吗？"

这事对温惜来说冲击太大，她下意识地否认一切："我有又怎样，难道全世界就我一个人有胎记不成？而且我那块不一定是胎记啊，可能是我小时候摔跤弄伤的疤痕也不一定啊……"

"我们当然也这么希望，所以才瞒着你去做鉴定的。如果不是，自然皆大欢喜。"宋儒儒关上电视机，"但如果是……"

温惜愤然起身，坚定地打断她的话："才没有如果！我怎么可能是阮教授的女儿！我对古典音乐一窍不通，古琴弹得像二胡一样，这一定只是巧合！"

见宋儒儒和穆扬都不吭声，温惜急得要哭了，索性一跺脚向门口跑去。

"你去哪儿啊？"穆扬追问。

"我去问我妈去！"温惜头也不回地离开。穆扬正要追她的时候手机就响了，他拿起来一看，是检验中心打来的电话，他只好停下脚步选择先接电话。

宋儒儒疲倦地往沙发上一靠，长吁了一口气。明明事关温惜，她却产生了一种难熬的窒息感，这种感觉从遇到修颉颃开始就一点点累积，到了此时有种就要爆发的征兆。

仿佛不光是她自己，而是她身边每个人的命运都被一根隐形线死死地缠绕，强行拽离原有的轨迹，朝着她无法预知的方向奔去。她想要扯断这根线，却只是两手鲜血，徒劳而已。

穆扬挂断电话，那张素来又邪又坏的脸上的表情此刻异常严肃，眉眼里带着无可奈何的心疼。他不知该如何开口，只是对着宋儒儒点了点头。

宋儒儒已然明白，温惜无忧无虑的幸福生活终究还是被打破了。之后会如何她并不知道，但起码眼下温惜肯定没那么好过了。

第九章
价值逆反的后果

看到亲子鉴定新闻的人很多，但看到后立刻能联想到宋儒儒的应该只有边尧一人了，毕竟他可是宋儒儒弄头发时的僚机啊。原本他只知道被鉴定的一方肯定是阮教授，可看到穆扬的名字，立刻就猜出另一个人是谁了。

所以宋儒儒一接电话，他就直接问道："你和穆扬是去鉴定温惜和阮教授关系的吗？"

"嗯。"宋儒儒知道无可隐瞒，也就承认了。

"那结果呢？"

宋儒儒长吁一口气："确实是的，但这事温惜一时半会儿肯定接受不了。不，准确地说，她什么时候能接受我也不知道。"

边尧也是能理解的，换了任何人遭遇这样的事都会难以接受："好在阮教授不是一个关心八卦的人，况且她也不知道穆扬和温惜的关系，即便看到新闻也不会联想到她自己，暂时是不会知道的。"

宋儒儒想，也幸亏阮教授暂时不知道。若是知道了，只怕这会儿就不得安宁了。这一方是寻女心切，另一方是难以接受，对阮教授来说，只要能找回女儿，无论是谁她都是欢喜的。但对温惜来说就不一样了，首先要否认曾经的过去，再去接受一个全新的设定。尤其那个人还是阮教授，温惜……并不喜欢她。

“温惜在你家闹腾了？”边尧了解温惜的性格，此番不闹是不可能的。

宋儒儒应了一声，但其实家里再乱，也比不过她此刻的心情乱。有焦虑，有担心，还有一些羡慕。

“其实，我挺羡慕温惜的……”她也不知为何会向边尧倾诉此刻的心情，或许是一种同病相怜的情愫，她潜意识里认为这种感受边尧是可以理解的，“起码她还能找到自己的妈妈……”

边尧还是在相亲前听边教授提过宋儒儒的家庭情况，父亲未知，母亲已故，但宋儒儒具体是如何成长的，他并不了解。因为涉及个人隐私，他也没有找温惜刻意打听过。边尧能够理解少年丧母的心情，稍稍开始懂事的年纪突然失去母亲，比懵懵懂懂时更加痛苦。记忆是那么清晰，而回忆却是那么短暂。

可悲伤时继续沉浸悲伤，无异于溺水的人身负重石，边尧多年来已经养成了自我开解的方式，那就是强迫自己不在乎。

“可是我妈对我很好啊，月真师父对你也很好……”

“但那不一样。”宋儒儒也并非一个喜欢沉浸悲痛的人，可能是温惜的事太过戏剧，难免让她有所触动，“我想她若是能和阮教授相认，应该也会知道自己的父亲是谁吧。不像我，我连我父亲是谁都不知道。”

“你妈妈从没和你说过吗？”边尧小心地问她。

宋儒儒沉默了，在她的记忆里，宋佳宁从未和她说过她的父亲，所以就没有留下任何线索。待到宋佳宁去世后，这更是成了无人知晓的秘密。有时候宋儒儒认为自己不应该在乎，她应该很酷地活着，可有时候她又免不了去想自己的父亲是个怎样的人。甚至她看着母亲的遗照时，都会忍不住去勾勒一个可能的形象。

她的眼睛像妈妈，但鼻子不像，也许是像她爸爸。她个头不高是随了妈妈，所以爸爸可能个头中等……诸如此类，都是些没有结果的空想。

沉默代替了回答。

认识她的日子说长不长，说短不短，边尧见过她的吹牛忽悠，也见过她的聪明机智，更见识过她的狠辣凶残，却还是第一次以沉默的方式听到她的脆弱。

边尧抬手看了下时间，鼓起勇气问："你还没吃饭吧，我请你吃饭好不好？"

被他这么一问，宋儒儒倒真觉得饿了。她看着家里一片狼藉，确实也没有做饭的心情："好吧，正好我叫个阿姨来打扫卫生。"

"那我来接你。"边尧的声音听起来和往常一样随意，但宋儒儒却不知道这对边尧来说，意味着他第一次决定站在与修颉颃并肩的地方去争取自己想要的。

他应该成全自己一次，毕竟这个世界上只有一个宋儒儒啊。

**

到了宋儒儒的公寓楼下，边尧才发现原来她和修颉颃竟然住对门。如果说之前边尧还有些许的犹豫，那现在就是彻底没顾虑了。

住得这么近都追不到？那说明什么？没戏啊！

边尧今天开的不是台里的车，而是自己的一辆沃尔沃。宋儒儒一上车就有点不自在："沃尔沃给你们家广告费了吗？你们家人都死磕这牌子？"

"不是，是我妈喜欢这车，说是安全系数高。"边尧说道，"她特别怕危险的事，还有意外。"

宋儒儒笑了："那他们母子俩挺有趣的，一个怕意外，一个怕撒谎，那你怕什么啊？"

"我能怕什么啊！我怕咱们去晚了吃不到好吃的。"边尧发动车子，乖张地一笑，反问她，"那你怕什么啊？"

"我怕开车啊。"宋儒儒也和他一样，没正经地回答。

"为什么啊？"

"我左右不分呗。"她坦然地说，"所以我不能开车。"

边尧勾起嘴角："那挺好，能人是懒人的奴隶，我会开车，所以就只能当司机了。"他打了个方向右转，恰好在小区行车道上与另一辆车迎面相会。

三个人，六只眼睛，面面相觑。

有句老话怎么说来着，冤家路窄？哦不，是狭路相逢勇者胜。

在修颉颃还恍惚的时候，宋儒儒已经利落地转头看向窗外，使用最高级别的鄙视法对付修颉颃——无视。

边尧明显有那么几秒陷入两难之中，但很快他就调整了情绪。他既然决定要去争取，那两难也不过是虚假的自我安慰，倒不如坦然直面，于是他抬手跟修颉颃打了声招呼。

但此情此景，这声招呼显然并不友好，反而看起来很像……挑衅？

而且是一种胜利者的挑衅。

修颉颃心里猛地一空，不是心疼，也不是心酸，还是那份自己做不到的委屈和难过。但他并不后悔鼓励了边尧，因为每个人都有权利去争取自己想要的一切，而不应该因为另一个人而放弃。可他又是为什么而放弃了？因为宋儒儒撒了谎，对他说了假话。那么边尧不应该因为他而放弃宋儒儒，而他就应该为了一句谎言放弃宋儒儒吗？

他一时间并不能得到答案，因为那是对人生原则的一种颠覆，被人否定已经让他难过不已，而若是连自己也否定自己……

从哲学的角度来说，这是一种价值逆反。修颉颃还记得上一次大面积的价值逆反出现在魏晋南北朝，《世说新语》上就记载了价值逆反后一些士大夫放浪形骸、不受约束、随心所欲的故事。

总之一句话，价值逆反可不是一件安全的事。

他是否会为此自我否定而产生价值逆反呢？修颉颃还不能确定，但他可以确定一点，他就是很在乎宋儒儒，而且他也发现自己并不是讨厌宋儒儒和边尧在一起，他是讨厌宋儒儒和除了自己以外的男人在一起。至于那个人是不是边尧，他并不在乎。

更重要的是，短暂的沮丧后，修颉颃的内心萌生了一种从未有过的斗志，让他自己都感到惊讶。

短暂的会车后，一切回归正轨。

边尧半开玩笑地猜测："你这么躲颉颃，难道他就是月真师父说的让你远离的人？"

"可以啊……"宋儒儒有些惊叹地夸奖，"我觉得你有做半仙的潜质哎。

说真的，你要不要考虑一下转行？”

“这倒是个不错的建议。”边尧笑眯眯地说，他笑起来眉目爽朗，像秋日的午后，晴空万里，阳光下的一切都是金色的，“但你不怕我抢你饭碗？”

“呵呵……”宋儒儒笑了，“我收你为徒还要考虑一下，你还想抢我的饭碗？你大概是不知道我有一百种方法诅咒你吧。”

“别啊……”边尧立刻求饶，“月真师父不是说咱们俩八字合嘛，也许我们可以做搭档。不过……”他故作深沉地思考了一下，“难道月真师父说的那种合，不是工作上的？”

宋儒儒看出来了，这小子除了机灵外，胆子还不小，竟然还想打她的主意？那他是真的只和她相亲一次就相出好感了？

这就让她有点纳闷了，她回忆了一下自己与他们兄弟俩打交道的画面，不是她穿着珊瑚绒睡衣吵架，就是冒充温惜的舅妈忽悠老师；不是在节目上尴尬，就是在山上挖红薯……

难道她宋儒儒的女人味一定要通过这种诡异的事才能散发出来？那她以后遇到真命天子，是不是还得抠脚啃大葱啊？

想到这里，她斜了边尧一眼，毫不客气地说：“当然不是工作上的，就你的段位也能和我的工作合？”

“那合是什么意思啊？”

“意思就是说，我可以把你当朋友和你出来吃顿饭，仅此而已。”

“那不合呢？”

“就是吃饭的时候我会给你下七日断肠散。”

**

次日，是宋博士正式上课的第一天，第一堂必修课在下午一点，是边教授的《中国哲学史》。这门课宋儒儒读研的时候就上过一轮，所以听起来很轻松。

她今天只有这一门课，三点便结束了。她盘算着下课后去杂志社一趟，休假这么久也得去报个到了。而且苏叶给她安排了下半年参加的历史文化节目，她得去了解一下情况，可不能再出现上次节目时的意外了。

临近下课的时候，宋儒儒开始收拾笔和本子，坐在她后排的阿珂突然戳了她一下。宋儒儒身体后仰，靠过去问：“怎么了？”

“学姐，你接下来还有一门课。”阿珂小声说。

“啊……”宋儒儒想起来了，还有一门课是阿珂给她选的，她还不知道是什么课，所以也没去查课程时间，“是什么课啊？”

“是《中国考古史》……”

“《考古史》？”宋儒儒重复了一遍最重要的关键词，“我是学哲学的，你给我选《考古史》干吗？”她是说了随便选，但知道她是学哲学的，不给她选周易，也应该选个佛学，再不济选个希腊哲学也行啊。虽然选修课可以跨专业随便选，但分数也是要纳入期末总分统计的，她还指望好好学习拿奖学金呢。

“这个……”阿珂撇了撇嘴，“是老师给你选的。”

宋儒儒指向讲台上已经下课在收拾东西的边教授：“边老师给我选的？”

“不是的。”阿珂身边的佳佳抢先摇了摇头，正说着，修颉颃就走进了教室。他步伐平稳，在讲台前站定，身姿挺拔又儒雅。佳佳抬手指向前方宛如兰竹一般的君子，“是修老师给你选的。”

宋儒儒十分确定，修颉颃真的和自己八字相克，而且最可怕的是，他竟然不怕挨揍？一个人倘若无所畏惧，那就天下无敌了。但修颉颃显然不是这样的设定，他只是不怕常人怕的，但他怕常人所不怕的。

比如，他放下电脑立刻环视教室一圈，还在进进出出的学生中细细搜寻。待看到宋儒儒后，他情不自禁地笑了起来。

那温柔如画的笑容里，明晃晃地写着六个大字——我不怕你揍我！

**

宋儒儒不是一般人，自然也不是一般的学生。修颉颃敢擅自给她选了他的课，那她就敢让他难堪。她单手把桌面上的东西“呼啦”一下全拨进挎包里，拎着包大摇大摆地从教室中间走到第一排。

修颉颃是C大今年新聘的副教授，又年轻又帅，他的课自然是热门。但因为选修课分数要纳入总成绩，所以非历史专业的学生并不敢真的选修这门课，只是在上课时来旁听罢了。所以偌大的阶梯教室，在边教授离开后，一下子座无虚席。除了研究生和博士，就连本科生都来了不少。

宋儒儒瞄了一眼第一排的女生，各个花枝招展，一看就是来旁听兼花痴的。她不客气地硬挤进去："哎哎哎，旁听的去后面啊，我要坐中间。"

十几个小姑娘被她挤得连声"哎哟"，宋儒儒可没有怜香惜玉之情，硬生生选了个最中间且正对讲台的位子，一屁股坐下，把一个旁听的本科生给挤走了。小姑娘九月中旬还穿着吊带衫，宋儒儒估摸着课上到一半，她就会被空调吹到鼻涕横流，还不如坐到后面擤鼻涕去好了。

见宋儒儒从后面挪到自己面前，修颉颃心里一阵喜悦，这样近距离地看她，她好像比之前更漂亮了！

修颉颃将电脑接上投影仪，打开 PPT，就开始上课了。

"大家好，我是修颉颃，是《中国考古史》这门课的老师……"

他的自我介绍还未说完，宋儒儒就把装书的帆布包往桌上一搁，然后"扑通"一声往包上一趴，两只手臂自由地向前舒展，就在修颉颃目光所及最近的地方，公然睡觉了。

修颉颃微微蹙眉，这才明白她为什么会故意坐到第一排了。

穿吊带的小姑娘虽然被宋儒儒挤走了，但热情依旧，远远地大喊："老师，我们不知道你的名字怎么写！"

这个话题一打开，台下的女学生便都跟着起哄。

修颉颃听着嘈杂的声音，目光却依旧停留在那装睡的人身上，就连她这般任性耍无赖的样子，他都觉得很可爱。无形中仿佛有把铁锤在不断击打他内心深处坚固的铁壁铜墙，那是他捍卫多年也不肯动摇的原则。此时此刻，他竟感觉它在轻轻颤抖。

他从讲台上走下来，走到宋儒儒的面前停下："那我找一位同学替我写吧。"他说着，将手中的记号笔递到她眼前。她继续装睡，修颉颃便用笔尖轻轻戳了她的鼻头一下，她一下就炸了起来。

"你想干吗？"

他浅浅地笑着，声音干干净净，听起来不带有任何故意和针对："难道你是不认识那两个字吗？"

时光一下子倒退回很早很早以前，让宋儒儒想起与他初次相遇的那天。没错，一切都是这个该死的名字引起的。

有句话怎么说来着，解铃还须系铃人？不，是如果找不到系铃人，那就把铃铛给炸了。

修颉颃长身鹤立，微微颔首凝视着她。他清逸明朗的眉目像是冬日的一簇暖阳，天地间是寒冷或冰雪都与他无关，他只照射自己在乎的方寸之间。

“我当然认识。”宋儒儒仰头看他，扬起的小脸十分倔强，还带着几分促狭的坏笑。她接过他手中的记号笔，一个利落地跃身就翻过课桌，走上讲台。

修、颉、颃。

这三个字宋儒儒这辈子都不会忘记，闭着眼睛都能写出来。

黑色的记号笔在白板上轻轻划过，横、竖、撇、捺，一笔一画勾勒出端秀清新的三个字来。

她转过身来，大大方方地面对满教室的学生，没有丝毫怯懦，反倒有些喧宾夺主的意味：“这三个字大家都认识吗？”

学生里零零散散几个说认识的，大部分人都是摇头或沉默。

宋儒儒满意地一笑：“那我就教你们两种快速记忆法：第一，谐音法！”她再次握笔，在已经写好的“修颉颃”三个字下面又写了三个字——

修、鞋、行。

宋儒儒落笔时对着身旁的修颉颃微微一笑，眼里写着——不怕我揍你是吧，那你就等着吧！

“你们看，这样是不是就很好记了？修颉颃，修鞋行！”

教室里一下满场哄笑，修颉颃丝毫没有生气，反倒也跟着笑了。她总是可以让他寡淡无味的生活充满惊喜和不一样的滋味。如果喜欢她正是因为有了与过去截然不同的体验，那么是不是意味着他所坚持的世界本就是错误的？

非黑即白的世界也许是一个完美的乌托邦，但既不真实也无法存在，完美本身更意味着“寡淡无趣”。因为完美的结局只有一种，而不完美的缺憾才是形形色色、五花八门的。

他画地为牢二十年，难道今后的二十年、三十年。都要继续那样吗？

宋儒儒没想到修颉颃不但不生气，还一脸……宠溺的微笑？这是什么鬼啊！一片哄笑声中，她举起手做了个收音的手势，清了清嗓子继续："第二种方法，是意义法！"

她莫名有点心虚，忍不住斜眼去偷瞄修颉颃。哪知他现在不是一脸宠溺的笑了，而是一脸……期待？这又是什么鬼啊！他在期待自己给他找碴儿？

被揍不怕，找碴儿也乐意，他……他是不是脑子有问题啊！

宋儒儒走神的片刻，学生们已经急不可待了，个个都是看热闹不嫌事大——

"是什么啊？"

"意义法是啥？"

这戏是她开的场，无论如何也得唱完。尽管此时的宋儒儒早已意兴阑珊，却也有些骑虎难下。

"颉颃两字，取自《诗经·邶风·燕燕》：燕燕于飞，颉之颃之。颉颃是鸟儿上下翱翔的意思。"她咬咬牙，一口气把话说完，"所以啊，修颉颃的意思可以理解为'休颉颃'，就是'快下来吧，别瞎飞了'。"

整个教室静默了三秒。

然后，一阵清朗的笑声率先打破了凝滞的空气，那声音清冽又干脆，像是孩童才会有的干净的笑声。

然而这笑声却让整个教室更加死寂，没有一个人敢跟着附和。因为那个笑得直不起腰的人，是修颉颃。

站在讲台上的宋儒儒看着修颉颃笑得像地主家的傻儿子似的，倒也不知道自己该笑还是不该笑，最后只能干笑了两声。

"修老师……你觉得很好笑吗？"

"不好笑吗？"他扶着讲台看向她，明净的双眼里竟然笑出了泪花，"我还是第一次知道我的名字是这个意思哎！"

"咯……"这下尴尬难堪的人竟然变成了宋儒儒，真的就让她很不爽了。原来她遇到修颉颃真的每次都会发生不按常理出牌的意外，他怎么能……这么克她呢？

未知、不安感、意料之外，这些让宋儒儒深恶痛绝的东西，修颉颃却像个杂技演员一样将三者玩得贼溜。上一次宋儒儒因为一时好奇心作祟，放下了警惕，结果全军覆灭。所以这一次宋儒儒暗暗发誓，任凭修颉颃如何动摇她，她也会纹丝不动！

毕竟这天底下男人那么多，难道除了他修颉颃就没有人值得她喜欢了吗？当然有啊，比如……比如……边尧啊！

脑海中闪过边尧的模样，宋儒儒一把抓住用来抵抗修颉颃。任凭这是她第一次见到他放肆大笑；任凭他笑得那么天真灿烂，如山间清泉，如古道夕阳，是波澜壮阔的海，是满天闪耀的星光。

她……都不会动摇！不会！

修颉颃揉揉眼，勉强止住自己的笑意，微微泛红的双眼和之前一样，像只无害的小白兔。他看着手足无措，呆愣在原地的宋儒儒，却又忍不住心生欢喜。

聪明的姑娘犯傻时，是可爱到让人难以忍受的。

他想她一定只听到了他的笑声，却没有听到其他声音。

他心中那堵墙轰然倒塌，万丈尘土自地而起，犹如龙卷风般席卷了他如明镜一般的世界，不再有黑，也不再有白。那一瞬间他忽然明白，世界并不一定非黑即白，它应该是彩色的啊！

** 这一堂课，修颉颃上得分外精彩，而宋儒儒却听得恍恍惚惚，仿佛从修颉颃放声大笑的时候，她就已经蒙了。为什么明知道要离他远点，却还是会忍不住挑衅？只是因为修颉颃先惹了她吗？还是因为她就是不甘心，不甘心曾经卸下重负去接受不安感，却被命运扇了一记耳光？

又或许，她只是放不下？难道……她真的喜欢上他了不成？

产生这个念头时，宋儒儒像被兜头泼了一桶冰块，从头到脚都在颤抖。

她疯了吗？她是一个神婆哎，她竟然会喜欢一个八字与自己相冲相克的人？她是要自毁招牌吗？

不，这绝不可能！一定是修颉颃笑得太大声，她被魔音震耳，短暂迷失了心智而已，没错，一切都是短暂的，等到这节课结束她就会醒来了。

下课时间一到，宋儒儒立刻从座位上弹起，抱起自己的包撒腿就跑。

她前脚一跑，修颉颃后脚就跟上她，堪称是 C 大第一个一下课就狂奔出教室的老师。由此可见，否定自我导致的价值逆反确实挺容易让人随心所欲的。

被修颉颃堵在图书馆后巷时，宋儒儒是很崩溃的。但即便内心崩溃，她表面还是得硬气无畏：“你是来找打的吗？”

她说着，挥舞起有力的小拳头。但她不知道，上一次修颉颃被她揍是他心甘情愿被揍，他若是不想被揍，以宋儒儒的海拔，跳起来也不可能打到他的下巴。他只要伸手握住她的拳头，就能轻轻松松将她逼到墙角。

“都已经下课了，你还要怎么样？”宋儒儒抵住墙角，保持霸气的姿态，“大不了我不上你的课了，下学期我多选一门，学分也可以补回来。”

“那你就拿不到奖学金了。”修颉颃淡淡地说，“补学分是没有申请资格的。”

“那我就不拿！”宋儒儒咬牙切齿地说，“我并不缺钱。”

“可你本科研究生期间都是拿国奖的，对你来说，不拿奖学金是丢脸的事吧。”修颉颃语调轻松地缓缓道来。他的脸上始终带着笑意，那笑容让她心里发慌。宋儒儒决定主动出击，速战速决，也好过被他逼死在墙角纠缠。

“那你是故意针对我吗？难道你还喜欢我？”

修颉颃先摇了摇头，却又停住，然后又摇了摇头，难以精确地定义出自己复杂的情绪：“我不能喜欢你，但是我……”

“你都不喜欢我了，干吗还缠着我不放？”宋儒儒心里已经竖起一万次中指。

“可我就是控制不住想见到你啊，但我不能喜欢你是因为你骗了我。”他老老实实地表述自己内心的感受。

自从认识了修颉颃，宋半仙就得了撒谎后遗症，现在每次撒谎都心悸，还出手汗。虽然宝刀未老，但每次都要先磨刀半小时，事后还得吃点大补丸。骗人一千，自损八百，耗不起了啊……

所以一听修颉颃又说到“骗”字，宋儒儒简直没法再忍，难道这个梗一辈子都过不去了吗？

“我骗你一次你就这样？！”

“你还打过我一次呢。”他小声提醒，以证明自己并非无理取闹。

“好！”宋儒儒也算是老江湖了，规矩她都懂。出来混，欠的总是要还的，伸头是一刀，缩头还是一刀。她点点头，目光凌厉地看着修颉颃问，“那我让你打回来，你再骗我一次，咱们就两清了。以后我不惹你，你也别来烦我，大路朝天，各走一边，行不行？”

修颉颃想了一下，这好像确实是一种解决方法，只是他从未尝试过。

“如果两清了，我真的不会再整天想着你了吗？”他也挺想知道这种不能喜欢她却又拼了命想见她的情绪究竟能不能消除。

“那当然！”宋儒儒一边说一边替他卷起衬衣袖子，勇敢地将自己的脑袋送过去，“人都是有憋屈的事才会放不下，你看我打完你之后心情就好了很多！所以你打我一次，再骗我一次，你肯定就好了，你现在所有的执念都是因为没有两清！”

她睁圆了双眼，目光如炬，慷慨就义般地昂头对他说：“来吧。”

修颉颃抬起手，然后又放下：“你眼神太凶了，我不敢下手。”

“麻烦……”宋儒儒小声腹诽，无可奈何地闭上双眼。也许修颉颃打她一顿，她混乱的大脑也能清醒点？这可是双赢啊！

修颉颃看着她蹙眉皱鼻的脸，纤长的睫毛因为紧张而微微颤抖，嘴唇不耐烦地紧抿着。他再次抬起手，修长的手指捏住她小巧圆润的下巴，轻轻一抬。在宋儒儒惊诧睁眼的一刹那，他俯身低下头去，深深地吻住她正要说话的嘴唇。

宋儒儒惊觉修颉颃这家伙变了！

曾经他可是连和她说话都小心翼翼的，还会问她“我可以和你说话吗”。可现在呢？他不但不怕挨揍、主动找事，还敢强吻她？！

谁！借！他！的！熊！心！豹！子！胆！

可他不仅胆子大，竟然力气也很大！

修颉颃的双唇火热滚烫，重重地碾转在她的唇上，将她的抗议全部堵住。宋儒儒只觉得心快要蹦出来，大脑已经停止了运转，但肌肉尚有记忆，下意识地伸手去推他。修颉颃此刻尚能一心二用，察觉到她的小动作，他利落地握住她的手，将她整个搂进自己怀里，束缚在胸前。然后他又稍稍前倾，将她抵在墙角，更加肆无忌惮地深吻下去。

他说过价值逆反可不是一件安全的事。

九月的夕阳将两人的影子拉得很长，落在后巷尽头的桂花树下。此刻金桂才稍稍开放，香气还没那么浓烈，只将周围的空气染得甜丝丝的，像一杯加了蜜糖的牛奶，也像她的唇舌一样甜蜜又温暖。

宋儒儒已经快要喘不过气来，修颉颃却没有松口的意思。他的吻并不霸道，而是很认真，很执着，仿佛经过了精确的计算——此刻还不应该停，那便不停好了。

他对她向来是一丝不苟的认真。

他不在乎很多事，唯独在乎宋儒儒，她的每一句话他都格外在意。曾经他认定与她有关的一切都不能有分毫的假，可现在他发现，真实存在的人、真真切切的世界远比他的执念更为重要。

曾经因为一句谎言，他失去了父亲，如今他还要因为一句谎言，继续失去她吗？

修颉颃想，他是不愿意的，相比失去的痛苦，他宁愿父亲还活着，继续欺骗他。

所以他宁愿宋儒儒在自己眼前，继续骗自己。哪怕自己不能喜欢她，也没什么不好的。更何况他终于明白那些他弄不清的情绪，那些他无法自控的冲动，都是因为没法不喜欢她。

他非常非常喜欢她，而且越来越喜欢她，喜欢到为了她愿意去否认自己。

因为这份喜欢，他踏入了一个全新的世界。虽然他对此一无所知，有些迷茫，也有些紧张，但他知道宋儒儒在这个世界里，那便没什么可犹豫的。他一定会很努力地不断出现在她面前，绞尽脑汁地引起她注意，这样她才能再次发现他啊。

宋儒儒抬脚狠狠地踩了他一脚，修颉颃才松了嘴。他的双眼亮闪闪的，像一个吃到棒棒糖的孩子，眼里闪着欢喜和幸福的光。

他捏住宋儒儒想要揍他的手，笑着说：“我一点都不喜欢你。”

“什么？”宋儒儒还沉浸在被强吻的羞愤中，这句突如其来的话让她更加蒙了。

他松开控制她的手，看她被自己吻得呼吸急促，晕头转向地扶墙靠着，嘴角噙着笑解释：“这样我就算打过你了，也骗过你了。”

“咱们两清了，那我先走啦！”他说完羞涩地一笑，竟然真的走了！

宋儒儒靠着墙站了好一会儿，才彻彻底底回过神来：“修颉颃！我要杀了你！”

**

回家的路上，宋儒儒还在怀疑也许这一整都是她在做梦，她没有去学校上课，没有“被选”修颉颃的课，没在教室里睡觉，也没有上台嘲讽他，更没有被他强吻……

可是一进家门，坐在沙发上的温惜就指着她的嘴巴问：“你是不是背着我吃麻辣烫了？嘴巴怎么又红又肿？”

如果可以，宋儒儒很想吃一百碗麻辣烫啊！

那可是她的初吻啊！

她的初吻被……被……修颉颃给舔了？对！宋儒儒不愿意去回忆强吻的细节和感受，宁愿将此归结为舔！

宋儒儒不自然地捂住自己的嘴巴，含混不清地问：“你怎么了？”

其实这是一句废话，因为蜷在沙发上的温惜眼睛红红的，看样子不是已经从她爸妈那里问出了答案，就是穆扬已经把亲子鉴定的结果告诉她了。

“儒儒……”温惜张开双臂，像孩子似的求抱抱，“我好像真的是阮教授的女儿……”

相比温惜，宋儒儒觉得自己被强吻也并不算是一件大事了。她在沙发边坐下，张开双臂抱住温惜：“你都问清楚了？”

“嗯……”温惜的声音哑哑的，“我妈说她领养我的时候我还没满月，从小到大我都健健康康，也没生过什么病，加上我的血型又和他们一样，所以他们原本打算永远不告诉我这件事的……”

宋儒儒知道，温惜和父母的感情很好，也很真实，没有因为她是领养的孩子而过度宠溺。一直以来，他们对待温惜就是像对待亲生孩子一样，该骂则骂，该疼则疼。虽然眼下好像只是这个世界上又多了一个人来爱她，但对温惜来说，那份真真切切的失去感还是不可避免。

“其实这件事阮教授还不知道。”宋儒儒知道，当一个人难过时，再多的安慰都比不上一个解决办法。既然这世上不存在感同身受，那便只有出谋划策才是有意义的，“如果你不想打破现在的生活，我们都会为你保密，你还是可以像以前一样。”

温惜把脑袋靠在她的肩膀上：“我也想和以前一样，可是我怕做不到……”

很多事发生了就是发生了，也许表面能够粉饰太平，但内心却始终不可能和以前一样了。就好像宋儒儒总想把修颉颃从她的生活中抹掉，可是呢？那家伙就像鼻涕虫一样，越抹越黏！

“做不到是一定的，只能说是尽可能吧。”宋儒儒抬手摸了摸她的短发，倒也不知道这么短的头发穆扬是怎么薅下来的。

温惜抹了抹眼睛，问了宋儒儒一个问题：“是不是每个人都会遇到这样艰难的事。我以前是过得太开心了，所以早晚会遇到难过的事……”

这有点像宋儒儒问月真师父的问题，人的命运真的都是注定的吗？就像磨难一定会被安排进人生里一样。那修颉颃是不是注定要搅乱她的生活？如果是，那她就应该坦然接受，也不必去回避，因为注定的事是避无可避的。可如果不是，那命运本就不是注定的，倘若不是注定的……那她还怎么做神婆呢？

于是她只能点点头：“应该是的吧……”

“那你帮我算一卦吧！”温惜抬起头，认真地看着宋儒儒，“你帮我算一算，我该不该认阮教授？”

宋儒儒点点头，从书架上拿过签筒递给温惜。温惜深吸一口气，握住签筒上下摇晃。竹签撞击竹筒的声音清脆极了，这声音宋儒儒听了二十年，熟悉到她能听出每一支签撞击签筒时发出的不同的声音。

“啪！”

一支竹签应声掉落，宋儒儒弯腰去捡，指尖触碰到竹签的一瞬间，她却一下子停住。恍惚间，她想起修颉颃曾经说过一句话，他说：“每件事都有它产生的真正原因，难道喜欢一个人也是命中注定？不是因为这个人本身让我喜欢吗？”

把所有的决定都押在一支签上，本是宋儒儒多年来的生存之道，可现在她却对此产生了动摇。难道这支小小的竹签就将决定温惜该不该认阮教授？

仿佛这个命题本身就是错的，难道这是一件“该”与“不该”的事吗？那什么是“该”，什么又是“不该”呢？评判的标准是基于算卦的结果，如果是好的结果，那便是“该”；若是结果不好，那便是“不该”。

可无论“该”还是“不该”，温惜都是阮教授的女儿啊。认与不认本就应该由心给出答案，相较于声泪俱下的重逢相拥，宋儒儒觉得更重要的其实是在内心里认同。

那便是在温惜的心里，是否能接受阮教授是她的母亲？这远比“该”与“不该”重要得多。

而且温惜是真的注定要遇到艰难吗？难道不应该去问一问阮教授为什么要抛弃她？如果没有被抛弃，温惜就不会遭遇今天的艰难，她的艰难并非天注定，而是人为的啊！所以，决定温惜要不要相认的也不应该是一支小小的竹签，而是导致这一切发生的真正原因！

温惜不知道宋儒儒怎么弯下腰就起不了身了，担忧地问：“怎么了？你闪到腰了？”

宋儒儒回过神来，她捡起竹签，紧紧握在自己手中。

“是什么签啊？”温惜的眼角还挂着泪珠，显然把这支签当成迷茫中的救命稻草。

宋儒儒却以迅雷不及掩耳之势，将手中的竹签丢回签筒，然后拿起来疯狂摇动，再“啪”的一声重重地放在茶几上。

温惜傻了：“这是什么新算法吗？”

“不。”宋儒儒扶住温惜的肩膀，郑重地说，“温惜，这件事你要自己决定，你是要清清楚楚得到一个答案，还是迷迷糊糊装什么事情都没发生？无论选哪一种都没有错，但只有做决定的时候听从自己的心，那么日后再怎么难过也不会后悔。”

只有这样才不会重蹈覆辙，不会像她那样，在上天竺寺的每一个夜晚都忍不住问自己，如果当时她没有撒谎，会不会现在已经很幸福了。

**

边教授的八卦消息一向很灵通，修颉颃的考古史选修课还没下课，他就已经听闻了上课前的那段小插曲。看这情形，颉颃和宋儒儒还有戏？

这不一下班，他就忙不迭地赶回家向孟秋汇报情况。哪知孟秋也有新情况正等着他回来商量呢。

原来边尧上周末回来聚餐时，把一个文件夹落在了家里，今天孟秋上班的时候就顺便帮他送去电视台。孟秋到了台里，才发现边尧已经彻底调离了新闻主播岗位，要去主持一档全新的历史文化节目。之前边尧被处罚的事孟秋是知道的，也知道他为此不得不出外景戴罪立功。事实上，唐代墓葬纪录片的反响很大，按说边尧重新复职是完全没问题的。

虽说这档历史节目是电视台下半年的重点项目，但毕竟是一档全新的节目，哪比得过新闻主持更稳定。孟秋作为母亲，无论孩子多大了，只要觉得是自己的孩子被欺负了，那是一定要替孩子出头的，于是当即就去领导办公室要个说法。

哪知孟秋这么一问，才知道调职是边尧主动申请的。台里也因为替代边尧的主持人能力不足，希望他能重回新闻频道，但边尧却是铁了心不动摇。

“这孩子是为什么呢？”

领导见孟秋也想边尧重回新闻频道，战线统一了自然是知无不言：“听说这档节目有个嘉宾是他……朋友？”

“谁啊？”孟秋有些疑惑。

“一个叫宋儒儒的女博士，好像在微博上很火，研究周易的。”

一听到这个名字，孟秋就彻底明白了。边尧啊，这是真喜欢上那姑娘了。但孟秋也知道，宋儒儒是修颉颃之前追求的女孩，虽然颉颃在他们面前说是都过去了，可她总觉得没这么简单。自己的孩子她最了解不过，颉颃从小就执着又死心眼，不会轻易喜欢上谁。但若是真喜欢上了，也绝不会轻易作罢。

最重要的是，他表面看着对什么都不在乎，其实有着近乎变态的好胜心。若是没有这份好胜心，他又怎么能年纪轻轻就在文物鉴定上成为权威专家呢？与其说是考证真假，倒不如说他是无论如何都要证明自己是对的。

当然，他会有一时的失落和消极，但绝不是常态。他真正想要的东西，一旦被勾起斗志，便是拼了命也要得到的。最可怕的一点，是孟秋在他很小的时候发现的，那就是修颉颃从不在意他的对手。或者说，他从不认为自己的对手能赢得了他。

孟秋带着这些纷杂的念头，匆匆和领导告别，就连领导说的最后一句话也没仔细听——

“哎，好像还有一个嘉宾，是边尧的……”

**

“所以你的意思是，边尧也要追宋儒儒？”边教授这下可傻了眼，当初是他捧着两个儿子随宋儒儒选的，可这怎么就从二选一变成二追一了？

孟秋叹了口气：“而且我怀疑颉颃不会那么容易放手。”

“是……”边教授黑着脸把今天在学校发生的八卦告诉孟秋，本来是一件高兴的事，现在却变成一件头疼的事。

孟秋头疼得厉害，先是捏了捏眉心，越想越气，索性去捏边教授腰间的赘肉，把上个月骂他的话又翻出来说了一遍：“你说是不是都是因为你，你好好一个大学教授、高级知识分子，还和居委会大妈一样组织相亲啊……”

边教授真是悔得肠子都青了：“还不是你说两个儿子都是单身，总被人问，烦得很，我才去组织相亲的嘛。”

“哎呀！”孟秋眼睛一瞪，下手立刻加重三分，“你竟然还怪我？”

边教授疼得“嗷嗷”叫，只好主动背锅：“都怪我，都怪我，我回头就和边尧说，让他不许掺和了，毕竟是颉颃先喜欢上的……”

“为什么啊！”孟秋立刻松开手着急地说，“这事怎么能怪边尧，明明是颉颃没本事加出尔反尔，他要是有本事，早把人家姑娘追到手，那姑娘也就不会去相亲了。要不是他出尔反尔说都过去了，边尧也不会去追人家啊！”

“那……”边教授也不知该如何是好，“让颉颃放弃？你能说服他？”

孟秋摇摇头，边教授无奈地耸肩：“那就没办法了，我觉得咱们从现在开始索性就别参与这件事了，就当我们什么都不知道。无论是谁有本事把宋儒儒追到手，反正咱们都会有一个好儿媳妇，没本事的……”

“没本事的怎么样？”孟秋到底是母亲，对两个孩子又心疼又不放心。

“没本事的那就打光棍！”边教授特别坦然地说，“男子汉大丈夫，自己追不到姑娘能怪谁！”

孟秋微微眯眼打量了边立心几眼：“我怎么觉得你说这话是因为你觉得你儿子胜算大些呢？”

这话倒真是边教授心里的想法，但表面上他可不能承认。这种已婚男人的智慧，非结婚后不能理解。

“怎么可能呢？颉颃可是宋儒儒的老师，现在他近水楼台先得月啊！”

“哼。”孟秋哼了一声，起身去厨房做饭，“你还真别小看颉颃，他呀……可有心机了！”

边教授一脸老实地目送妻子离开，尔后才敢露出不屑的笑容。颉颃有心机又怎样？边尧可是他的儿子啊！

孟秋当年多难追啊，她独自一人带着儿子来C市工作。那时候边立心主持的一场国际会议正在招聘同声翻译，孟秋来应聘。虽然那时的她已经四十岁了，但一身藏青色的棉布长裙，长发绾起露出纤细优雅的颈项，站在一群年轻小姑娘中丝毫不输任何人。纯正地道的牛津腔从她嘴里说出来，更多了一份温柔的韵味。边立心第一次发现，原来一门语言也会因为一个人变得更美。一场会议结束，不少男性都向她示好，但孟秋却用一句“我不相信任何男人”把他们都给喷了回去。

可最后呢？

他边立心连孟秋都能追到手，边尧还能追不到宋儒儒？

**

让穆扬来她家接走了哭唧唧的温惜，宋儒儒自己也陷入了两难之中。或许她不得不承认，早在相亲之前，她就已经喜欢上了修颉颃。

哪怕曾经她将此定义为“未知的情绪，可能是一点点的好感”，后来她又将此定义为“命中注定的相冲相克，可能是一时被猪油蒙了心”。

无论是哪一种，都不能否认她确实心动过……

但真的“过”了吗？

这才是让宋儒儒陷入两难的关键，因为在修颉颃强吻她的时候，有那么一瞬间，她觉得自己就像一只小兔子，而且这只小兔子还很开心！就像吃到胡萝卜似的那么开心！

这就很尴尬了。

一个曾经拼命追她的人突然甩了她，隔了两个多月又突然强吻她，她竟然还兴奋了？！

“不行啊，宋儒儒……”她狠狠拍了拍自己的脸颊，“你得有骨气啊！”

而且她都放了话要杀了他，就算杀人犯法，那也得暴打一顿吧，总不能就这么默默算了，岂不会暴露她隐藏的小心思？尤其是修颉颃现在变了，不仅胆子肥，而且心机重，打死都不能让他发现任何端倪。

此时此刻，两人的距离只隔着两扇门，宋儒儒觉得如果她不做点什么，那么强吻成功的修颉颃肯定晚上睡觉都会得意地笑出声来！

她连忙翻箱倒柜，从百宝箱里拿出一张巴掌大小的黄纸和一个装朱砂的小瓷钵，润了毛笔又蘸了朱砂，认真地写了一张符纸，再走出家门，把符纸端端正正地贴在自家大门中央，这才稍稍安心关门睡觉。

然而这个不眠夜可不会因为一纸黄符就有所改变，就像修颉颃睡在床上傻笑也是不会改变的事实一样。

怎么说呢？他是真的在傻笑，很认真地傻笑。

这种笑既没有具体的理由，也不明确指向任何事，就是单纯地控制不住自己的嘴角向两边扬起。吃饭时笑，看书时笑，洗澡时笑，那么睡觉时自然还是得笑。

今天是多么有意义的一天啊，他心中的围墙轰然倒塌，他学会了骗人，他还吻了她！想到这里，修颉颃立刻翻身坐起，从柜子里拿出一本记事本打开，认真地写下——

2017 年 9 月 15 日，和宋儒儒第一次接吻。

他犹豫了一下，又加了一句——

还想再亲一次。

修颉颃放下笔，合上记事本。他静静地微笑着，那双清亮的眸子仍似落雪的夜晚，只是此刻多了一分皎洁的月色，将宁静的夜笼上一层温柔的光晕。就连雪花都变得晶莹剔透，仿佛纷扬而下的是透亮的砂糖，空气里都带着甜甜的味道。

想到她就对一切都有了期待，也有了渴望。他还想抱一抱她，然后再亲一亲她，给她读书，听她说话，总之做什么都好。

他从枕头下摸出小布人，握在手里捏了捏，自言自语跟它说话：“你知道我有多喜欢她吗？”

小布人一动不动地与他对视，他继续说：“你不会知道，她也不会知道，连我自己都不知道。”

这份感情就像绵绵不断的雨，像永不停歇的风，像没有落日的极昼，它只增不减，没有人知道尽头在何处。

第十章

心机 boy 上线

次日一早，修颉颃依旧是惯常的作息时间，早起吃饭，出门上班。一打开家门，他就看见对面门上赫然出现的黄纸红字。

他迈步走过去仔细打量，巴掌大的黄纸符上写着潇洒的一行朱字——奉太乙真人敕令收斩四方邪魔急急如律令。

啊……

这是用来挡他的吧。

修颉颃摇了摇头，从背后的双肩包里拿出一支红笔，小心地在“四方邪魔”四个字上打了一个“×”，然后在旁边一笔一画写上自己的名字——

奉太乙真人敕令收斩修颉颃急急如律令

这样才对嘛！

他微微一笑，这样她今天连生气的时候看到的都会是他的名字，真好！

宋儒儒一早起床就有一种不太好的感觉，也说不上是不祥的预感，只是右眼皮隐隐有些发痒。她打开手机查了一下课表，今天并没有修颉颃的课，只有边教授的专业课而已。

她揉揉眼睛，估计只是昨晚没睡好吧，毕竟谁初吻被强行夺走的第一个晚上都不可能睡得踏实。一晚上她都在想着要如何报复回去，半夜好几次下床想做个法诅咒修颉颃，但最终还是罢了手。毕竟她刚刚劝说温惜要遵从自己的内心，总不好那么快就自己打脸吧。

吃早饭的时候，温惜打了个电话给她："儒儒，我想了很久，打算暂时不和阮教授相认。"

"你想好了就行。"宋儒儒用勺子搅拌着小米粥，"我和穆扬都会替你保密的。对了，还有边尧，你也和他叮嘱一声吧。"

"师兄也知道了？"温惜有些吃惊边尧竟然也知道这件事。

"我去弄阮教授的头发时他和我一起去了，看到新闻那天他就猜到了。"宋儒儒反问，"怎么，他嘴巴很大吗？"

"才没有，师兄人很好的，我和他说一下吧。"温惜说着停顿了一下，又问宋儒儒，"我这样会不会不好？"

"也没什么不好的，不仅你需要时间调整，就连你爸妈也需要时间接受啊。"

"其实是我没有做好准备……"温惜的声音像是用钝器击打石头般低沉，但很坚决，"我没有准备好知道她当年为什么要抛弃我。无论她有什么理由，现在的一切都是她造成的。接不接受她是我的决定，就像她抛弃我的时候是由她做决定一样。你说得对，这没有什么应该与不应该，只有我想不想那么做而已。"

"这才是温惜啊。"宋儒儒笑起来，"与其在乎别人，不如自己活得潇潇洒洒，敢爱敢恨。"

"那你呢？"温惜反问了一句，"儒儒，你也上山躲了两个多月，现在该面对现实了。你究竟是还在意大可爱，还是想要试着接触师兄呢？"

宋儒儒一碗热粥已经搅凉了，索性放下勺子："以前小悠发现自己喜欢陆星成的时候，我跟她说她喜欢陆星成这不奇怪，也不丢人，因为喜欢本身就是一件美好的事。但只有对方也喜欢你的时候，你的喜欢才是有意义的。"

"现在这句话对我来说也是一样的，我不可能被一个人伤害两次，我也绝不会把感情给予一个可能随时不喜欢我的人。”

“那……师兄上位了？”温惜的声音里有些心疼，又有些期待，心疼的是修颉颃，因为她知道修颉颃为什么那么在意真假，可这件事又不能和宋儒儒提；期待的是师兄这么好的人总算有了点机会，看来她以后玩“王者荣耀”不用愁了。

“目前我只当边尧是一个很好的朋友。”宋儒儒坦荡地说，“他除了嘴巴有点欠外，还算是很靠谱的一个人。再说了，他又没说过喜欢我，也许他对我是出于基友之情呢。我就这么凑上去，感觉像自作多情吧。”

“那倒也是。喜欢一个人哪有那么容易，爱情嘛，本来就是愿赌服输的赌局，自愿上了赌桌就只能拼尽全力，输了也无怨无悔。”温惜说完打了个哈欠，“我昨晚没睡好，先打电话通知一下师兄，然后再去睡个回笼觉！”

温惜打电话的时候，边尧已经在电视台上班了。因为这档历史节目国庆就要推出，嘉宾在下周就位开始拍摄，前期很多策划工作还需要主创团队尽快完成。

温惜表明了自己的态度，边尧倒也不意外她的决定。毕竟是人之常情，可以理解。

挂电话前，他突然想到那天宋儒儒说的话，忍不住问了温惜一句：“儒儒有和你说过她家人的事吗？她爸爸真的没有任何线索吗？”他想着，无论温惜是否接受阮教授，从结果上看，新闻寻人的方式确实是有效的。若是有线索的话，是不是也可以帮宋儒儒找到她的父亲。

“我不知道哎，”温惜很老实地说，“我连她妈妈在她六岁时火灾去世都是听童小悠说的。她是由月真师父带大的，要是有线索，那也只有月真师父知道。”

“她六岁时妈妈去世了？因为火灾？”边尧心里一个“咯噔”，他虽然和温惜提过修颉颃父亲的事故，但并未提及他意外去世的原因，也没有说过具体的年份，“那是二十年前吗？”

“好像是的吧。”温惜点点头，“儒儒妈妈是单亲母亲，所以儒儒跟她姓。她去世后月真师父就把儒儒从B市带到了这里，我是没听说过有什么关于儒儒父亲的线索。”

边尧脸上的血色一点点褪去，二十年前，火灾，单亲母亲，B 市……这些信息在他听来，每一个都无比刺耳。世上会有这么巧合的事吗？他不知道，也不敢去想。

“师兄，你怎么了？”边尧突然的沉默让温惜有些摸不着头脑，“你是在心疼儒儒吗？”

“没有没有……”边尧下意识地连声否认，“没什么事我就挂了。”

温惜握着被挂断的电话，撇撇嘴：“难怪儒儒把你当朋友，都不关心她，看来男人都是渣渣。”

**

宋儒儒出门的时候临近中午，她一打开家门就看到门上被修颉颃篡改的字——

奉太乙真人敕令收斩修颉颃急急如律令

他还真有自知之明啊！

宋儒儒将黄纸符一把撕下，窝成一团攥在手心，还好今天只有边教授的课，否则她就要把这团纸塞进修颉颃的嘴里！

中午她约了师姐在食堂吃饭，然后一起去上下午的专业课。C 大的小食堂菜色一向不错，属于物美价廉的“别人学校的食堂”。宋儒儒和师姐点了三个小炒，正要吃的时候遇到阿珂和佳佳打了饭菜走过来。

“你们今天也在学校啊？”宋儒儒冲她们挥挥手，示意她们坐过来。

“嗯，下午不是有课吗？”阿珂坐下说，“听说边老师上课一般都要很久，所以我特意打了两碗饭。”

“怎么你们专业也和我们一起上课吗？”宋儒儒有些诧异，她和师姐、师兄念的都是哲学类，虽然阿珂和佳佳是边老师和修颉颃一起带的研究生，但专业是中国思想与文物鉴定，只有一半是哲学思想啊。

师姐笑呵呵地说：“你不也是金老师撂摊子，所以才和我们一起上课吗？我们这里可就你一个人学传统哲学与现代化啊。”

话虽如此，可金教授撂摊子，修颉颃又没撂摊子，他和边老师应该单独开课才是啊！

佳佳没有打饭，而是打了两个馒头。她抓起一个边啃边说：“我听说是修老师提议的，说边老师年纪大了，分别开课太累，就并在一起上课了。上完哲学的部分你们可以先走，我们继续上考古。”

师姐对修颉颃颇有兴趣，连忙追着佳佳打听：“修老师没课的时候有空吗？我想请他去我的会所上课。前几个月会所新增了书法课、国画课，再加一门历史课就再好不过了。”

佳佳和阿珂有些诧异地说：“修老师的课有点深奥吧，那些富太太听得懂吗？”

“她们哪是真的要听懂啊。”师姐一脸“你真傻”的表情看向两个小学妹，“她们还不是闲得慌打发时间嘛。学不学得会、听不听得懂都没关系，重要的是老师要高级，最好再帅一点，她们就乐意买课啊。”

宋儒儒打量着师姐脖子上新挂的一个冰种翡翠吊坠，顶好的玻璃底，无镶又少雕，这可是没有六位数买不到的好货。由此可见，师姐的商业头脑那是没得说。

“对了，你之前不是说要去我那儿摆摊看运程的吗？”师姐看向宋儒儒，“你什么时候去啊？”

之前？

宋儒儒想，她之前还指望用拳头打跑修颉颃呢，可现在他换了装备，变了套路，哪还能用之前的方法？所以谈之前是毫无意义的事。再说修颉颃要去会所，她哪敢贸然去招惹。

“最近太忙，还是过阵子吧。”

“学姐！”阿珂和佳佳这句话憋了很久，此时终于按捺不住了，两人一左一右握住宋儒儒的手，“你能不能帮我们俩看下运程啊！”

宋儒儒一手一个戳向她们俩的脑门：“小孩子家家的，不要没事就看看看！”

“那学姐你不是宋半仙嘛……”阿珂捂着额头委屈地说道。

“半仙也是有所为有所不为的。”宋儒儒抓起佳佳剩下的一个馒头堵住她的嘴，“吃饱点，好好上课！”

**

一进教室，宋儒儒就看见端坐在长课桌中间的修颉颃。她故作无所谓，随便找了个位子坐下，既不表现出愤怒，也不表现出尴尬，坚定不移地把强吻归为“舔了一口”。

哪知坐下还没一会儿，学生们陆续到了，研究生数量多，你推我，我推你，就把宋儒儒从长桌外侧的座位硬生生推到了修颉颃旁边的座位。

宋儒儒也不好说自己不愿意坐在这里，只能淡定地目视前方，显得自己毫不在意，还顺手翻起长桌上的一本书，淡定地看起来。

“宋儒儒。”修颉颃轻轻叫了她一声。

“修老师，您有什么事？”宋儒儒虽然回应了他，但自始至终没有扭头，依旧直视前方。

修颉颃低头看向桌下，有些委屈地说：“你踩到我的脚了。”

宋儒儒连忙抬脚尴尬地说：“不好意思。”

“没事。”他稍稍把双腿并拢，“还有一件事……”

宋儒儒的眉梢已经开始不耐烦地抽动：“还有什么事？”

“就是你说的两清……”他压低声音说，“好像没用。”她说两清之后就会放下执念，也就不会整天想着她了，可是他两清完以后，想她想得比以前更多了。

宋儒儒咬牙说：“修老师，在教室里我们可以只讨论学术吗？”

“哦。”他默默点头，“好的。”

过了一会儿，边教授也到教室了。因为是新学期的第一堂专业课，所以边教授让大家先都汇报一下暑假的学习进程。

第一个汇报的是师兄，师兄的暑假依旧是献给了汉代儒学，而且看样子他早早做了准备，拿出的稿子有厚厚一沓，PPT 都做了一百页，还是纯文字的。

“暑假期间，我研究的是赵壹在汉灵帝光和元年所写的《非草书》。《非草书》主要抨击了当时刚刚新兴的草书，认为草书有违儒学规范，应当重返仓颉、史籀的正规文字。虽然《非草书》在书法批判史中有特殊意义，但实际上其反应的儒学思想亦对完善汉代儒学思想体系有着很重要的作用！

“《非草书》中有一句很关键的话是‘上非天象所垂，下非河洛所吐，中非圣人所造’，这句话的意思是说……”

宋儒儒中午吃得有些饱，一开始她还努力集中注意力去看PPT，但是七八页过去，困意已经以灭顶之势将她吞噬。尤其是师兄那纯文字的PPT加上他枯燥的汇报以及死板的嗓音，简直犹如魔音催眠，她只能偷偷伸手去掐自己的大腿提神。

修颉颃一直很注意身边的宋儒儒，自然也就看到了她的小动作。前几次他还以为她是腿被蚊子咬了，所以一直伸手去抓，后来才发现她是困得在掐大腿。

长课桌边围坐着十几个学生，有的在认真听汇报，有的在准备自己的汇报，还有的在看书，倒是各自为营，互不干涉。

修颉颃原本握笔的右手将钢笔搁下，不动声色地从桌上移到桌下，然后一把握住她正在掐大腿的手。他的掌心带着温度，但指尖微凉，轻轻松松就把她的手攥进手心。

宋儒儒当即一惊，狠狠地瞪过去。修颉颃平静地侧目看向投射PPT的屏幕，仿佛在认真听汇报似的。她赶忙用力抽手，他却暗暗使劲不给她挣脱的机会，然后手腕一动，将她的手稍稍转了个方向，拇指稍稍用力按压在她手背合谷穴的位置。

他用的力道刚刚好，宋儒儒只觉得手掌虎口处微微酸痛，却意外的很舒服，昏昏沉沉的状态也渐渐褪去。虽然不乐意，但她不得不承认，这比掐大腿管用多了。

她轻声说：“可以了，谢谢……”然后再次试图抽手。

修颉颃回答她的声音也很轻：“在教室里只可以讨论学术。”

“……”

可能是因为使了力，他原本微凉的拇指一点点热起来，连带着他按压的位置也越来越烫。宋儒儒的手禁不住出了一层薄汗，心也跟着没出息地跳快了几分。

淡淡的困意和微微的酸痛，让宋儒儒不自觉地握紧了手……

“学姐，师兄说那句话是什么意思啊……”坐在宋儒儒身边的阿珂忽然凑过来问她问题，吓得她一惊，使出洪荒之力一把甩开修颉颃的手。

“哐当”一声巨响，修颉颃的胳膊带着手重重地从桌下猛地撞向课桌，师兄汇报用的电脑都被颠到空中然后落下。

整个教室的人都惊呆了。

“这……这……是怎么了？”边教授目瞪口呆地看着这一幕。

宋儒儒非常镇定地看向阿珂问：“什……什么事？”

这么一番地动山摇，阿珂要问的问题早被吓忘了，她惊讶地抬手指向宋儒儒身边的修颉颃：“修老师，你的手没事吧？”

宋儒儒转头看去，只见修颉颃神色痛苦地握着自己的手腕，而他的右手手腕正以肉眼可见的速度迅速红肿起来。

“好好的手怎么会撞到桌子？”边教授不解地问。

修颉颃看了罪魁祸首一眼，侧脸下颌骨的线条一紧，明显是在咬牙做一件比疼痛更痛苦的事，尔后深吸一口气看向边教授说：“我的手突然抽筋，撞到了桌子……”

边教授愣了三秒，课桌都快掀翻了你和我说是抽筋？！

“那你抽的是龙王三太子敖丙的筋吧。”

“是……”修颉颃才第二次撒谎，还不具备圆谎的技能，所以任凭边教授说什么他都认同。

边教授见他的手腕肿得实在厉害，也无暇追问缘由：“你赶紧去医院看看吧……”他说着，目光在教室里扫了一圈，“找谁和你一起去吧，要不那个……”

宋儒儒看着修颉颃红肿的手腕，良心有点痛，无形中就被道德感绑架了双手，无奈地举了起来：“我！我陪修老师去吧。”

边教授的脸上流露出复杂的情绪：“你？哦，好吧，那你们快去快回。”

修颉颃也没想到宋儒儒会自告奋勇地举手，直到被她搀扶着走到校门口，上了出租车，他才开口问她：“你为什么要陪我？”

“我还有良知嘛。”宋儒儒的目光不自然地看向窗外，“是我弄伤你的，总得负责吧。”

修颉颃默默低头，看起来有些失落。宋儒儒见他的手腕越肿越厉害，担忧地问：“还疼吗？”

“疼。”他很诚实地回答，又追加了一句，“特别疼。”

宋儒儒斜了他一眼：“你怎么不继续撒谎，装得爷们儿一点，说一点都不疼？”

“我不喜欢骗你。”他定定地看着她，白净的脸庞因为疼痛有些泛红，平淡的眉眼紧蹙着，平添了几分英气，像是在空逸淡泊的水墨画上勾勒出刚硬的墨线，那些渺远的山水一下变得清晰分明，“骗你之后我并不开心。”

“少来了！”宋儒儒当场就戳穿他，“你骗我的时候笑得脸上都要开花了！”她可不会忘记之前修颉颃脸上得意的表情，简直是眉飞色舞！

“那是因为亲你才高兴的，骗你并不高兴。”修颉颃急忙解释，将自己的心情精确地分为两个不同的组成部分。

出租车司机忍不住咳了一声，宋儒儒满脸通红地瞪了他一眼。修颉颃不解地问：“现在又不是在教室，还是只能谈学术吗？”

**

两人到医院挂了急诊，又去拍了片子，幸运的是没有骨折，只是局部肌肉和韧带拉伤。医生先给修颉颃做了应急的冰敷处理，再用绷带包裹住手腕以防止继续肿胀，又开了一些止痛药和消炎药，叮嘱他右手不要有任何活动，注意休息，最好尽可能地抬高手腕以促进血液回流。48 小时后来医院拆除包扎，再检查是否需要继续用药。

宋儒儒尽职尽责地一直把修颉颃送到家门口：“那你自己注意休息啊，我走了。”

她刚要转身，修颉颃就叫住了她：“我没办法开门。”

宋儒儒不爽地看去，他特别可怜地将缠着绷带的右手举得高高的：“我拿不了钥匙。”

“你的钥匙在哪儿？”她耐着最后一点性子问他。

他侧过身，用左手拿下身后的双肩包，但他单手没法拉开拉链，只能睁着那双墨色的眼向她求助。宋儒儒索性接过他的包，拉开拉链在里面翻找。她上掏掏，下掏掏，一把从里面掏出个小布人来。

修颉颃的耳根一下红了："这个是……"

"我知道这是什么。"宋儒儒凶巴巴地说道，然后又凶巴巴地把小布人塞回包里，继续摸钥匙。

修颉颃见她动作粗暴残忍，小布人被她塞得头脚相交，脸都变形了，有些心疼地说："你动作轻点……"

"一个布偶你倒是感情深厚，"宋儒儒的语气有点酸，"遇到大活人你反而朝秦暮楚，随性得很啊。"

修颉颃一时没明白她话里的反讽，还很耿直地附和："是啊，这个小布偶一直陪着我的。"

"恋物癖。"她嘀咕了一句，从包里拿出他的门钥匙，插进锁眼把门打开了。

这还是宋儒儒第一次进到修颉颃居住的房子，房型结构没有改动，客厅连着餐厅和开放式厨房，然后是一卧室、一书房，光线确实比宋儒儒分隔后的客厅要好得多。

屋内陈设简单，连墙面都是冷淡的灰白色。要说有什么特别的地方，那就是客厅里竟然还有两尊石狮子了。

"你要喝水吗？"修颉颃迈进家门，诚邀宋儒儒进来坐一下。

"不用了。"宋儒儒果断地拒绝，把拔下来的门钥匙还有他的双肩包一股脑放在门口的换鞋凳上，转身就朝自己家大步走去。

修颉颃又一次叫住了她："可是我想喝水。"

"你想喝水关我屁事啊！"宋儒儒最后的一点耐心已经耗尽，头都懒得回。

"我受伤了。"他再次把右手举得高高的，可怜兮兮地撇嘴，但眼神里却透着一股小得意，"我没法烧开水。"

宋儒儒停下脚步，深吸一口气然后转身到修颉颃面前，竖起的手指几乎要戳到他的鼻子里："你说！你还要做什么，一次性说完！"

他倒也听话，一股脑说了个清清楚楚。

"我还要吃饭，还要洗碗，还要发两份邮件，还要查一些资料，最后……"他试探地追加了一句，"我还要洗澡……"

宋儒儒的眼睛刚一瞪圆，他就立刻改口："算了，今天就不洗澡了。"

修颉颃家的客厅虽然有电视机，但平时很少开，他今天受了伤什么也做不了，单手能做的事情之一就是按遥控器了。他一个个顺着换台，倒也没有认真在看节目。因为宋儒儒去超市买了菜回来，正在厨房做饭。

厨房是开放式的，修颉颃可以清楚地看到她温柔的背影。当然，温柔这个形容词很可能是修颉颃情人眼里出西施才这么觉得的。因为宋儒儒正在剁排骨，这是一件无论用什么姿势去做都不会很温柔的事。

她的手机正开着语音，接受着童大厨的同步指导。宋儒儒平时也会自己做饭，但她的厨艺范围仅限于熬点粥和炒两个素菜，还必须是 A 炒 A，连 A 炒 B 都嫌复杂了，更别说 A 炒 B 再炒 C 了。至于排骨呢？根本不在 ABC 体系里，而是在外太空。

可当她问修颉颃要吃什么的时候，他可怜兮兮地坐在沙发上仰着头说：“排骨。”

“不会。”宋儒儒当即果断地拒绝，“选别的。”

他呢，倒也没撒泼打滚耍无赖，只是默默地摇了摇头，表示除了排骨没有别的想吃的。

宋儒儒倒也爽快，当即转身走人：“不吃我回家去了。”

“可是我受伤了……”

“那又如何？”

“你要是不照顾我，就没法两清了。”

“……”

以上就是宋儒儒为什么在剁排骨的故事，以下则是宋儒儒做排骨的故事。

童小悠的厨艺是家传的，所以这些菜在她看来都是家常小菜而已，说起来也是轻松随意：“你剁好以后把排骨焯下水，然后在油锅里用小火煎一下，捞出来再爆香葱、姜、蒜，然后炒个糖色，再加排骨，加生抽、老抽……”

“等等！”宋儒儒忍不住叫停，“什么叫焯水再煎？锅里放油和水？炒糖色又是什么玩意儿啊？”

童小悠对此也很是不解：“儒儒，你怎么好好的要做排骨？你要是想吃排骨，你来我家吃呗……”她的话音刚落，陆星成的声音就破屏而出：“不许来我家吃饭！排骨都是我一个人的！”

“那有没有简单一点的做法？”宋儒儒放下砍刀问，毕竟修颉颃只说要吃排骨，又没有要求做法。就好像那天自己要他打回来，却没有约定用什么打、打哪里，修颉颃这家伙就选择了用嘴打嘴。所以话只要说不清楚，就是会产生歧义！

“要不炖汤吧。”童小悠说，“这样最简单，你把排骨焯水捞出来，再放进汤锅里加冷水炖就可以了，最后出锅加点盐。”

“这个听起来还可以。”宋儒儒当即选择了炖汤。

炖汤是一件没什么技术含量的慢活，宋儒儒把汤锅放上灶台，然后调节成中火只要等着就好。她解下围裙走到客厅，对着修颉颃问：“你电脑在哪儿？我帮你发邮件。”

“不要吃完饭再弄吗？”他侧目看她，看似很体贴地问。

“那我要弄到几点才能回家？”宋儒儒一针见血地戳穿他的小心思，“反正是炖汤，我又没事，总不能干等着吧。”

他叹息了一声：“你这么急躁，可就无法体会时光慢慢流逝的美好了。”

“时光流逝也不一定是美好的。”宋儒儒往沙发上一坐，扳着手指说，“人会变老，房子会变旧，感情也会越变越淡，有什么可美好的……”

修颉颃抬起完好的左手指向客厅那对石狮子：“可若是再过一百年、两百年，这对石狮子就会变成文物，成为漫长历史的记录者，解读时光在它身上留下的痕迹，就可以读出岁月里的故事，历久弥新。”

宋儒儒冷笑了一声：“整天都待在这个客厅里，能记录什么故事？最多吸点炖排骨的香味和炒菜的油烟味。”

“可它记录了我喜欢你的故事啊。”他静静地看着石狮子，目光像月色一样皎洁透亮，不带任何杂质，嘴角带着温暖的笑意，“它认识你比我认识你还要早，从我认识你开始，到我一点点喜欢你，然后越来越喜欢你，从春天到秋天，它都是知道的。”

宋儒儒很确定，现在的修颉颃简直就是个心机 boy，耍套路，装可怜，他都越来越拿手了，偏偏她还差点吃了这套路！她挑了一下眉，也看向那对石狮子，可她的目光和修颉颃截然不同，凌厉中还透着杀气。

“都知道是吧……那它又知不知道你曾经说过不再喜欢我了？”她侧目将杀气掉转枪头对向修颉颃，“说故事要说全面，怎么能光说好的，不说坏的呢？”

想打深情牌？没那么容易，她可是绝不会忘记他当时冷漠决绝的模样，还有自己那么多天的难过和伤心，想凭一句话就翻身？他想得也太美了吧！

可修颉颃这个不要脸的家伙竟然摇了摇头，分外有理地说：“它不知道的，因为我是在门外说的，它在客厅听不见。”

“……”

“它真的只知道我喜欢你的部分。”

**

排骨汤炖好的时候，恰好是新闻时间，电视里又循环播放了一次阮教授的寻女新闻。宋儒儒一时走神，夹起一块排骨就往嘴里塞，烫得她惊了一下。修颉颃原本很专注地在喝汤，看她走神才去留意新闻的内容。

“阮教授在找女儿啊……”他仿佛刚刚知道一件大事似的，语气里带着一些意外。

“我和边尧去找阮教授那天不就在说这事吗？”宋儒儒看他惊讶就更惊讶了，“你不是也在吗？”

“啊……”他回过神来，“原来你们说的就是这个新闻啊。”

“你都不知道我们在说什么，你那天找的哪门子碴儿啊？”

他倒也坦然得很：“我就是看你对着边尧眨眼睛，我不高兴而已。”

“啧啧——”宋儒儒嫌弃地说，“一个大男人这么小心眼，真是……”

“这样就是小心眼吗？”他问宋儒儒。

“当然是啊，边尧不是你好兄弟吗？”她啃着一块排骨含糊地说，“你连他都怼，可不就是小心眼！”

修颉颃静静地想了一下，然后笑了起来：“我挺喜欢小心眼的，反正你也小小的，我的心里够放你就行了，不用那么大。”

宋儒儒最近被“矮个子神秘女性”给刺激了，听到“矮”和“小”这一类的字眼就火大：“我小不小关你什么事！”

修颉顽现在稍稍开窍，也学会察言观色了，看出她不高兴，连忙问道：“那我要说你多大？和温惜一样大吗？”

“温惜个子高那是遗传！你也不看看阮教授有多高！”宋儒儒拍案而起，话一说完就傻了，连忙强装淡定地坐下喝汤，语气随意地威胁他，“你什么都没听到啊。”

“哦。”修颉顽老实地点头，过了一会儿，他问，“这是不能说的秘密吗？”

“是的。”宋儒儒愤恨地说，“你要是敢说出去我就灭了你。”

他被威胁倒也不生气，反而笑眯眯的：“这是不是只有我们俩才知道的秘密啊？”

宋儒儒才不会给他得意的机会，扬起嘴角笑着说：“当然不，边尧比你早知道。”

修颉顽放下汤碗，像个孩子似的赌气不吃了。

“怎么了？”

“我又小心眼了。”

**

一早接到温惜的电话后，边尧就在市图书馆查了一天的报纸资料。因为已经过去二十年，年代久远的报纸都积压在仓库里，加上C市报纸中提及B市的新闻并不多，所以查找起来颇费了一番工夫。

他一共找到三份报道当年音乐厅火灾的报纸，其中两份都以“修翼女助理”和“婚内出轨对象”来指代与修翼一同遇难的女性。唯有一份报纸，因为篇幅较长，写得也稍稍详细些，但主要描写的还是修翼出轨与情妇共死，对于死者的信息只提及了“宋某”二字。

边尧还记得温惜的话——“儒儒妈妈是单亲母亲，所以儒儒跟她姓。”

“宋”不是一个满大街的姓氏，却也不是什么生僻的姓氏，单凭一个“宋某”边尧也不敢就此将两者联系在一起。他心中隐隐感觉这不会是巧合，可潜意识里又很希望宋儒儒的母亲并非这位“宋某”。因为他很清楚，一旦两者画上等号将是何种情形。

报纸上大篇幅地描写修翼婚内出轨，无非因为他是名人。名人的丑闻素来是大家喜闻乐见的消息，至于丑闻的另一半是谁，对群众来说，一个代号足矣。还有一种可能，便是因为宋儒儒在事后立刻离开了 B 市，所以记者们也未能查到更多的信息，索性避而不谈。

边尧不敢再顺着逻辑想下去，他只希望这位“宋某”另有其人。

报纸上查不到更多信息，他只好选择从另一种媒体入手。

**

电视里正播放着寻女的新闻，阮咸独自吃饭，独自观看。今天是这条新闻最后一次播放，足足一周，这条新闻在每天的黄金时段准时播出。

就像边尧说的那样，若她的女儿真的在C市，那肯定能找到。可一周过去，她接到不少电话，也见了不少人，有的是胎记不对，有的是根本没有胎记却信誓旦旦说是长大后消失了。阮咸一提出做亲子鉴定，便一个个都跑了。

阮咸还记得二十年前把女儿送到福利院那天是端午节。中午的时候，家家户户都团聚在一起，就连医院的病房里都很热闹。刚出生的婴儿被接到母亲身边，床边坐着父亲，周围是爷爷奶奶和外公外婆。

十人间的病房里，只有她独自一人抱着孩子准备出院。孩子早产了一个月，又有些黄疸症状，留院观察半个月后，倒也恢复了健康。其实若不是需要留院观察，她也不知道该抱着孩子去哪里，医院是她唯一可以停留的地方。

从今年二月开始，孩子的父亲便不再与她联系，转眼已经有四个多月了。那时候孩子才四个月，她求他留下孩子，他先是不愿意，但架不住她跪下哀求。

他说他们不能再继续了，孩子留着对谁都不是好事。于是她向他保证，会独自带大孩子，绝不影响他的生活。但其实她的内心有过那么一丝贪念，便是只要自己留下孩子，那他们之间就不可能真的恩断义绝。毕竟是他的骨肉，他不可能真的不顾念亲情。

可她没想到的是，他真的只给了她一笔钱，就再也没有见过她。直到她生产那天，她借用医院的电话打给他，才发现他竟然连寻呼机的号码都换了。那一刻她才知道，一切真的结束了。

她在产房里疼得肝肠寸断，身上的骨头仿佛被人一寸一寸地敲断。那时候她想，自己才二十岁，没有结婚，音乐生涯才刚刚开始，她不能也做不到就此放弃。

她不可能独自带大一个孩子，她没有能力也没有勇气去面对风言风语。她必须带孩子去找他，哪怕她曾发誓会远离他的生活，可疼痛和现实让她背弃了誓言，只因她无路可走……

伴随着新闻结束的音乐声，阮咸从记忆中回过神来。

又是一次失望的结束。

她放下筷子，尽管桌上的菜她几乎没吃两口，但她已经没有了任何胃口。

她索性走到窗边抚琴，弹奏的是根据汉代司马相如所作《琴歌二首》改编的曲子。抚琴而歌是古琴演奏的一种，也是阮咸刚接触古琴时最喜欢的演奏方式。

阮咸记得这首曲子还是他教的，他弹奏的琴音清亮绵远而浑然不散，念歌词时声音醇和淡雅，韵长不绝。

他每每念到“有艳淑女在闺房，室迩人遐毒我肠，何缘交颈为鸳鸯，胡颉颃兮共翱翔”时，她都以为是他在向自己表明心迹。二十岁的年轻姑娘，以为就此找到了人生中最大的依靠。

直到后来她才知道，他的孩子就叫颉颃，那么他的“有艳淑女”自然也早有他人。

**

宋儒儒在第二天早上七点就被修颉颃的电话吵醒了，准确地说，是一连串的电话。

第一通电话是在七点整，他特别懂礼貌地问：“你醒了吗？”

“没有……”宋儒儒迷迷糊糊地回答。

他好似很识趣的样子就把电话挂了：“那你继续睡。”

第二通电话是在七点十分，他依旧有礼貌地问：“你现在醒了吗？”

“没有！”宋儒儒不耐烦地低吼了一声。

他继续很识趣地把电话挂了：“那你再睡一会儿。”

第三通电话是在七点二十五分，他始终保持绅士般的礼貌态度：“你这次醒了吗？”

“醒了！醒了！”宋儒儒愤怒地床上跳起来，对着手机怒吼，“你倒是说啊！你要干吗！”

电话那头安静了几秒，他小声地说：“你凶得我不敢说了。”

“那我凶你还敢打电话？！”

“因为我有事啊……”

“你有什么事非要一大早打电话给我！”宋儒儒咬牙切齿地下床，打开家门径直向对面走去，他要是说不出一件火烧眉毛的事来，她就亲手把他的眉毛给点燃了！

站在门口握着手机的修颉颃楚楚可怜地看着她说：“我饿了……”

宋儒儒抓了一把米，再加半锅水，往灶台上一搁，然后抱着靠枕就横躺在他家客厅的沙发上补觉。

修颉颃单手拿了一块薄毯子给她，宋儒儒把毯子蒙头一盖，恶狠狠地说：“粥炖好了你就关火，在此之前不许再叫我了。”

修颉颃点点头，静坐在茶几边的矮凳上，看她蜷成一团睡在沙发中间，像个糯米团子似的，圆圆的、小小的。他知道她困，即便粥好了他也不会叫醒她。因为他并不是真的那么饿，相比喝粥，他更想看她睡在自己身边。

哪怕一句话都不说，只是这样静静地待在一起，都会让他觉得这一天特别有意义。

宋儒儒醒来时，阳光已经铺满了整个客厅。厨房灶台上的粥已煮好，火也关了。空气中飘散着粥米的清甜味，薄薄雾气氤氲在空气里，连阳光也变得湿润了。

修颉颃靠在沙发转角的长塌上也睡着了，阳光照在他的右侧，明暗之间是他轮廓分明的侧颜，眉眼干净分明，鼻梁又直又挺。与边尧英气勃发的相貌不同，他的五官淡泊纯净，像是琵琶之与古琴，前者音量饱满透亮，后者声如金石，又如风中铃铎，清远绵长。

他穿着一件规规矩矩的棉麻居家服，因为是半卧着，领口微开，起伏的喉结下是他平滑分明的锁骨。他的皮肤真的很白，尤其是穿在衣服里的部分，都能看见淡淡的青色脉络。像一个常年不见天日的人，从未经历风吹雨淋。

宋儒儒想，他确实没经历什么风吹雨淋的事吧，只是父母再婚而已。他的事业也顺风顺水，年纪轻轻就是专家副教授，而且他这人对一切都漠不关心，也不会顾虑别人，自然不会有什么烦心事，就连说不喜欢她都是因为一个小小的谎言，可见他很随心所欲啊！在宋儒儒的认知里，只有她和边尧才是同命相怜的好基友，修颉颃这家伙过得可潇洒了。

因为个子太高，尽管他蜷着身子还有长长一截腿伸在长榻之外，那腿笔直修长，肌肉匀称又白皙，真真是腿玩年啊……

宋儒儒强迫自己收回目光，起身打了个哈欠就去厨房喝粥。

她才刚走两步，忽地听见身后传来一声呜咽。她瞬间起了一身鸡皮疙瘩，这……这家里还有第三个人？

呜咽声后，是他喑哑的声音："不是的，这不是我爸爸，不是的……"

宋儒儒转过身来，卧榻上的修颉颃依旧熟睡着，只是眼角垂着晶亮的泪珠，映着他白皙的皮肤，像是雪化了似的，凝出薄薄一层冰晶。

他仿佛是在做梦，眉头越蹙越紧，双手不自觉地握紧。受了伤的右手吃疼，他一下从睡梦中惊醒，就看见了眼前宋儒儒惊讶的脸。

"你怎么了？"

"我……"修颉颃猜到自己是又做梦了，抬手抹了一下眼角，不知道该说什么。

宋儒儒俯下身子凑近他，左看右看，然后"啧啧"："你这家伙不但心眼小还胆小啊，你是不是做噩梦啦！竟然还吓哭了，哈哈哈——"

修颉颃当然希望那只是一个噩梦而已，起码噩梦是可以醒来的，但过去却是永远无法改变的。

见他不说话，宋儒儒撇撇嘴："干吗，你又要装可怜吗？"毕竟这两天她已经看了无数次他的心机和把戏。

他摇摇头问："我不可以是真的可怜吗？"

"不可以。"宋儒儒坚定地摇了摇头，"因为你的戏已经够多了。"

**

边尧在纸媒碰壁后，转而去求助B市电视台的同行，寻找当年报道新闻的记者。因为记者在新闻采集过程中得到的信息远比播报出的信息要多得多，一则是受到新闻播报时间的限制，二则是有些信息没有百分百的实证便不能播出。当然，也因为那是二十年前的社会新闻，要换作现在的八卦新闻，别说百分百的实证了，百分之一的消息都能编出百分之两百的故事来。

同事帮边尧介绍的一位老记者去年刚退休，因为儿子在C市工作，所以退休后就来C市定居了。边尧联系他表明来意后，老先生倒也很客气，当即约了边尧在电视台旁的一家咖啡馆见面。

老先生是当年负责在医院采访的记者，回想起二十年前的往事，他重重地叹息了一声："惨啊，是真的惨。两人都死了，死的时候那男人紧紧抱着女人。一开始我们都以为是一对夫妻呢，到后面家属来了，我们才知道那两人原来不是夫妻。"

"修翼在B市多出名啊，那时候国内也没几个能扬名海外的指挥家。别说是B市了，全国懂点音乐的人都知道他。他一出事肯定轰动全市，更何况还有这么大的丑闻。不过他死了倒也清静，听说他的妻儿一直被人议论，也不知道后来怎么样了。"

"那和修翼死在一起的女人您又知道多少呢？"边尧从报纸上收集到的信息大多关注点都是"修翼出轨"，而对于另一人的身份所知甚少。

老先生认真地回忆了一下："我记得是修翼的助理，当时刚刚三十岁吧，年纪和修翼的妻子差不多大，听乐团的人说长得挺漂亮。你说修翼胆子也是大，出轨就算了，还把情妇弄成自己的助理。乐团的人说女助理刚来不久，修翼和妻子就闹离婚了。他不肯离，但他妻子脾气倔还闹上了法庭，出事的时候还处于调解期呢。乐团的人本来都不知道出轨对象是谁，后来两人一起出事，大家才发现原来是女助理，再一算时间，也吻合。"

"那她叫什么名字，可有什么家人？"边尧知道丑闻已经不可改变，唯一可以寄希望的便是此宋某非彼宋某了。

"我记得姓宋，至于叫什么也不太记得了。"老先生为难地说，"家人嘛，好像也没有……啊，我想起来了，当天半夜有一个尼姑来了医院……"

“尼姑？”

“很奇怪吧，所以这事我记得还算清楚。我们当时都围着修翼的家属想要采访，却被护士拦在停尸间外。然后有个尼姑来了，和医生说了几句话，医生就把她领去了另一间停尸间，另一间里不就是那个情妇嘛。”老先生说着，从拎包里拿出一本笔记本，“这是我当年做记录的本子，很多东西记得潦草也零碎，你拿去看看，也许能找到你想要的信息。”

“太谢谢您了！”边尧接过笔记本，连声道谢。

“都过去这么久的事了，你怎么突然对这个感兴趣？”老先生好奇地问他。

边尧握着本子，郑重地说：“因为这关系着两个对我来说很重要的人。”

老先生虽然很想追问他关系着什么人，但他到底是长辈，明白每个人都有看重的人和事，刺探别人的秘密对自己的人生毫无意义，便也没再追问下去：“那就祝你顺利了。”

边尧送他上了出租车，车子启动时，老先生又想起了什么，趴着车窗对边尧说：“对了，我听说她好像有个女儿，但我们都没找到那个孩子，所以也不知道是真是假……”

其实在边尧听到尼姑的时候，就已经印证了百分之八十，听到女儿的时候差不多是百分之九十九……但边尧强迫自己相信尚且有那么百分之一的可能，一切都只是巧合。

边尧走进电视台大楼就开始翻看笔记本，前面都是关于其他新闻的资料，他翻找了好一会儿才找到B市音乐厅火灾的新闻记录。老先生也诚不欺他，这记录是真的潦草又零碎，边尧艰难地解读片段样的文字，好不容易才找到几个关键词。最后还是凭借“宋”这个字缩小范围，找到了情妇名字的记录“宋××”。

边尧睁大眼睛去看后两个潦草到凤舞九天的字，试探地猜了一下：“宋……化丁？”

怎么会有人叫这么奇怪的名字？

这是边尧见过比“修颉颃”还要奇葩的名字了！

不对不对，一定是认错了，边尧把本子换了个角度，才注意到疑似“化”和“丁”的字上面各有一个点粘在了上一行。如果这么看的话，那就是宋……

代广？

边尧觉得“宋代广”并不比“宋化丁”好到哪里去。

再仔细看看，好像“代”的那一勾其实是一横，“广”的一撇也有个转折的弧度……

“难道叫宋住亏？！”边尧彻底凌乱了。

他握着本子边走边猜，也没注意看路，被转弯处一块安全警示牌一绊，差点摔了个狗吃屎。他慌乱中扶住墙，但手里的笔记本已经飞了出去，落在前方不远处。

边尧惊魂未定地站稳，先观察了一下后面有没有人，再观察了一下上面有没有摄像头。确定完全安全没丢人后，他才整了整衣服，镇定地走上前去捡本子。但此时，已经有人先他一步将笔记本拾起来。

笔记本还翻开在边尧研究琢磨的那一页上，那人微微蹙眉，一下就念出了让边尧头疼不已的三个字：“宋佳宁？”

边尧一拍脑袋瓜，对嘛！是宋佳宁啊！这才是一个人的名字嘛！

他好奇地看着捡起本子的人：“阮教授，您怎么来这里了？”

阮咸穿着一件素色棉质汉服裙，因为天气凉，所以加了一件坎肩，很符合她古琴演奏家的气质。她微笑说：“新闻不是昨天最后一次播完了嘛，我去学校正好路过这里，来感谢你们的帮忙。也没准备什么好东西，就带了一些时令水果和点心。”

边尧暗暗心虚，不敢抬头看她：“那个……您的女儿……很抱歉……”

“这没什么可抱歉的，你能帮我我已经很感激了。这么多年，我也习惯失望了。”阮咸轻叹一声，“或许她不在这里，又或许她只是不想见我罢了……”

“怎么会呢？”边尧安慰她，“可能只是缘分未到吧，也许是她没有看到新闻……”

阮咸点点头，目光又重新回到笔记本上：“这是什么啊？看着是很旧的本子了。”

边尧小心地从她手中将笔记本抽走：“没什么，就是查点资料。”

“我看上面还写了修翼？”阮咸故作随意地问，“那不是很多年前就去世的指挥家吗？”

“您知道他啊？”边尧一说完就发现自己犯蠢了，都说了全国懂点音乐的人都知道修翼，阮教授是古琴演奏家，又怎么可能不知道修翼是谁。

“你看我都糊涂了，您怎么可能不认识他，他那么出名……”

“怎么你突然也对音乐感兴趣了？”阮咸笑着问，“你若是有兴趣可以到我那里上课，等边舜月底回来了，你可以和她一起来。”

边尧赶忙摆手：“我对音乐一窍不通，您就别为难我了。”

“那你怎么在查修翼呢？”阮咸不动声色地将问题一点点推进。

“和我的一个朋友有些关系。”边尧含混不清地解释。

阮咸微微蹙眉想了一下，尔后很是轻松地问：“你的朋友……是我认识的吗？”

边尧心里一“咯噔”，想起宋儒儒可是和自己一起找阮教授薅头发的人，无论此事的结果最终如何，他都不希望还有别人知道这个秘密，因为这对宋儒儒的伤害实在是太大了。

阮咸心中早已紧张又焦虑，再见他神色有异，心中更是生疑。二十多年前的事边尧为何突然查起了资料？看这本子纸张泛黄已有不少年头，可见边尧并非一时兴起随手查查，而是专门在收集翔实的资料。本子上还有宋佳宁的名字，且比那些报纸新闻上的资料全面多了。另外阮咸还知道，边尧是孟秋的继子，莫非他是替孟秋在查什么？

她又试探地问了一句：“我看你上次是和温惜的舅妈一起来的，你和温惜应该挺熟的，难道是温惜……”阮咸想着边尧断然不会给出正面答案，那便只能旁敲侧击。她故意说一些无关紧要的人，想从边尧的话中得到一些有效的信息。

边尧此刻满脑子都是宋儒儒，一听到“温惜的舅妈”几个字更是全身紧绷。再一听她猜的人是温惜，忽地一下全身放松，从头皮到脚底像过了电似的一阵酥麻，大脑短暂性地放空。

“怎么会是温惜呢？温惜连您的音乐细胞都没遗传到，她哪能和大指挥家有关啊！”

阮咸愣住了，边尧清晰地看见她脸上的表情由惊讶变为惊愕再变为惊喜。

他想，自己可能会被温惜杀了吧，毕竟温惜的武力值并不比宋儒儒低多少。

**

边尧打来求救电话时，宋儒儒正在做午饭。修颉颃靠在沙发上看电视，她的手机放在客厅充电，电视机的声音将铃声淹没了。宋儒儒没听见是很正常的，当然，修颉颃看到来电显示后没提醒她也很正常。

修颉颃说是看电视，其实也只是一个姿态而已。因为他一边看一边在低声哼唧：“后背好痒……没有洗澡……会不会皮肤过敏啊……”

“两天不洗澡死不了！”宋儒儒没好气地吼了一嗓子。

“可我觉得自己有点臭……”

“那你就把鼻孔给堵上。”

边尧急得不行，只好亲自跑来宋儒儒家。可他敲了半天门都没有反应，估计她是不在家。秉承来都来了的原则，边尧决定顺便去看一眼他的好兄弟。

哪知修颉颃家的门一开，站在门口的竟然是宋儒儒！

“你怎么在这里？！”边尧今天一上午受到太多的刺激，可再多的刺激也比不过眼下的刺激。

“他的手受伤了……”宋儒儒正要解释，坐在餐桌旁边吃饭的修颉颃发出了今天的第N次哼唧，声音悠悠扬扬地飘到了门口：“我想要洗澡……”

边尧眉毛一挑，既不求救了，也不听解释了，撸起衣袖大步走进去。

“洗澡是吧！今天爷帮你搓背！”

宋儒儒一向欣赏雷厉风行的人，比如温惜，比如她自己，再比如边尧。他说要给修颉颃搓背，就真的是搓背，连饭都不让修颉颃吃完，抓住衣服后领就给拖到了卫生间里。

“哗哗”的水声里，时不时传来两人短促的交谈。

“低头！抬头！抬手！转身！”

“疼，搓得太重了……”

“你不是两天没洗澡吗？我当然要使劲了！”

宋儒儒一边吃饭一边看电视，配上这样的对话，显得分外有趣。

“你不用洗那里……”

“你总不能全身都洗了就那里不洗吧？”

“也不是洗全身就非得要包含那里啊。”

“那里不洗就不是洗全身！”

宋儒儒暂时搁下筷子，那里？那里是哪里啊？

“就那么点大的地方，不洗没有关系的。”

“怎么叫那么点大的地方，快三十厘米长吧！十多厘米宽吧！”

“我不喜欢别人洗我那里。”

“你都想让儒儒帮你洗澡，那你原本打算怎么洗哪里呢？”

这……宋儒儒咽了口口水，怎么听着有点怪怪的啊……

“我打算不洗那里的啊。”

“我今天非给你洗不可。”

“啊啊啊！”

惨叫声连连，宋儒儒倒吸一口凉气，实在不敢去脑补卫生间里的画面，思来想去还是继续吃饭好了。

过了好一会儿，边尧就抓着修颉颃出来了，两人都洗了个干净。边尧套着修颉颃的 T 恤加短裤，修颉颃只穿一件背心和短裤，这与他平时正经儒雅的穿衣风格相差太大，他靠在卫生间的门口再不肯挪动。

“我的衣服还在卧室……”他皮肤本来就白，洗完澡后更是白里透红，倒也不知道他脸上的红晕是因为热还是因为害羞。黑色的头发垂着水珠耷拉在耳边，像个被妈妈揪住洗完澡的小男孩似的。

“你不热啊，刚洗完澡就要穿居家服？”边尧头发短，他拿着毛巾擦了几把就往肩上一搭，再大大咧咧地往沙发上一靠，“给你洗澡可真累！”

修颉颃并不好意思在宋儒儒面前如此暴露，贴着卫生间的外墙一点点挪去卧室穿衣服。他白皙的后背和笔直的长腿倒真有几分秀色可餐，尤其是肩胛骨的线条，宋儒儒默默地给自己又盛了一碗汤喝。

趁着修颉颃进房间换衣服，宋儒儒问边尧：“你刚才要洗的‘那里’是哪里啊？”

“啊……那个啊。”边尧起身走到厨房给自己装了一碗饭，“颉颃以前就不许别人碰他那里。”

“那你还非要洗？”宋儒儒的思维已然发车，老司机油门一踩，直接就是 180 码。

“肯定要洗啊！”边尧义正词严说，“你说他一个大男人怎么会怕人碰脚底心呢？他都洗澡了，还能不洗脚？”

“砰”的一声，老司机的车胎爆了。

宋儒儒艰难地说：“你们说的‘那里’是指脚底心啊？”

“要不然你以为是哪里？”边尧夹了一把青菜，边嚼边说。

宋儒儒当然不能承认是自己想歪了，只得更加义正词严地说，“我以为说的是二头肌……”

“我好好的非要洗他的二头肌干吗……”边尧一脸嫌弃的表情，“我给他搓二头肌？那得多恶心啊！”

宋儒儒白他一眼：“你洗脚底也没好到哪里去！”

边尧耸耸肩：“那起码不娘吧。”

修颉颃换好衣服出来，他碗里吃了一半的饭早已凉了。他左手拿着饭勺左右为难，不知道该怎么办。宋儒儒舀起一勺热排骨汤给他淋在饭上，用喂狗的方式对他说：“泡泡吃吧。”他点点头，用饭勺把汤和饭拌匀，就那么一口接一口地吃了。

边尧指着他受伤的右手问：“是明天去医院拆绷带吗？”

“嗯。”修颉颃点点头，转而问他，“你来找我有事吗？”

“我不是来找你的……”边尧话没说完，自己先傻了。洗澡洗得太开心，把正事给忘了。他手里的筷子“吧嗒”掉落在桌上，脸上的表情经历了相当复杂又快速的变化，像是一个加速快进的表情包：“儒儒……我捅娄子了……”

宋儒儒还记得不久前，她刚刚和温惜说边尧是个靠谱的人，立马就被“啪啪”打脸了。可见这世上就没有一成不变的人和事，尤其是边教授的两个儿子，没有一个是省油的灯。

有句话怎么说来着，上梁不正……哦不，是虎父无犬子。

**

宋儒儒想着事已至此，与其责怪边尧，倒不如赶紧通知温惜。好在有边尧在，修颉颃也有人照看，她风风火火就赶去找温惜。

边尧和修颉颃被丢在家里，两人面面相觑，气氛有几分尴尬。

修颉颃先开了口，语气里带着浓烈的不满："为什么你做错事她都不怪你？"

"我又不是故意的。"边尧虽然觉得宋儒儒没责怪自己是一件值得炫耀的事，但他隐隐觉得这个问题或许是个坑。如果自己稍不留神流露出得意，修颉颃很可能会告状也不一定！

"那我以前也不是故意的啊。"修颉颃撇撇嘴，他每次都是发自真心然后被她嫌弃啊。

"不如你换个角度想。"边尧拍拍他的肩膀安慰，"儒儒嫌弃你，不一定是因为她讨厌你……"

"那是……"

"或许她只是特别特别喜欢我，舍不得骂我，和你没啥关系，所以也不存在比较。"边尧的笑容真挚又温暖，手足之情感天动地！

修颉颃静默了一会儿，抬头问边尧："你说她特别特别喜欢你，是她和你说的吗？"

"没有啊。"边尧摇头。

"那你跟她表白了吗？"修颉颃又问，很认真地刺探敌情。

"也没有啊。"边尧继续摇头。

修颉颃眨眨眼，稍稍有些小得意，仿佛获得了某种胜利："那你根本比不过我啊。"

"呵。"边尧笑了，"可你的表白被拒绝了啊，你难道不知道成年人的世界里，恋爱的法则是先成为朋友，然后进入暧昧阶段，最后表白才会一次成功的吗！"

修颉颃一下愣住："法则？"

边尧耸耸肩，心疼地看了他一眼："你看我，不贸然表白，就不会被拒绝啊。我和她先做朋友，然后慢慢日久生情。你看你，一上来就表白被拒绝，啧啧，一鼓作气，再而衰，三而竭啊！”

修颉颃想了一下，确实是这个道理没错，他下意识地像以前那样求助边尧：“那我现在应该怎么做？”

边尧扫了他受伤的右手一眼：“我看你现在有心机得很，还用我教？苦肉计都使得出来，真是令人佩服！”

“我是真的受伤了。”修颉颃承认替宋儒儒选课、提议合并上课，还有上课握手是他的心机，但受伤可真是意料之外的事。

要说以前，边尧对修颉颃那是一百二十个放心。可现在不一样了，他亲眼所见宋儒儒出现在修颉颃家里，亲耳听到修颉颃哼唧着要洗澡。若是到了这种地步他还传授经验给对手，要么是他傻，要么就是他心里喜欢的人不是宋儒儒，而是修颉颃。

“颉颃啊……”边尧仗着自己比修颉颃大三个月，素来是用哥哥看弟弟的眼神看他，慈爱又包容，“我们俩现在是对手，你懂吗？我怎么可能教你呢。”

“啊……”修颉颃想起来了，自己现在的对手是边尧啊。他明白地点了点头，然后起身走到门口，单手开门下逐客令，“那你赶紧走。”

“是儒儒让我照看你的啊。”边尧惊诧不已地看着修颉颃，“你不需要我了？”

“对啊。”修颉颃很认真地说，“要是你在这里，她就不会来了，我当然要把你给赶走了。”

边尧佯装无奈地走到门口，临走前他扶着门框问修颉颃：“颉颃，你之前不是说她骗了你，所以你不能喜欢她了吗？怎么你现在突然又想通了？连真假都不重要了？”

修颉颃反问：“那你之前不是还因为我而犹豫不决？”

“不是你让我不要顾虑你的嘛。”

“你都不顾虑我了，那我还顾虑什么真假啊！”修颉颃“砰”的一声关上门，动作迅猛得差点把门口的边尧给撞飞。

边尧靠在门上笑了起来，可笑容却渐渐泛苦。那件事要怎么告诉颉颃呢？要如何对他说，也许……他并不能和宋儒儒在一起，他的喜欢，他的小心机，他为她所做的改变，很可能都是没有意义的事。

并且边尧也想知道自己该如何选择，从过去到现在，圆满的家庭是自己一切行为的前提，可宋儒儒的身份很可能轻而易举就将此打破。

第十一章
猪皮包和流浪包

宋儒儒一路赶到穆扬家，门铃一按，最先狂吠的是甜瓜，然后穆扬才缓缓走来开门。一看是宋儒儒，他有些吃惊："怎么是你啊？"

"温惜呢？我打她电话一直关机。"宋儒儒着急地走进来，甜瓜认识她，抱住她的腿一通狂嗅。

"她上课去了吧，所以手机关了机。"穆扬把甜瓜从宋儒儒腿上拎走，又丢了球让它去捡。

"去学校上课了？"宋儒儒的心一紧，"古琴课？"

"怎么可能！"穆扬笑了，"别说那课是阮教授教，就算不是阮教授，她肯定也不会选修古琴啊，难道等着挂科不成？她听了你的建议，这学期选修了电音吉他！"

宋儒儒一路跑得气喘吁吁，拧开一瓶矿泉水先喝了几大口："阮教授知道温惜是她女儿了……"

"啊？"穆扬脸色一变，这事可非同小可，当务之急是赶紧自保，"我可一个字都没说出去啊！"

“是你师兄。”宋儒儒往沙发上一靠，“我本来是想告诉温惜让她做好准备的，看样子是来不及了，阮教授肯定会去学校等她的。”

“那我怎么办啊？”穆扬很是紧张，神色中还带着一些恐惧。

“又不是你说漏嘴的，你怕什么？”

穆扬抱着甜瓜瑟瑟发抖：“你第一天认识温惜吗？她生气的时候可是有辐射范围的，方圆三公里，寸草不生！”

这么一说，宋儒儒就想起之前温惜误会穆扬去做亲子鉴定的事，可不就是把她家都给砸了吗？她叹息一声，站起来告别：“温惜回来的话你就告诉她我最近特别忙，让她别来找我，也别去我家，拜拜！”

**

温惜触碰到电音吉他的第一秒，就感觉只有它才能撞击到她的灵魂深处。不但音色厚实响亮，质感明快，而且右手轮指时简直爽、爆、了！

这才是音乐嘛，古琴真是太无聊了，一点都不 high，还不好上手。电音吉他就不一样了，那节奏、那旋律，动次打次，触动灵魂啊。这才第三节课，温惜就已经可以和鼓手一起合奏了。也许宋儒儒说得对，她当初要是报考摇滚专业，还真的可能成为一个学霸！

阮咸还没走到电音吉他的教室，就远远听见里面节奏十足的表演。待她走到教室后窗，才看见教室里表演的人正是温惜，弹奏的是BEYOND乐队的《教坏细路》。

温惜穿着一件浅色牛仔连裤衫，脚上是一双白色跑鞋，一头奶奶灰的板寸短发，配上她明艳动人的五官，和动感十足的电音吉他完美融合。

阮咸忍不住笑起来，这孩子真是没有一个地方像她，也没有一个地方像她的父亲啊。

如果孩子是她亲自抚养，可能古琴弹得比边舜还要好吧。若是不喜欢古琴也可以学钢琴，或是作曲和指挥……

可世上最没有意义的话便是“如果”，如果她知道会与自己的孩子一别二十年，她一定不会将孩子送去福利院；如果她知道那晚音乐厅会发生火灾，她一定不会带着孩子去找他……所有的“如果”都是在为过去的错误找借口罢了。

阮咸还记得那天晚上起了很大的风，音乐厅的后巷空无一人，她抱着孩子踉踉跄跄地跑着。大风吹乱了她的头发，也模糊了她的视线。怀里的孩子哭得很厉害，或是饿了，或是困了，或是因为知道自己是一条不被祝福的生命……

他说：你走吧，我可以再给你一笔钱，但我不会对这个孩子负责。

她问他：这是你的孩子，你难道对她没有一点感情吗？难道你对我也没有任何不舍？

他笑着反问她：你对我就有感情吗？你也只是为了得到我的帮助和推荐而已吧，谈感情未免太可笑了。

她无法反驳他，怀里的孩子那么重，重得像一座她不可能扛起的大山，她感觉自己快要被压塌了。

阮咸累了，也实在跑不动了，她抱着孩子在马路边坐下，宁静的夜晚像一层渐渐收拢的巨大黑幕，一点点盖住她未来人生的全部光明。孩子也哭累了，静静地睡去，只是哭红的小脸上还带着泪痕。她低头亲了亲孩子，只觉得心神俱碎。

消防车的鸣叫声呼啸而过，孩子一下被惊醒，再度大哭起来。阮咸顺着车开去的方向侧目，她一路跑来的方向此刻火光冲天，照亮了那一片漆黑的夜空。

死亡的恐惧将她吞噬，她看见那巨大的黑幕全然落下，仅存的一丝光明和希望也都不见了……

**

一节选修课上得温惜意犹未尽，下课时才恋恋不舍地停手。她与搭档还有老师挥手告别，并约定下节课要换一首更有力量的曲子。她得意扬扬地走出教室，就看见了等候已久的阮咸。

虽然阮咸一个字都没有说，但温惜已经从她的眼神里看出了来意。因为那眼神中有太多的悲伤与期待，就连一向大大咧咧、没心没肺的温惜都被卷入情绪的旋涡之中。

温惜不是没有设想过阮教授发现后会是怎样的场景，她想过很多种画面，但最终觉得任何一种都不适合她与阮教授。因为他们本就没有太多交集，只比陌生人多那么一些关系。而偏偏那些关系也不是什么好关系，只是一个教授和一个学渣的尴尬关系。

再者对温惜来说，她很清楚自己不是一个被抱错的孩子，而是一个被遗弃的孩子。

教室里的学生陆续走出，温惜走上前简单明了地对阮咸说："我们换个地方吧。"

阮咸连连点头："去我的办公室行吗？"

温惜应了一声，快步从她身边走过，径直向前走去。

上学期差点留级的时候，温惜就来过一次阮教授的办公室。只是今非昔比，她的心境早已大不相同。

"你要喝点什么？"阮咸有些紧张地问道，尔后又连忙改口，"你喜欢喝什么？"

温惜淡淡地笑了一下："阮教授，你不用客气的。"

"其实我……"阮教授充满期待地看着她，可嘴边的那句话却反反复复说不出口，"我听说其实你是……"

"我早就知道了。"温惜利落地打断她的话，也很利落地给出了自己的答案，"但我不想和你相认，所以才让大家都瞒着消息。"

阮咸想过孩子不会那么容易接受自己，也许还会恨自己，但她没想到温惜的态度是如此坚决与冷漠。相比责备和痛恨，冷漠和拒绝更让她心痛。

"为什么呢？"

温惜指了指她握着的纸杯，一针见血地做了解释："你连我喜欢什么都不知道，你不觉得我们之间并没有什么可说的吗？就连认识我一周的朋友都会知道我的喜好。"

"对不起。"阮咸微微低头，"我知道这些年你一定吃了苦，我听你舅妈说过，说你为了撑起家庭的重担才去做模特……"

"噗……"温惜一下笑起来，只是那笑声有些冷，也有些讽刺，"那都是骗你的，宋儒儒也不是我舅妈，她是我的闺密。你真是对我一无所知啊！我不明白，明明是生活在两个不同世界的陌生人，为什么突然要相认呢？难道相认了就可以变得亲密吗？在你知道我是你女儿之前，也没多喜欢我吧，你不觉得突如其来的感情很莫名吗？”

“对不起……”阮咸的眼眶湿润，这些问题她都无法反驳，每一句话都像利刃一样插进她的心里。她知道错过的时间无论如何也无法补回，错失的感情自然也不可能朝夕重拾。

“你不用一直说对不起。”温惜不自然地别过脸去，避开阮咸悲戚的目光，“我在家里过得特别好，我爸我妈都很疼我，要不是他们惯着我，我不可能差点留级对吧？只要你不出现，我就可以继续幸福地生活。你要是真觉得有那么一些愧疚，我希望你不要打扰我现在的生活。”

“我知道你恨我是有原因的，但我不是故意要抛弃你的，我当时真的是没有办法。”阮咸的声音喑哑得像断了弦的古琴，艰难地发出哽咽之声，“过了三天我就去福利院找你，哪知你已经被人领养了，领养人的身份又必须保密，我就只能一直找你。我找了你整整二十年。温惜，我不求你原谅我，我只希望你能知道，在这个世界上，你还有一个母亲爱着你。”

温惜的眼眶微微泛红，她不是一个冷血的人，但她很清楚此时此刻自己不应该心软。她若是善良，便是在纵容阮咸曾经犯下的错；她若是动摇，便是在践踏父母对她的养育之恩。

“我曾经想过要不要与你相认，也想过我该不该与你相认。但后来我想明白了，这并非是一件该与不该的事，因为决定权在我，就像造就这一切的人是你一样。”她目光坚定地看向阮咸，“所以能够影响我的决定的，是你的答案。”

“什么答案？”阮咸仿佛看到了一丝希望，她期盼着温惜能给她一个机会。

温惜眨了眨眼，将眼底的湿润逼回去，一字一顿地说：“我要你回答我两个问题：第一，你为什么要抛弃我？第二，我的父亲是谁？”

时光好像在不断前行，却又好像在不断循环，阮咸又想起了二十年前的那个深夜，黑暗一点点吞噬光明，不留下一丝希望。

**

拆绷带的那天一早，修颉颃就换好衣服端坐在家里等着。宋儒儒答应了送他去医院，所以哪怕他完全可以自己去，也要在家等她。

毕竟……

窗外淅淅沥沥地下着秋雨，气温也陡然降低，这样的天气他没法单手打伞……不，单手打伞还是可以的，这个理由可能会被宋儒儒嫌弃。他歪头想了一下，双眼一亮，脸上露出得意的笑容，连忙起身走进书房去寻找道具。

就算边尧不教他，他也可以用自己的办法让宋儒儒喜欢他，而且他觉得自己一点都不输给边尧。就算他没有经验，但是他更努力啊。

喜欢这件事他没有天赋又如何，他可以用尽全部爱意去喜欢她，用尽全部能力去对她好，而且他坚信自己永远不会成为像他父亲那样的人。

他喜欢一个人，喜欢一件事，就会坚守一辈子。

修颉颃记得他六七岁的时候，父亲就开始带他去乐团听演奏。修翼既是指挥家，也是作曲家，参加过许多大型交响音乐的创编。尤其擅长将交响乐与民族器乐相结合，编曲细腻流畅，指挥节拍准确。

修翼会在演奏结束后考他——

“今天小提琴的音色对吗？”

“钢琴在第四小节抢拍了还是拖后了？”

“古琴有一处弹错了，是哪里错了？”

诸如此类的问题修颉颃都能对答如流，那时候修翼对孟秋说：“这孩子听力太好了，是个好苗子，日后可能会超过我呢。”

孟秋比修翼更懂自己的孩子：“他不光是听力好，他做事还特别专注、心无旁骛，不被任何人和任何事影响，只要做了就会一直坚持下去。”

“那倒真是比我厉害。”修翼搂着妻子宠溺地说，“我坚持最久的事就是喜欢你了。”修翼从大学时就开始追求孟秋，大学一毕业孟秋就嫁给了他。两年后他们又有了孩子，仿佛再没有比他们的爱情更幸福圆满的了。

孟秋笑着说：“那你可要继续坚持啊，给孩子做个好榜样。”

“周末我有一场演奏会，我给你和儿子留了第一排的位子。”修翼的声音里带着一点恳求的味道，“这次演奏会，我的老师和市里的领导都会来，结束后还有一个饭局。”

“周末啊……”孟秋面露难色，“周末我答应了给几个学生补课的。”

“那就改天啊。”修翼不以为意地说，“又不是非要周末才能补课。”

“下周一是一模，我想趁着周末给他们拎一拎重点，或许他们一模就能多考几分。”那是孟秋第一年带毕业班的学生，她知道高考将决定这些孩子的未来，所以对他们尤其上心。

“不就是那几个差生吗？你补再多他们也考不上好大学的。”修翼认识那几个孩子，每次考试前孟秋都会给他们补课。上一次他们的结婚纪念日，修翼捧着玫瑰花回家，一开门却见到一屋子孩子正围在餐桌上写试卷呢。

孟秋不高兴丈夫这么说自己的学生，狠狠地瞪了他一眼：“就算考不上好的大学，多几分他们就能多一些选择。”

修颉颃记得那时候父母经常因为这事起争执，后来矛盾越来越多，渐渐从争执变为争吵，最后是冷战。还有一次，孟秋为了给学生补课，索性在学校办公室住了一周没回家。

他们的感情像一块浸了水的海绵，一点点被拧干，从温润柔软变得干燥坚硬，最后千疮百孔。修翼没能继续坚持下去，自然也没能成为修颉颃的好榜样，后来甚至成为他们母子永远都醒不过来的噩梦。

那时候修颉颃就想，他一辈子只会喜欢一个人，不会再喜欢别人了。这花花世界如同交响乐团一样，有着各种缤纷绚丽的声音，但他只愿意去聆听那唯一的声音。这万千世界亦有形形色色的人，但他只想去见那唯一的人。

**

宋儒儒一早就去了杂志社，因为这个周五她就要去录节目了。最近忙得晕头转向，她得赶紧拿资料做好准备。

苏叶笑意盈盈地走进主编办公室的时候，宋儒儒就从她的表情里看出了“不怀好意”四个字。再仔细看看，里面还有些“笑里藏刀”。

“节目有什么问题吗？”宋儒儒挑了挑眉，颇为警觉地问。

“没有啊。”苏叶在她面前坐下，招呼助理给她们俩倒咖啡，“这可是电视台下半年的重点项目，一带一路、文化传承啊！你要是上了这节目，我保证你的微博粉丝立刻增加百分之十。”

宋儒儒抠了抠耳朵：“八块钱一千个粉丝，你花八千块就可以给我买到，我上节目你拿的钱至少乘以十吧。”

“那是团建费！”苏叶义正词严地说，“为了咱们社里的工作得以顺利进行，确保大家对工作始终有热情！”

宋儒儒故意扯开嗓子大声说话，确保在外面的工作的同事都能听见：“哇！那今年有六位数的团建费啦！我们年底是不是去日本玩啊！”

“哎呀哎呀！”苏叶赶紧捂住她的嘴巴，比了一个手势，“三七分，三七分好吗？”

宋儒儒握住苏叶的手，有些心疼地说：“那多不好意思啊，还是二八分吧。”

“还是儒儒你懂事啊。”苏叶叹了口气，“你看社里大大小小的事啊，操不完的心……”

“是你二我八。”宋儒儒从她桌上拿过节目的资料翻看。

“这二八不太好吧……”苏叶蹙眉，“还是三七的好，三七的数字也好……”

只听“啪”的一声，宋儒儒把文件夹往办公桌上一拍，怒视苏叶：“就这样你还好意思三七？修颉颃也是嘉宾你别告诉我你不知道？！”

苏叶咽了口口水，慢慢把文件夹往自己面前拖了几寸：“那……不是还有其他人吗？又不光你们俩。你看，有著名历史小说作家，还有省博专家……啊！你看主持人也特别棒，是边尧啊！他可是电视台第一帅！可见台里多重视这个节目啊！”

“……”

**

修颉颃一直等到中午宋儒儒才回来，她的脸色不大好，看起来遇到了烦心事。

他想起自己上午在知乎搜索的哄女孩秘籍，轻咳了一声问：“我请你吃好吃的吧？”

宋儒儒斜了他一眼：“你这缺胳膊断腿的还想出去吃饭，你是要在餐厅表演左手抓饭吗？你自己去吧……”

修颉颃有些疑惑，不是说只要请女孩吃好吃的就可以解决百分之五十的问题吗？那是不是因为问题很大，所以吃好吃的也没用呢？

“那我给你买口红吧！”

宋儒儒指了指自己生无可恋的脸：“你看我有化妆的心情吗？”

修颉颃摸了摸头，突然就对知乎产生了动摇与怀疑。但他还是决定最后一试：“那给你买包包呢？”

宋儒儒被他烦得头疼，深吸一口气问：“那你说说你给我买什么包？”

这个好像有戏！修颉颃赶紧认真思考，依据他认知体系里对包的种类划分，最终得出了一个最优答案——

“牛皮包！”

宋儒儒瞬间就回到了八卦村的文王庙，前殿、中殿和后殿……他还真给了她一个种类名。

见她不说话，修颉颃又问：“难道你喜欢猪皮包？羊皮包？”

宋儒儒把历史节目的资料往茶几上一丢，直截了当地说：“你是不是也要参加这个节目？”

修颉颃低头一看，点了点头：“是的啊。”

“回头上了节目你不许和我说话。”宋儒儒凶巴巴地说，“一句都不许说！”

修颉颃有点可怜地问：“为什么啊？”

“你说为什么？”宋儒儒反问，“你忘了上一次我们参加节目的事了？”

“上次节目不是很愉快吗？”修颉颃纳闷不已，“我回看了好多次呢，你愣住的时候超可爱啊！”

宋儒儒很庆幸自己今天去杂志社看了节目安排，否则还不知道这次节目会如何“愉快”呢！

“反正你不许和我说话！”

“要是我有话想说怎么办？”

“那就换个地方说，反正不是在节目上。”

修颉颃一听就笑了起来：“我可以节目后去你家和你说吗？”

“有事就打电话，非要见面吗？”

修颉颃白皙的脸一下红到了脖子，他轻声说：“这是你第一次要求我给你打电话呢。”

宋儒儒愤怒又绝望地狂抓了几把头发：“好了好了！这事打住！”她说着看了他的手腕一眼：“你一早上没事干不会自己去医院拆绷带吗？”

修颉颃忙不迭地从沙发上拿起他从书房里找到的道具——清拓本的《散氏盘铭文》：“外面下着雨，我只有一只手，拿着书就没办法举伞了，这书可不能淋雨。”

宋儒儒仰着头看他，高高的个子，匀称的体型，纯净的五官，看起来也是个文质彬彬的大好青年，怎么脑子里就缺根筋呢？

“第一，你去医院拆绷带拿书干吗？

“第二，雨早就停了。”

修颉颃眨了眨眼，把手里的书默默放下：“要不我们还是说包的事吧，你觉得鳄鱼皮包怎么样？”

**

周五那天天气晴好，一早上就有极好的阳光。修颉颃晨跑一小时后才回到家里，今天上午他没有课，便拿起一本《敦煌石窟思想研究》看起来。门铃突然响起，他不知这么早有谁会来找他，难道是宋儒儒？

他赶忙把手里的书合上，换了一本他托人从台湾重金淘来的民国二十五年初版《周易集传》，美滋滋地跑去开门。

门一开，门口的人却不是宋儒儒，而是温惜。

“大可爱，儒儒是不是藏在你家呢！”温惜说着一把推开他，径直就走进屋里找人。

“她不在我家啊。”修颉颃有点小失落地说，“我倒是想她在呢……”

“那你这两天见到她了吗？”温惜因为阮教授的事心情特别糟糕，可宋儒儒却躲得不见人影。电话不接，微信不回，她今早直接来闯门，才发现宋儒儒竟然还把门锁给换了！她的备用钥匙打不开了！

修颉颃摇摇头：“没有哎，这几天学校没有课。”

温惜用一种不争气的眼光扫了他一眼，往沙发上一坐：“她没课你就不去找她？你就在家看……这什么书啊，你还想不想追她了！”

修颉颃点点头："想啊。"

"那你得有所行动啊！"温惜盘算着自己一个人找宋儒儒太累，抓上修颉颃不就多一个人了！

"你不懂我们之间的关系……"修颉颃一本正经地说道。一听这话，温惜期待地睁大了眼睛，难道他们俩之间飞速进展，还有了连她都不懂的关系？

他悠悠地把话说完："我要是没事去找她，会被她打的。"

温惜叹了口气，果真还是师兄胜算大啊！

修颉颃仔细瞧了瞧温惜，看她眉头紧蹙又撇着嘴，应该是不开心。他试探地问了一句："你心情不好啊，我请你吃好吃的？"

温惜眨了眨眼，感觉有些意外，修颉颃见状又问："我给你买口红？"

温惜惊讶得倒吸一口凉气，这是什么情况啊？

修颉颃只能无奈地使出撒手锏："给你买包包？"

温惜想了一下，可能人生就是这样吧，你永远不知道噩运会在哪一天降临，就像你不知道哪天就突然遇到一个特别有钱的傻白甜，不带任何企图和欲望，就是非要给你买礼物。

"好啊！我要吃帝王蟹，我要买萝卜丁口红，我还要买个流浪包！"

修颉颃有些不明白了，看来这三招没问题啊，可为什么换成宋儒儒就不管用了呢？

**

温惜背着流浪包，对着镜子涂口红，修颉颃问她："心情好了吗？"

"当然好了啊！我都有流浪包了，心情不好我就离家出走呗。"温惜歪着头开心地说。

专柜柜姐将刷卡单和票据递给修颉颃，忍不住八卦了一句："温惜小姐背什么都好看，先生您是她什么人啊？还给她买包包，好贴心啊。"

"哦，她闺密是我喜欢的人。"修颉颃一板一眼地说，"也就是说我和她没有直接关系，而是间接关系，你懂了吗？"

柜姐尴尬不已地笑了一下："你们的关系……真特别。"

有穆扬的前车之鉴，温惜才不会让自己登上明天的头条呢。她抿了抿口红，走过来一把挽住修颉颃："这是我哥，他逗你玩呢，你看不出来吗？"

"啊……"柜姐连连点头，"看出来了，你们家基因可真好，都是大长腿、巴掌脸，你看你们俩鼻子都一模一样！"

温惜"扑哧"一声笑了，她和修颉颃可是八竿子都打不到一块的，最多都是好看的人。不过她话也没说错，好看的人都是差不多的美法，丑的人才会各不相同。她抬头看了一眼修颉颃，真别说，她以前都没发现他们俩鼻子这么像！

修颉颃抬手看了一下时间："我还要去电视台参加节目，你可以自己吃螃蟹吗？"

"电视台的节目？"温惜眼珠一转，"是不是儒儒也要参加的那个？"

"嗯。"修颉颃点头。

"那我也要去，我正好去找她！"温惜把包往身后一甩，大步向前走。

修颉颃问："你不吃饭啦？"

"我都有包了还用吃饭？"温惜捧着自己的脸蛋说，"我可是三界第一美，小仙女是不吃饭、不放屁的！"

"那还是儒儒比你好。"修颉颃莫名有了一种自豪感，"要是她也不吃饭，我前几天就饿死了。"

"你是不是觉得儒儒放屁都是香的啊！"温惜强行吃了一口狗粮，颇不爽。

"她没放过，我不知道。"他很认真地说，"从理论上来说屁不会是香的，因为里面有氨气和……"

"我总算明白为什么你没事去找儒儒她会打你了。"温惜温柔地抚摸着身上的新包，一双丹凤眼微微上挑着看他，"要不是你给我买了包，我也想打你。"

**

宋儒儒比修颉颃要早到电视台，节目录制现场还在布置中，边尧正在一旁背台词，看到她来了有些意外："你怎么来这么早啊？"

"我提前来告诉你，把我安排得离修颉颃远一点。"宋儒儒环视一下节目现场，抬手指向最两端的两个位子，"喏，我坐这旦，让他坐那里哈。"

其实这种要求，即便宋儒儒不说，边尧肯定也会这么安排。如果可以的话，在中间放上一道屏风他也是乐意之至。

“没问题，要不要把你们俩的交流沟通也删掉？”边尧体贴地问道。

“那当然最好了。”宋儒儒对边尧的善解人意很是满意，就连他说漏嘴的事都可以忽略不计，边尧同志还是靠谱的！

安排好这些后，边尧小心地问宋儒儒：“你最近看到温惜没？我好怕她来灭我的口。”

“她打过你？”宋儒儒看他一副瑟瑟发抖的模样，好奇地问。

边尧摇摇头：“但我见过她打穆扬，啧啧——她徒手可能比我爸拿拖把还厉害些。”

“我也躲她呢，怕她心情不好把我家给拆了。”宋儒儒困倦地打了个哈欠，“所以最近我都是早出晚归……”

“那穆扬呢？”边尧有些担忧自己的师弟。

“他呀……”宋儒儒掏出手机打开微博给他看，“你没看新闻？说是腿受伤住院了，下手可真狠啊！”

边尧倒吸一口凉气，哀求地看着宋儒儒：“温惜还是挺在乎你的吧，要是她来杀我，你会替我求情的吧。”

“为什么啊？”她反问道，“她可是我闺密呢，她要杀人我肯定是帮她毁尸灭迹啊！”

“咱们不是朋友吗？”边尧难以置信地说，“再说了，我要不是为了帮你弄头发，根本就不会知道这件事，我要是不知道这件事，我又怎么会说漏嘴呢？”

这话是没错，道理也是这么个道理，但宋儒儒思考了一下，还是摇了摇头：“其实我觉得朋友本是同林鸟，大难来时各自飞，与其相濡以沫，不如相忘于江湖。”

边尧轻叹了一声：“可我要是出了事对你一点好处都没有啊，相反，我活着还能帮你避开颉颃呢。”他说着佯装拿起桌上的名牌，咂嘴，“我觉得你坐他旁边也挺好的。”

宋儒儒冷笑了一声，竟然还想威胁她？！

“好啊，那你就安排吧，你让我坐他腿上都可以，大不了就打一架呗，我又不是没打过。”

边尧不自然地揉了揉鼻子，然后问她：“儒儒，你是真的不喜欢颉颃吧？”

“关你什么事啊。”宋儒儒凶巴巴地说。

“就是确认一下……”边尧故作随意地耸了耸肩，“我得知道自己有没有希望啊。”

宋儒儒往他胸口重重地一戳，每说一个字就加戳一下：“我喜不喜欢他和你有没有希望一点关系都没有，因为你们俩暂时都在我的黑名单上。尤其是你，还不知道能不能活到有希望的那一天呢！”

“那还是能的吧。”边尧嬉皮笑脸地说，“温惜虽然可怕，但她不知道我调来这里了，她去新闻频道找我也是找不到的……”

他话还没说完，温惜的声音就从天而降：“师兄！原来你躲在这儿啊！”

边尧打了个激灵，以为自己出现了幻听：“哎……我怎么好像听到了温惜的声音？”

“嗯……”宋儒儒点点头，“我还看到她的人了呢。”

温惜杀气十足地走进来，手里晃着新买的包包，在边尧眼里像是在晃一把流星锤似的。他赶忙躲到宋儒儒身后：“她……她怎么会来这里？”

宋儒儒看向温惜身后跟着的修颉颃，咂嘴：“你说呢？这世上还有谁比修颉颃更不省事的？”

边尧双手合十低头求饶：“温女神，咱们有话下了节目说好不好？你看我们马上就要录节目了，你如果把我打出个好歹来，我的主持生涯可就真的完了！”

温惜倒也通情达理：“好啊，那我就在这里等你，你什么时候下节目，我什么时候和你算账。”她说完利落地拽了张椅子，往摄影师后面一坐，手指在椅把上敲了敲，边尧赶紧招呼场务给她泡茶。

修颉颃走到边尧面前，友情提醒道：“我教你怎么哄她吧，你先请她吃好吃的，再给她买口红，最后给她买包包。”他说着指向温惜的新包，“你看，我给她买了包之后她说她再生气都不会打我了。”

宋儒儒一听，眉毛都竖了起来：“你给温惜买了流浪包？！却要给我买猪皮包？”

修颉颃看向宋儒儒，神色很是为难，他犹豫了好一会儿才回答：“你不是让我在节目上不要和你说话吗？”

**

节目嘉宾共有五位，除去修颉颃和宋儒儒，还有网络上小有名气的历史小说家天下公子和省博专家周礼伯。除了四位常驻嘉宾外，因为这期节目的主题正是前不久发现的唐巫女墓，所以还请了一位特邀嘉宾国学女讲师吕德。由于宋儒儒的要求，边尧将她和天下公子安排在自己的右侧，周礼伯和修颉颃安排在左侧，吕德老师坐在特邀嘉宾席上。

开场前十分钟，宋儒儒正在更新微博，今天是新月许愿的最后一天，她得发微博提醒一下粉丝快点许愿。

天下公子从安排了座位后就开始打量宋儒儒，瞧着她虽然个子不太高，但身材匀称，长得也机灵可爱，就一直琢磨着想和她搭个话。见她在发微博，便以此为话题切入了——

“小姑娘第一次上节目啊，在发自拍吗？”

宋儒儒确定自己是在场唯一的小姑娘，然后才抬起头来。未免上次姓名事故再现，她先看了一下对方的名牌，天下公子……嗯，根据她多年的经验，一般能给自己取这么杰克苏的名字的，多半是个自恋的宅男。

天下公子自然也没能脱离经验，身高一米八，体重一百八，黑圆的脸蛋上留着自以为很帅的胡楂，暗花 POLO 衫立着领子，松垮的裤子配着金色的 H 皮带。

这一身打扮看得宋儒儒赶紧多看了边尧两眼洗洗眼睛，但出于礼貌，她还是回答了天下公子的问题：“我不是第一次上节目，也没有发自拍。”

“你们小姑娘不就喜欢发自拍嘛，要不我帮你拍吧，我的拍照技术可好了。”天下公子以为她是在矜持害羞，却不知道强行撩妹最为致命。

宋儒儒按下发送键后放下手机，冷冷地说：“不需要，谢谢。”

天下公子没想到自己主动搭讪竟然被狠狠拒绝了，一时间难以下台，只能强行不屑：“一个小网红还得意了，你没看见超模温惜都坐在那儿等我吗？

她可是我的粉丝。”天下公子见宋儒儒年纪不大，以为她是哪个直播主持或是写点鸡汤段子的小网红呢。

宋儒儒确定以及肯定，以温惜的看书品味，绝不会看天下公子的种马历史小说，她最爱的可是玛丽苏文啊！不过节目马上就要开始了，宋儒儒也不想与他抬杠，便点头笑笑，继续拿着手机不说话。

天下公子被人无视，脸色甚是难看，他在网络上可是一呼百应的大作家，什么样的女粉丝没见过，这小姑娘算哪根葱啊！他正生气的时候，只觉一道犀利的目光射向自己的后脑勺。他回头一看，就看到与他遥遥相对的另一边，修颉颃睁大双眼十分凶残地瞪着他，眼里释放出“宇宙第一小心眼”的光波。

“哔哔哔——”

**

边尧的主持风格幽默风趣，一改他之前做新闻主播的严肃正经，仿佛这才是他真正的舞台！节目前半场进行得非常顺利，当然也有一部分原因是修颉颃和宋儒儒之间几乎没有任何沟通与交流，这也确保了节目的顺利进行。

到了下半场，唐墓的结构和保留的文物都已经聊完了，话题便围绕老妪的巫女身份展开。在此之前，修颉颃就已经将推断写成了一篇论文，发表在专业期刊上。商族后裔、唐代巫女便是老妪最重要的两个标签。

这虽然是一档历史文化节目，考据自然是重点，但综艺效果也不能少。在场的五位嘉宾里，也只有修颉颃和周礼伯算是考古行家，宋儒儒还算是专业出身，天子公子和吕德讲师就没那么在行了，节目组安排他们参加也是为了增加话题性。

可往往越是外行，就越喜欢在自己不擅长的领域显摆，类似于某种自卑心理，生怕别人发现自己的短板，所以先发制人，抢先把话题往自己擅长的领域上扯。

天下公子最擅长写杜撰体历史小说，男主是清一色的种马，在各个朝代都能三妻四妾，左拥右抱。所以他说的话题自然少不了直男癌的思维：“都说唐朝民风开放，老妪又跳《桑林》这类奔放的舞曲，她棺椁里可有什么性感的舞衣？”

吕德讲师就稍稍不一样了，她开设的国学讲座一向宣扬复兴周礼，谈论这种话题在她看来是极其粗鄙的：“女子以德为先，巫女不知礼数也难怪后继无人，孤独终老。”

宋儒儒忍不住要为巫师团体正名：“《山海经》里记载有十巫，皆是能上天下地通鬼神的巫师，又多兼神医。《吕氏春秋》亦有记载‘巫彭始作治病工’，在古代巫师与医生本为一职，怎会是不知礼数之人？反倒是博学之才。”

吕德讲师对巫女很是不屑：“自古女子无才便是德，女巫师虽有博学却不相夫教子，也是枉然。”

这话正中天下公子的下怀，他鄙夷地看了宋儒儒一眼。节目开始时边尧就一一介绍了嘉宾的身份，天下公子才知道宋儒儒并非他所以为的小网红，而是一名女博士。然而这并未让他对自己之前的冒犯有所后悔，反倒莫名有了一种迷之优越感。

“是啊，女子无才便是德，女巫师也好，女博士也罢，那都不行，女人太强，男人不爱。尤其是女巫师，那得多可怕啊，万一两人吵个架她还能诅咒你呢！”

边尧本来想替宋儒儒接话的，但宋儒儒的战斗值何须他人帮助？

天下公子话音刚落，宋儒儒就“扑哧”冷笑了一声：“天下公子是小说写得太投入了吧，您的新小说是不是写清朝的啊？我还以为大清都亡了，不会再听到这种言论了呢。”

天下公子还记恨着节目前宋儒儒对他不屑的态度，此刻竟觉得宋儒儒女博士的身份是个弱点：“这可不是我说的，女博士到哪里都是让人害怕的，在相亲市场里可都是低配。”

吕德讲师点点头：“《女诫》有言，阴阳殊性，男女异行，阳以阴为德，阴以柔为用。男以强为贵，女以弱为美。”

“要我看，班昭定是自己早早做了寡妇，就盼着天下女人都和她一样守寡才好，所以才会写《女诫》。吕老师，您不会真的认为女人就得一辈子相夫教子吧？那您抛头露面上节目可不太好哦！还有天下公子，您这么懂相亲的市场行情，难道您一把年纪了还在相亲？那我觉得您可能才是低配吧。”

论怼人，宋儒儒根本没在怕，尤其是天下公子这么 low 的直男和吕德这样心态畸形的妇女，根本不是她的对手。

边尧担心他们三人的对话再进行下去宋儒儒就要舌战群雄了，赶紧把话题扯回来："听大家讨论得这么热烈，看来女巫师的身份还是很特别的。修老师，您还见过其他朝代的巫师墓葬吗？"他说着递给修颉颃一个眼神，可修颉颃一直死死地瞪着天下公子和吕德，根本没在看边尧。

边尧只得尴尬地将话题转向省博专家周礼伯："看来修老师不太清楚，那周老师您知道吗？"

周礼伯摇摇头："这倒真没有过，巫师在各个朝代都并非上等职业，墓葬形制较低所以难以保存。这位女巫的墓葬规格在庶民中算上等，尤其是从陪葬品可以看出她生前积蓄颇多。"

一听这话，天下公子便又来抖机灵了："刚才修老师说唐朝早已不盛行《桑林》了，那老妪哪来的积蓄啊，这巫女该不会中途改行了吧……"

修颉颃被宋儒儒规定在节目上禁言，所以看着她与两人争执也不能开口，眼下他终于被点名，有了说话的机会，立刻拿过话筒严肃又认真地说起上一轮的话题，枉费边尧好不容易才把话题扯开。

"博士是一种学历等级，只要考上博士就是博士，哪里有什么男女之分。"

天下公子认为只要是男性便应该认同自己，面对修颉颃的呛声有些意外："修老师说笑了，难道你喜欢女强人，喜欢女博士不成？"

"我喜欢啊！"修颉颃中气十足地回答他，"她能成为博士和强人，说明她聪明能干，这是优点，又不是缺点！"

宋儒儒瞬间就红了脸，她别过脸去不看修颉颃。他还真是厚脸皮，无论到哪儿都把喜欢挂在嘴边，这么大人了也不知道收敛一点！

边尧瞧出来了，这小子现在是到处给自己加戏啊，真真不能小觑了！但边尧碍于主持人的身份并不能参与互怼，只能保持中立的状态，尽可能地缓解冲突，维持节目的正常进行。

"其实大众把女博士归为第三类人，也是长久以来对女博士的刻板印象。其实无论是在工作还是家庭中，男女地位本就是平等的，不必非要分出个高下，男主内女主外也不是什么大不了的事。"

天下公子嬉笑着问自己的盟友吕德讲师："吕老师，难道您希望您儿子找个女博士做媳妇？每天早出晚归，不做家务也不带孩子？"

"我可不喜欢，孩子的教育离不开母亲，要是一个母亲连孩子都不带，那算什么女人啊。"吕德讲师蹙眉摇头。

"那您多虑了。"宋儒儒笑了起来，"我不知道您儿子见过活的女博士和女强人没有，您这样嫌弃，只怕是小学生担心北大和清华抢自己该怎么办吧。"

吕德讲师一脸过来人的得意表情看向宋儒儒："你还年轻，不懂事，等你到了我这个年纪，结了婚有了孩子就知道了。女人太有事业心，家庭一定不和睦，肯定是要离婚的。"

这话是中年人的撒手锏，但凡他们说不过别人时就会搬出这座大山。没有知识储备就用经验强行取胜，也不管自己的经验是对是错，反正要把所谓的"中年智慧"发扬光大，仿佛宋儒儒只要此刻没能年长二十岁就没有资格反驳她似的。

宋儒儒一时语塞，按道理说吕德比自己年长，尊重长辈是中华民族的美德。可遇到这种长辈，怼吧，不懂礼貌；不怼吧，怕她祸害苍生。最可怕的是他们一旦使出"我有经验你不懂"这一招，基本就等同于耍无赖了。

创业不如考编制，我有经验你不懂；

结婚生子最重要，我有经验你不懂；

丈夫出轨忍一忍，我有经验你不懂。

他们根本没在和你辩论，纯粹是倚老卖老，偏偏宋儒儒还真就没有那些"垃圾"经验。

远处的修颉颃见宋儒儒蹙眉为难，心头微微一颤，若要有理有据地反驳吕德倒也不是不能，只是……

有些话要说出口并非易事，每个字都像滚烫的烙铁，吐出时总会将喉腔烫得鲜血淋漓。可他真的很担心宋儒儒，明知道她很厉害，不会被人欺负，却还是会忍不住担心。修颉颃喜欢看到她笑，因为她生气的样子凶巴巴的，很吓人。而且她只要一生气就不爱理他，就连哄温惜的那三招都没用！

天下公子见宋儒儒无话可说，立刻就获得了精神上的胜利："牝鸡司晨，终究不是长远之计。"

"井底之蛙，终究还是目光短浅。"宋儒儒虽然不能反驳吕德，但回敬天下公子一句还是毫无压力的。

天子公子此刻有吕德的话当做盾牌，自然刀枪不入："吕老师都说了，你还不懂事，只怕井底之蛙另有其人。"

宋儒儒深吸一口气，看来今天她不大开杀戒是没办法了。年纪大了不起啊？传播这种不正确的三观，年纪大也只能说明跟不上时代了！

哪知她还未开战，修颉颃却先她一步开了口。他看向吕德讲师，一双黑眸亮若星辰，清亮的声音犹如碎冰击玉："吕老师，我母亲和您差不多年纪，她结过婚，也有孩子，是一位很要强也很有事业心的女性。他们结婚十年后因为我父亲出轨，我母亲就提出了离婚。"

他这话一说，吕德讲师以为他是来助攻的，连忙附和："这就是我说的女人太有事业心，家庭就是不和睦！"

修颉颃虽然语气淡淡的，但每个字都掷地有声："后来我母亲遇到了我的继父，他鼓励我母亲去追求自己的事业，为了让她可以安心工作，继父还时常请假在家照看三个孩子。他们的感情非常好，我们家也特别和睦。"

"其实这么多年，我母亲一直没有变，她始终在追求自己的事业，也始终是要强的性格，变的只是她身边的人。所以影响家庭和睦的并不是有事业心的女性，而是那些认为女性不应该有事业的男性，他们本身才是导致家庭不睦的真正原因。"

吕德讲师和天下公子哑口无言，吕德不甘心地追问了一句："也许你母亲和你父亲不离婚，只要她多照顾一点家庭，化解了矛盾，你可能会比现在更幸福呢？"

修颉颃摇了摇头："不会的，因为我父亲已经去世了。"

宋儒儒一下怔住了，她全然没有想过修颉颃会为了帮自己反驳吕德在节目上将往事和盘托出。那是他的沉疴旧疾，是他往日的伤疤，原来他并非一个没有遭受过风吹雨淋的人，他睡梦中的啜泣也并非是装可怜。

她想起他说的话——"我不可以是真的可怜吗？"

宋儒儒想，或许修颉颃并没有给自己加戏，相反，他将很多故事都藏在心里，像个自闭的小孩子躲在黑暗的角落里独自一人给自己讲故事。

**

节目一结束，天下公子和吕德讲师黑着脸离开，边尧还没来得及说话就被温惜揪去了后台。周礼伯因为对唐墓颇感兴趣，散场后还在与修颉颃讨论问题。

宋儒儒坐在自己的位子上没动，静静地看着侃侃而谈的修颉颃。他认真又专注地跟周礼伯讲解自己论文的观点，仿佛节目里的小插曲丝毫没有影响他的情绪。

但她却看出他清亮的眸子里有着淡淡的悲伤，像是皎月当空却有乌云掠过。他还是受了伤的，揭开伤口与人分享血淋淋的过去并非一件易事，就像他放弃原本的黑白世界一样，每一次都很艰难，却又不得不那么做，只因为她比过去更重要。

等他和周礼伯谈完话，他才稍稍松懈了精神，明亮的双眸暗淡下去，流露出疲惫的神色。

“修颉颃！”她叫了他一声。

忽地听到她的声音，修颉颃一下抬起头来，这才注意到宋儒儒竟没有走。他朝周围看了一圈，边尧和温惜都不在！

“你在……等我吗？”

“嗯。”宋儒儒应了一声，从座位上起身走过来。因为上节目，所以她精心化了妆，是符合秋天气息的枫叶妆，腮红和唇膏都是南瓜色系的。修颉颃指了指她的嘴唇问：“你的嘴唇有些发黄哎，啊！你的脸色也发黄……你最近是不是肝不太好？”

宋儒儒有时候真的想不通，修颉颃这个人聪明的时候像个无所不知的奇才，可他蠢的时候又是真的蠢，耿直起来就像个没长大的孩子，但替她出头时又变得高大勇猛。

他难道不知道她不是那么容易被欺负的人吗？

她闯荡江湖这么多年，独自坚强地生活，从来都不需要谁来保护她。认识她的人都知道，宋儒儒是不需要别人帮助的。

可她为难的时候他却不管不顾地往前冲，不会喝酒却要替她挡酒，不会与人争辩就自揭伤疤，怎么会有这么蠢的人呢？

宋儒儒怀疑修颉颃是不是有精神分裂啊？在他的身体里同时住着两个人，一个负责睿智，一个负责天真。要说两者有什么共同点的话，便是他们都喜欢着她。睿智的那个费尽心机接近她，天真的那个用尽全力保护她。

喜欢她是一种本能，本能地去关心她的生活，留意她的一举一动，他是个根本不认识什么是流浪包，也分不清唇膏颜色的直男，但他依旧会努力学习如何让她开心。他会为了她的一句话换车牌，替她读书讲解知识，为她按摩穴位，去收集她喜欢的易学书籍。

这个世界哪有人真的因为不会就不对喜欢的人好呢？不过都是不够喜欢的借口罢了。只要是放在心上的人，再笨拙也会努力去做，哪怕是用伤害自己的方式也要保护对方不被伤害。

她深吸一口气，回答他愚蠢的问题："是啊，我最近没怎么睡好。"

"为什么？"修颉颃担忧地问。

"因为你啊。"宋儒儒仰头看他，一字一顿地说，"因为你，我总是没办法安静下来。"

修颉颃低下头小声问："那我是不是也不能打电话了，只发信息可以吗？"

"你发信息也有提示音啊。"宋儒儒有些哭笑不得。

"那我给你写信吧！"他扬起嘴角笑起来，明亮的双眸里闪着许多小星星，"写信就没有提示音了。"

宋儒儒想起了头顶有小星星的长颈鹿，它很幸福却又很孤单，它有着全世界最珍贵的宝藏，却又不知道别的小动物喜欢它。

它在黑暗里闪闪发光，像一颗闪亮而不自知的明珠，静静等待着某一天有人为它拂去尘埃，视若珍宝。为了那一天，它会一直等下去。

**

走出电视台时，宋儒儒问他："你开车来的吗？"

"嗯。"修颉颃点点头，然后立刻说，"其实我也可以坐地铁的。"

宋儒儒大步向停车场的方向走去："那你送我吧。"

修颉颃微微一愣，赶紧快步跟上她："你是不是因为没睡好，想在车上补觉？"

“是啊是啊。”对于修颉颃的脑回路，宋儒儒一向不争辩，“所以你开慢点，我就能多睡一会儿了。”

“那我开 20 码吧。”修颉颃笑着说，他忽地想到了什么，“对了，边尧被温惜拽走没事吧？”

“没事的。”宋儒儒耸耸肩，“伤筋动骨也就一百天。”

宋儒儒走到停车场，才看到修颉颃今天开的车竟然是 NM250。他有些不好意思地低下头：“因为我今天是先带温惜出去的，所以就开了这辆车……”

“带温惜出去你就开 250？”她撇撇嘴，“那你的新车留着干吗？”

“留着等你啊。”他认真地说，“我不想让其他人坐你坐过的位子。”

宋儒儒一言不发，拉开副驾驶座的位子就坐进去。修颉颃以为自己又说错话了，只好默默上车，做一个安静的司机。

车子以 20 码的速度缓缓在道路上行驶，宋儒儒靠在车窗上似笑非笑。隔了好一会儿，她突然开口问他：“你还想吃排骨吗？”

“想啊。”他不知道宋儒儒为什么会这么问他，但还是老老实实回答了再说。

宋儒儒抬手指向前方不远处的一家东北筒骨店：“那你在前面停车吧，我请你吃排骨，算是谢谢你今天帮我。”

“你不用谢我的。”

“我不想欠你人情。”宋儒儒说道，毕竟她有过两次失败的经验，欠他人情日后被讨债往往更吃亏。

修颉颃眨了下眼，一脚油门踩下去，瞬间提速到 80 码，车子风一般地从筒骨店门前飞驰而过：“那我不要吃排骨了，你还是欠我人情吧！”

毕竟，他也有两次成功的经验啊！

第十二章

终极目标

温惜虽然下手狠，但尚且知道分寸，毕竟边尧是主持人，得靠脸吃饭，所以她特别温柔地没有打他的脸。

边尧自知有错，可还是觉得自己挺冤枉的，无妄之灾啊这是！

“那你认阮教授了吗？”他扶着椅子想坐下歇歇，哪知屁股刚一沾上坐垫，立刻疼得弹了起来。想想已经住院的穆扬，边尧竟有几分庆幸与欣慰。

“怎么可能！”温惜正拿着锉刀修指甲，刚才不小心弄断了食指的指甲盖，真是心疼死她了，“我让她回答两个问题，她一个都答不出来。”

边尧揉着自己伤痕累累的腰问：“你不会问什么了什么奇葩的问题吧？之前你不是问过穆扬如果地球爆炸先炸哪里吗？”那阵子穆扬天天学物理，就差复读高三了！

“我就问她我爸是谁，就这么个问题，她都没回答我。”温惜吹掉指甲的屑屑，叹了口气。其实别看她成绩不好，但心里透亮得很。这世上的感情莫若爱恨情仇，喜怒哀乐，若是连她的父亲是谁都不能告诉她，那肯定没什么好事，“我想过了，我要么是私生女，要么……”

边尧好奇地睁大眼睛等着温惜的后半句，她却卖起了关子，“啧啧”一声后不说了。

“要么是什么啊？”

温惜放下锉刀，起身拉了拉筋，免得剧烈运动后肌肉太过紧绷。她拎起自己的新包包，怜爱地抚摸了一下：“要么我就是变种人，外星人的后裔……”

“啊？”

温惜捧着脸微微一笑：“要不我怎么能是三界第一美呢？这都是命中注定的，我有太阳系八大血统，十六星球混血！”

边尧竖起大拇指：“那是，要不是变种人你也不能在战斗中自动加血啊？”他想起了与自己同病相怜的师弟，“穆扬住院还好吗？”

“他？”温惜鄙夷地说，“他说他下楼梯踩空摔了腿，我一回家他就已经跑去医院住院了，小题大做，真是弱鸡……”

边尧倒吸一口气，原来还有这种操作？难怪就他一个人被揍！

**

温惜是不是外星混血宋儒儒并不确定，但她可以确定天下公子很可能是印度沙文猪的混血。因为他竟然还敢发微博黑修颉颃，引得那些个直男癌晚期读者都在微博上骂修颉颃是男人中的败类，破坏男性的尊严。

宋儒儒刷到这条热门微博时拍案而起，开什么玩笑？

修颉颃就算是败类，那也是全宇宙的败类。就天下公子那群人，根本不配成为修颉颃的参照物和取值范围。

不过这事修颉颃压根儿不知道，因为他没有微博。从电视台回来后，他就乐呵呵地买了机票飞去帝都看特展了。

宋儒儒想，连当事人都不在乎，她又在乎什么呢？

可她一刷微博就能看到这条消息置顶，总让她不太舒服，像是自家种的小白菜被猪拱了。那样水汪汪、嫩生生的小白菜啊，就算她不吃也不能白白被人糟蹋了不是？

憋到第二天的时候，宋儒儒实在受不了了，忍不住转发天下公子的微博怼了回去。天下公子虽然小有名气，但和宋神婆这种千万级别的大V根本不在一个层次，加上神婆的粉丝百分之八十都是女性，哪能容忍一个直男癌大放厥词，没过一小时就把天下公子的微博轰成了渣渣。

宋儒儒这人吧，不但睚眦必报，还得理不饶人，从不懂得见好就收。看到天下公子被怼得关闭了评论，她却越发来劲，一通电话打给了赫赫有名的普纳公关，下了订单要把天子公子刷到地球的另一端去。

可完成这一切后，她就后悔了。

不但是后悔，还有些生气，尤其是看到自己的转账记录，简直气得七窍生烟。她是不是被修颉颃传染了什么脑科疾病，竟然会做这样的蠢事？她不但没有得到流浪包，还要花钱替修颉颃掐架？

宋儒儒赶忙拿出塔罗牌给自己测了测，顺位的星，没毛病啊。她又拿出签筒抽了一支签，还是上上签。最后她推了个星盘，射手座运气也是棒棒哒。

难道她的技能出了问题？不可能啊，宋儒儒宁愿怀疑星盘有问题，也不愿意怀疑自己的技能有问题！但若要怀疑命理本身，她好像也做不到。

毕竟这对一个神婆来说，不仅是安身立命的人生观，更是渗入血液里的一部分。虽然在温惜是否要与阮教授相认的问题上她已经有了些许怀疑。人的命运真的是注定的吗？这个命题她以前从未有过怀疑，可一旦怀疑了，就像坚硬的冰河上有了细密的裂缝，再踩上去裂缝便如织网一般散开。

宋儒儒摇摇头，狠狠地把这些杂念晃走。她想起月真师父的话，应该是因为修颉颃与她八字相冲相克，所以即便她的运程没有问题，遇到他也会不自觉地惹上麻烦。

可她气完以后呢？内心却又有点小满足和小骄傲，仿佛在某种程度上胜过了修颉颃，不至于总是他来保护她似的，她干的大事可比他要厉害多了！

除了对付天下公子外，这几天的时间宋儒儒都献给了构思论文提纲。可修颉颃真是个乌鸦嘴，自己还没开学他就诅咒她论文写不出来，现在好了，开学快半个月了，她还真的是写不出来！

周三那天，宋儒儒决定去散散心，舒缓一下紧张的神经，顺便关心一下温惜的状况。毕竟边尧已经被揍过了，根据经验，温女神揍人后技能冷却需要一个礼拜呢。

那天又是温惜的电音吉他课，宋儒儒在教室外听她弹奏*Endless Rain*，这首曲子张扬又悲伤，温惜弹得也格外投入。

主唱的男生嗓音沙哑，当他嘶吼到“endless rain fall on my heart，let me forget all of the hate，all of the sadness”时，宋儒儒看到温惜在台上重重地跺了一脚，十二厘米的尖头高跟鞋差点插进木地板里。

宋儒儒打了个哆嗦，她感觉温惜经历过人生大事后变得成熟了，也升级了，或许技能冷却都不需要一周了，只要48小时就可以满血放大招。她连连退后几步，决定今天还是不要在这里散心的好。哪知她一转身，却和身后的阮教授撞了个正着。

阮咸看到宋儒儒，稍稍一愣，宋儒儒也傻了眼。如果没记错的话，她骗走阮教授的头发后并没有告之“发卜”的结果。当然，结果现在也已经不重要了。

反正她又不是第一次忽悠阮教授了。

“我原来还真以为你是温惜的舅妈呢。”阮咸不好意思地笑了一下，“结果温惜说我一点都不了解她的生活，我这才知道你是她的好朋友。”

不知道为什么，宋儒儒对阮咸有一种天然的同情心。其实她能理解温惜的态度，也完全明白温惜的立场，只是她太早失去了母亲，对于坚持找女儿的阮咸自然就多了一分亲切。也许对宋儒儒来说，她所期盼的并非是温惜与阮咸有何进展，而是那份失去后再度团圆的心情。

她莫名就圣母了一把，安慰了阮咸一句：“温惜就是这样的性格，她若是得不到想要的答案，就不会妥协。”

阮咸知道自己给不了温惜答案，这不是温惜的错，而是她的错。但即便她后悔、难过、悲痛，她也还是无法给出答案：“我知道，但我没有办法回答她。”

“就连她父亲是谁都不能说吗？”宋儒儒追问了一句。

阮咸神色凄切地摇了摇头：“对不起，我没办法告诉她……”

宋儒儒想起自己很小的时候也问过母亲这个问题，她想知道自己的父亲是谁，可直到宋佳宁去世，她也没能得到答案。

刚上幼儿园的时候，她经常问，后来时间久了也就不问了。因为知道不会有答案。母亲带她去庙里烧香时，她偷偷问过月真师父，为什么母亲不肯告诉她答案呢？月真师父说，每个人心里都有一个小箱子，锁着最为重要的秘密，钥匙也被藏在无人知晓的地方。除非这个人愿意，否则谁都不能打开装秘密的箱子。因为小箱子是藏在心里的，想要打开它，先得打开一个人的心。

小时候她还不懂这句话的意思，只是隐隐知道不能强迫别人。后来等她长大了，也有了自己的秘密箱子，才开始明白原来打开一个人的心是那么难。

“其实我也不知道我的父亲是谁。”宋儒儒苦涩地笑了一下，“我能理解你，但对于温惜来说那很重要，所以我帮不了你。”

阮咸犹豫了一下才开口：“我有一样东西想给她，你能帮我转交吗？”

“可以的。”宋儒儒点点头。

“在我的办公室里，你和我一起去拿好吗？”阮咸说着指了指教室，“快要下课了，温惜看到我会不高兴，所以我不方便送过来给你。”

宋儒儒本来就想撤退的，自然是求之不得，连忙跟着阮教授离开。走到转弯的时候，领路的阮咸提醒了一句：“儒儒，往这里走。”阮咸温柔如水的声音念出这个名字时软软糯糯的，她慈祥地笑了一下问，“你的名字挺可爱的。不过你不是研究周易的吗？怎么叫儒儒啊。”

“我妈说她生我的时候一个人在家，突然肚子就疼了。她扶着墙去隔壁找人帮忙，隔壁那家的孩子当时正在背卢纶《长安春望》的最后一句‘谁念为儒逢世难，独将衰鬓客秦关’。”母亲以前告诉她的事，宋儒儒一直都牢牢记着。

“这句诗听起来有些悲伤，也很孤独。”阮咸有些不理解地说。

“但是我有两个儒啊！”宋儒儒笑了起来，“我妈妈说，诗人是孤身一人漂泊秦关，但我是儒儒，所以会有人一直陪着我，那样我就不孤单了啊。”

走在前面的阮咸停下脚步，她终于想起自己为什么会觉得宋儒儒的名字耳熟了，那不是她记忆中很重要的部分，却又是无法忘却的一部分。

曾经有一个人也念过这句诗，那人说，我的孩子名叫儒儒，是不是很可爱啊？两个儒，所以我会一直陪着她的。

阮咸还知道，那个人并没有陪着她的孩子长大，仿佛这个名字一语成谶，打从一开始就注定了孤独寂寞。

阮咸也想起了那个人的名字，她叫宋佳宁，自己与她有过两面之缘。

**

阮咸交给宋儒儒的是一个密封的信封，宋儒儒没有打开。她只是用手在外面捏了捏，有点厚度，也有点硬度，一侧边缝略高一些，像是一本横向对折的小薄本子，有巴掌大小。她琢磨了一下，觉得像是银行存折，可能是笔巨款。

宋儒儒小心地把信封收进包里，生怕稍有不慎弄丢了，然后才发微信给温惜，约她明天见面。为了确保自己的安全，宋儒儒把地址选了在市中心的一家咖啡馆。

从音乐学院回到家中，宋儒儒的论文还是毫无头绪，她索性躺在沙发上刷起了海淘网站。最近换季有折扣，她打算给自己买点东西，也许买着买着就有灵感了呢？可页面刚一打开，她就看见了首页推送的流浪包，还和温惜的那个一模一样。

宋儒儒感觉挨了一闷棍，她一点都不想承认自己是妒忌了，否则她岂不是和修颉颃一样小心眼了？温惜是她的好闺密她自然不会妒忌，况且温惜的名牌包一个房间都不够放的，宋儒儒要是妒忌，估计早就面目全非了。

她也知道温惜和修颉颃之间肯定没什么，再说她也没有妒忌的立场啊，她又不是穆扬。但是……修颉颃给另一个女孩买包包和口红，她为什么会这么不高兴呢？

这种感觉特别像她夏天刚上山那会儿，又憋屈又生气又觉得自己不应该。

啊，应该是因为他说话不算话吧！

就算自己拒绝过他，他也不能说好了喜欢她然后就突然不喜欢了啊。

就算自己嫌弃他的品位，他也不能说好了给她买包然后突然就给别人买了啊。

其实牛皮包、猪皮包都是可以的嘛！

宋儒儒气得网页都刷不下去了，干脆起来去做饭。冰箱保鲜柜里还有她昨天从超市采购回来的食物，她打开袋子翻找，西蓝花、胡萝卜、蘑菇、排骨……

她买排骨干吗啊？！

她抓起那盒排骨往旁边一放，结果下面还有一盒……筒骨？筒骨下面是一盒龙骨！

宋儒儒回想起昨天去超市买菜的时候，她好像正在刷微博看天下公子的惨状，所以心不在焉地随手拿了一口袋。

对！一切的源头都是上周五的节目，自从那天录完节目她就不正常了。不仅帮修颉颃掐架，还产生了妒忌之情，现在还买了这么多排骨回来！

修颉颃不就是在节目上帮她解围了吗，她至于自乱阵脚到这种地步？还是说他不单单帮她解了围，而是做了很多很多事，以至于厚积薄发？

还有一件事就是，这几天修颉颃去了帝都，自己不但没见过他，也没被他的电话和微信骚扰，好像有点寂寞……不，不可能是寂寞，一定是因为修颉颃之前出现得太过频繁，他突然没了消息难免让她有些不适应。

类似宋儒儒买房前和童小悠住在一起，那时候小区门口有家卖杂粮煎饼的早餐摊。她和童小悠轮流去买煎饼，双份脆饼加火腿肠。她很享受那种安定的感觉，不慌不乱，不急不躁，可后来有一天煎饼摊突然没了。几乎有一个月的时间，宋儒儒都寝食难安。因为她的安稳生活骤然被打断，她压根儿还没做好换早餐吃的准备。于是她到处找煎饼摊，可换了几家都难以找回当初的味道，她索性就再也不吃煎饼了，改为自己早上煮粥。

所以对修颉颃也是一样，他一开始出现时，宋儒儒全身每个细胞都在抗拒，差点没质壁分离，可后来她好不容易渐渐习惯，他突然又不见了。现在宋儒儒正在二次适应，他就不能好好坚持一下，三天两头尽瞎跑，特展有那么好看吗？不就是王希孟的《千里江山图》吗，看三天还看不够？！

宋儒儒把三盒排骨全倒进大炖锅里，再加上满满一锅水。不回来就不回来，她就一个人吃一锅排骨，没有什么空虚是不能用食物填满的。她愤恨不平地用汤勺拨排骨的时候，门铃忽地响起。她下意识把勺子一丢，就往门口冲去。

大门一开，却是一个邮政送信员。讲真，宋儒儒已经好几年没见过这么标准的投递员了。

“宋儒儒，有你的挂号信，出示一下证件。”邮递员从墨绿色的邮包里拿出一封信递给她。

宋儒儒疑惑地接过来，牛皮纸信封上确实写着她的名字和她家的地址，但有谁会给她写信呢？她顺着往下继续看，寄件地址是帝都××酒店，寄件人——修颉颃。

宋儒儒用手捏了捏信封，厚厚的，但是软软的，不是存折，而是信！难怪他不打电话也不发信息，敢情是真的去写信了！

她出示了身份证，又签了字，领了信后关上门。她用裁纸刀小心翼翼地把信封封口划开，才把信纸抽出来。

修颉颃的字迹一如从前，铁画银钩，别有风骨。她先翻到最后一页去看落款时间，是他刚到帝都那晚写的，倒是一刻都没耽误。

宋儒儒展开信一行一行地去看，她想起修颉颃在灯下写字的模样，坐姿端正笔直，逆光的时候他侧颜如画，纤细的睫毛随着目光的移动而轻轻扇动。他握笔的姿势尤其好看，遇到转折和点捺时，他的手腕稍稍发力，骨节也越发分明。

一共三页纸的信，宋儒儒约莫看了二十分钟。看完后她将信纸小心地叠好，重新放回信封里。信封上贴着的邮票是今年生肖的公鸡图案，盖着黑色的邮戳。一封信从寄出到她收到，足足花了五天时间。帝都到C市的快递是24小时，打一通电话从拨出到接听要半分钟，而发一条微信只要一秒。

那么快的速度就可以与一个人沟通说话，而修颉颃偏偏选择了最慢的速度，仿佛一辈子岁月漫长，他可以慢慢去做这些事。反正岁月都是用来陪她的，一秒也好，五天也罢，于他而言都是一样的。

宋儒儒从衣柜深处拿出她的木盒，把这封信和小星星发箍放在一起，然后盖上盒子，再次藏好。这是她装秘密的小箱子，这么多年以来她第一次放进了新的东西。

**

第二天下午，宋儒儒先是穿了运动衫加跑鞋，打算见到温惜时如果情况不对就赶紧跑路。但她拿起那个信封时又犹豫了一下，这里面很可能是巨额存款的存折本啊，万一温惜一时高兴带她去购物呢？所以她最终把运动服换了下来，换上了适合逛街的衣服。

温惜是咖啡馆的常客，所以店员一见到她就把她们俩领进了最里面带隔断的卡座。温惜故意绷着脸生气："亏你还知道约我，我还以为老天爷是一对一置换呢，多了个阮教授，就少了个宋儒儒。"

宋儒儒知道温惜生气是常态，动口不动手已经是莫大的恩赐了。

"我这不是考虑我家上次被你轰炸过后，才弄好没几天吗……"

"我是那种一发起脾气来就没轻没重、不知分寸、波及他人的人吗？"温惜挑着眉不高兴地说。

宋儒儒点了点头："其实你对自己很了解的。"

温惜自己也绷不住笑了场："好啦，算你有理由。那你今天约我有什么事啊，我还要去医院接穆扬出院呢。"

宋儒儒话不多说，打开包拿出信封推到温惜面前："给你的。"

"这是什么啊？"温惜拿起来左右看，看不出里面有什么名堂。

"是阮教授托我转交给你的。"宋儒儒老实地说，"我昨天去你们学校时遇到她了。"

温惜立刻嫌弃地把信封一丢："她能给我什么啊，该不会是手写的忏悔书吧，我可不要看。"

宋儒儒拿起信封摇了摇，里面的东西簌簌地晃动，有一定的重量："如果只是信纸是晃不动的，我觉得很有可能是银行存折，密码就是你的生日！"

温惜哼了一声："那我可取不出来，我生日是我爸妈领我回家的那天，鬼知道真的生日是哪天啊！"

"那你也打开试试嘛。"宋儒儒跃跃欲试，"也许密码是六个０！"

温惜"唰"的一下把信封撕开："最好里面有一大笔钱能把我吓住，否则我就要双倍甩回去！"她竖起信封底部往下一倒，一本墨绿色的小卡册掉在桌上，上面的金色字已经褪色不少，但还是能清晰地看见那六个字——出生医学证明。

温惜飞扬跋扈的表情瞬间凝固，她卷翘的睫毛颤抖了两下，才伸手去拿桌上的出生证明，稍稍吸了一口气后将它翻开。那还是一份手写的出生证明，出生日期那一栏清楚地写着：1997 年 5 月 26 日。

在出生证明的封套里还夹着一张字条，温惜将它抽出来，字条是对折的，打开后只有一行字，是阮咸的笔迹——

我猜你会想知道自己真正的生日。

整整二十年，温惜过的生日都是当年端午节的后两天，阳历的 6 月 11 日。直到此时此刻，她才知道自己的生日是 5 月 26 日。

宋儒儒也明白了，阮咸想给温惜的不是什么巨额财富，也不是忏悔书，而是一个真正的生日。

每一个孩子降临到世界的那一天，对母亲来说都尤为重要。那一天她们承受着世间最无法忍受的疼痛，却又怀着世间无可比拟的美好期盼。

宋儒儒一直都知道自己的生日，母亲宋佳宁在世时会亲手给她做蛋糕，给她唱生日歌，看着她把蜡烛吹灭，然后对她说：儒儒，你是妈妈这辈子收到最好的礼物！

**

回家的路上，宋儒儒有些恍惚，那份出生证明让她想起了很多往事。

她记得小时候有一次从滑梯上栽下来，脑袋磕破了，母亲抱着她一路狂奔去医院。为了不让母亲担心，缝针的时候她咬着牙一声都没吭。

她还记得母亲时常做一种超大的面包，像宋儒儒拍的皮球那么大，有一点咸味，还有点酸。等她长大后，和童小悠去哈尔滨玩，才发现哈尔滨的面包店里都有这种食物，叫大列巴。那时候宋儒儒就猜想，或许她的父亲是东北人？

她也记得自己打小就左右不分，每次吃饭都乱抓筷子，宋佳宁就一遍一遍地纠正她。后来她还是记不住，宋佳宁就给她买了一个星星发箍，发箍上一左一右有两个立体的小星星，宋佳宁一会儿戳戳右边，一会儿戳戳左边，要宋儒儒准确地说出左和右。

可是没用啊，她平日好像记得牢牢的，可一到紧张的时候还是会跑错路。就像那天深夜，她和母亲隔着熊熊烈火，她手足无措地大哭，只一个劲地叫着“妈妈你快出来，妈妈你出来啊”……

宋佳宁对她说：儒儒，你快出去，出了门往右跑，那里有个报亭，你还记得妈妈告诉过你着火了要打什么电话吗？

她啜泣着回答：是 119……

宋佳宁说：那你快去打电话，说音乐厅里面失火了。要是报亭关门了你就继续往前跑，前面有妈妈给你买棒棒糖的小卖部，你去那里叫人。

她抹着眼泪点点头，撒腿就向外跑去。可是那条路那么长、那么黑，一个人都没有，只远处有隐隐的亮光。她的泪水止不住地涌出来，模糊了她的视线，好像天地之间一切都在摇晃，她只能依照本能不断地往前跑。

跑了不知道多久，她的两条腿渐渐乏力，踉跄了一下摔倒在地，磕在一块高出路面的青砖上，鲜血一下就涌了出来。她很疼，但她不能让妈妈担心，于是她爬起来继续跑，却一直没有看到报亭，继续往前也没有找到那家有棒棒糖的小卖部。

直到这条长长的路跑到了尽头，她转过身去，只看到冲天的火光……

她是不是又没有分清方向？她下意识地抬手去摸脑袋上的发箍，摸到左边的时候，她的心瞬间冰凉。她回想起母亲的手曾轻轻地戳过这个小星星，对她说，这是左边，不是右边。

她一下瘫坐在地上，鲜血不断从膝盖的伤处涌出，顺着她的小腿蜿蜒而下。原来即便是在黑暗里，血还是鲜红的颜色，还是那样触目惊心。

失去是那么容易的一件事，生离死别也不过转瞬之间，前一秒所有，后一秒尽失。可她一直都想不明白，她并非拥有很多的命运的宠儿，她甚至都不知道自己的父亲是谁。在这个世上，她只有母亲一个亲人，为什么还会失去呢？

似乎只是为了应验马太效应，凡有的，还要加给他让他多余；没有的，就连他所有的都要夺过来。

宋儒儒从小到大听过最多的鸡汤，便是不经历磨难怎么会成功，可她一点也不喜欢磨难。如果可以，她只想要幸福快乐的生活，不想要那些成功与辉煌。

这一生精彩也好，平凡也罢，终究只有这一遭，能够幸福就已经很艰难了，还想要功成名就？她可不想要，她只想要每年生日时有人为她做蛋糕；只想放学的时候不再是母亲一个人来接她；只想时光倒流，那场大火可以熄灭，那条夜路她没有跑错……

地铁到了终点站，宋儒儒还坐在位子上一动不动，站台上的工作人员喊了她一声，她才回过神来，匆匆拎着包走下地铁。车门关上，地铁缓缓启动，继而“咻”的一下朝着黑暗的隧道飞速驶去，消失在无尽的黑暗里。

二十年的漫长岁月，仿佛也不过是弹指一挥间，那么清晰，那么遥远，永远都无法重来。

她渴望安定平稳的生活，可若是命运的安排，她也无法抵挡。一切都是注定的吧，母亲注定会在那一天离开，而她注定要一个人成长。无论那天她是否走错了路，无论那天是否会发生意外，都是注定的吧。

地铁飞驰而过的风吹乱了她的头发，她将碎发别在耳后，迈步向着出站口走去。

她可是神婆啊，对于命运她不该去怀疑，也不能怀疑。

**

回家前，宋儒儒按照惯例去了一趟超市买菜。这次她控制了自己的思维和双手，一盒排骨都没拿，只买了爱吃的蔬菜和鸡腿。

她拎着一袋菜和一袋饮料，走到公寓楼下时已经很累了。她把两袋重物放在脚边，按了电梯按钮，下意识抬头去看电梯的楼层数字。电梯正在缓缓上升中，数字一点点增加，然后在她家所在的楼层停下了！

公寓是一梯两户，宋儒儒尚在等电梯，现在上去那层的人岂不就是……

她泛起连自己都不易察觉的喜悦，明明电梯按钮还亮着，她却忍不住又按了两下，仿佛这样就能快一秒下降似的。电梯门一打开，宋儒儒拎起两袋东西就走进去，依旧是狂按楼层和关门键。倘若此时还有谁在电梯里按了其他楼层，宋儒儒可能会将他一脚踹出去也不一定。

电梯一路畅通地上升，门一打开，宋儒儒雄赳赳气昂昂地提着两个大口袋蹦出电梯：“你还知道回来啊！”

那人正站在她家门口，被她从背后一声大吼，吓得踉跄了一步才转过身来：“我回来？”

边尧诧异地挠了挠头，又问：“回哪儿？”

宋儒儒没想到站在门口的人竟然是边尧，一时愣在那里不知该说些什么。隔了几秒她才说：“你怎么来了……”

“明天下午又要录节目，我怕你因为上次的事心情不好，所以想请你吃饭，结果你手机又打不通，我有些担心，就……”边尧没有继续说完，总不能说他担心宋儒儒又被修颉颃骗去洗澡吧！

宋儒儒掏出手机一看，确实有好几个未接来电。那会儿她正在地铁上，手机没信号她也在发呆走神：“可我已经买了菜了……”

边尧探头看了一眼她袋子里的菜，笑了起来：“我烤鸡腿很好吃的，你要不要试试？”

鸡腿是宋儒儒最喜欢吃的菜，以前童小悠常给她做，后来她自己做的都不是很好吃。边尧的话像是某种诱惑，又像是在钓鱼。宋儒儒纠结了一下，相比修颉颃的猪皮包，边尧的鸡腿显然更有诱惑力。

她点点头，把手里的菜递给边尧：“要是不好吃我就揍你一顿。”

边尧接过购物袋，郑重地回答：“只要不打脸，都可以。”

边尧年少时除了会哄边舜睡觉，还有一个技能就是做饭。边舜很喜欢吃烤鸡翅，可她小时候又不会啃骨头，边尧便把鸡翅拆了骨，然后再烤给她吃。

时间久了，边尧也总结出了一套秘制腌料，鸡翅和鸡腿都是鸡的四肢，只要腌料对了，烤出来就不会难吃。

边尧系上围裙，俨然一副掌厨的架势。宋儒儒落了个清闲，索性去看明天节目的资料了。约莫过了半小时，边尧从厨房里走出来。他是第一次来宋儒儒家，免不了四处打量。他绕着客厅转了一圈，有些好奇地问："哎，你家怎么都没有照片的啊……"

"有啊。"宋儒儒指向沙发后书架的最上层，边尧走过去仰头一看，是一张很有年代感的合影。照片上是一个女人搂着一个五六岁大的女孩，女人的眉眼与宋儒儒极像，两人笑得很幸福。

"这是你妈妈和你？"

"嗯。"宋儒儒点了点头，"你干吗突然问照片？"

"就是想看看你妈妈长什么样子嘛。"边尧故作随意地说，"你妈妈叫什么名字啊？"

宋儒儒放下手里的资料，挑起了眉："哎，我让你去居委会工作，你还真开始练习了啊？你饭做好了没？"

"鸡腿放进烤箱了，半小时后开饭。"他自信满满地说，"希望你吃的时候不要太感动，以身相许的话我还没准备好婚房。"

宋儒儒"呵呵"一笑："吃俩鸡腿我就以身相许，那鸡腿是镶了金子还钻石啊？"

边尧没说话，只是昂着骄傲的下巴走回了厨房。

**

修颉颃买的是午后从帝都返程的机票，他原本只打算看三天特展的，结果凑巧遇到国博的一位老师，硬是拉他去参加拍卖会帮忙长个眼，这才耽搁了行程。修颉颃算着宋儒儒应该已经收到他的信了。这么多天没有见到她，他也不敢打电话或是发信息吵她，只希望她能安静地休息。肝脏多排毒，脸色也就不会发黄了！

他进电梯时已将要送给她的礼物拿了出来，那是一面明代的八卦镜，他从拍卖会上拍下来的，亲自鉴定过，独家！保真！支验！

电梯门一开，修颉颃就两手捧着八卦镜往宋儒儒家走。才走到门口，他就听见门里宋儒儒的惊叫声——

“天哪！鸡腿怎么能这么好吃！我要以身相许！”

“哐当”一声，两斤多重的五乳瑞兽八卦镜应声落地，双圈锯齿纹缘正砸在修颉颃的脚背中央，他扶着墙慢慢蹲下身子，疼得泪眼汪汪。

历史总是惊人的相似，三十年河东三十年河西，修颉颃还记得前不久是自己在门里，而边尧在门外。那时候他恃宠而骄，嚷嚷着要洗澡。现在边尧入主东宫，有望立储，他们俩都谈到以身相许了？！

最让修颉颃生气的是，边尧还是边立心给安排的相亲对象，完全是父母之命媒妁之言！

不过就算如此，他也要不遗余力拆CP，毕竟……他是宋儒儒的老师，所谓一日为师，终生为……夫？

想到这里，修颉颃拾起八卦镜，“砰砰砰”地敲门了。

宋儒儒忙着吃鸡腿挪都不愿意挪动一下，努嘴示意边尧去开门，含混不清地说：“可能是物业来查水表的。”

边尧起身从餐厅走到客厅去开门，门一打开，边尧就知道自己报仇的机会来了。他还记得那天宋儒儒前脚刚走，修颉颃后脚就把他赶出门去。边尧不是小心眼，但君子报仇十年不晚，十来天也不算早。

宋儒儒听见了开门声，却没听见说话声，把嘴里的鸡肉咽下去后问：“是谁啊？”

“不是查水表的。”边尧笑眯眯地回答，“是来收垃圾清洁费的！我已经帮你付啦！”

还没等修颉颃开口，边尧就“砰”的一声把门关上，要不是修颉颃手里抱着铜镜增加了些许分量，差点就被撞飞了。

边尧幼稚地贴着门缝对外面说：“颉颃啊，这可是你教我的，对对手不能心软。”

“我不是对手！”修颉颃身为副教授，学富五车，汗牛充栋，但论起翻什么比翻书还快，那必然是翻脸了，“我们是兄弟啊！”

边尧笑了：“你十年都没都叫过我一声哥，兄弟什么呀？！”

门外的修颉颃深吸一口气，一声大吼如撞钟般震耳欲聋，尤其是贴在门上的边尧，差点没失聪。

“哥！！”

在餐厅吃鸡腿的宋儒儒差点没从椅子上摔下来：“要死啦，叫这么大声！边尧你交个垃圾费还交出个兄弟来了？！”

对于边尧趁自己不在时献厨艺，修颉颃是很不满的。边尧难道不知道宋儒儒最近身体不好需要休息吗？再说了，就算要献厨艺，也应该查一查宋儒儒能吃什么，不能吃什么啊。

他气呼呼地指着桌上的烤鸡腿说：“烧烤类食物里含有烧焦的物质，蛋白质和脂肪经过烤焦后产生有害成分，这些进入体内都会影响肝脏代谢，加重肝脏负担！”

“哼……”边尧嫌弃地看了他一眼，“你是老年人吗？我给你买个保温杯吧。”

“我有保温杯。”修颉颃拒绝边尧的示好，都是对手不要那么亲密！

“你不知道她肝脏不好？”

边尧愣住了，紧张地问宋儒儒：“你肝脏不好吗？那是不是不能吃烧烤？”

宋儒儒一手一只鸡腿，根本没空管他们兄弟俩斗嘴：“随便吧，人生在世要潇洒点，眼睛睁着譬如瞎了，活着譬如死了，那也就无所畏惧了嘛！”她说完放下手里的鸡骨头，又去抓盘子里剩下的鸡腿。

“这怎么行！”修颉颃一把将鸡腿从她手里夺走，“嗷呜”咬了一大口，“我帮你吃了！”

宋儒儒拍案而起，油乎乎的巴掌就朝修颉颃的脑袋上招呼去：“谁让你吃我鸡腿的！”

边尧老好人似的拉偏架：“不要那么激动嘛，要是不够吃，我下次再来给你做啊！”

这句话吓得修颉颃赶忙把嘴里咬着的鸡腿松开，递还给宋儒儒：“那我还你，你吃饱了以后就别吃了！”

宋儒儒这些天因为修颉颃积压了不少怨气，此刻一股脑全爆发了。她愤怒地指向大门："修颉颃，你给我滚回自己家吃饭去！"

**

穆扬在医院从下午等到天黑，温惜都没来接他。他索性自己徒手拆了夹板，反正他的腿也不是真的摔伤了，只是为求自保不得已而为之。师兄已经挨了一顿揍，大家都知道温惜的技能冷却时间需要一周，加上最近她又没遇到过阮教授，要放大招也无的放矢啊。

所以穆扬得意地自个儿叫了车回家，半路还在花店停下买了束花回家送给温惜。他一路哼着歌走进小区，走进电梯，走进家门。

然后，穆扬只觉得眼前一黑，温惜的拳头就已经直接怼到了他的脸上。

"气死我啦！"

挨了第一拳是他防不胜防，要是还一动不动地挨第二拳，那就是他脑子不正常了。穆扬花也不要了，抱头就往外跑。好在他刚下电梯，电梯还停在这一层没动，一按门就开了。穆扬一个立定跳远就蹦了进去，他正要狂按关门键时，就听见家里温惜的哭声。

"我才不用你告诉我生日！我爱哪天出生就哪天出生！"

穆扬想了想，算了，可能这就是他的命，他哪能想到自己今天出院，温惜就又会因为阮咸炸了呢？

电梯门缓缓要关闭，穆扬伸手挡了一下，迈步走出电梯折回了家里。是他的，躲不了啊！

温惜一通发泄后，倒也没那么生气了，只是坐在客厅的地毯上号啕大哭。甜瓜不知道家里发生了什么，瑟瑟发抖地躲在沙发下面，只露出一个鼻尖来。

穆扬遍体鳞伤地躺在她身旁，拿过那本出生证明翻开看了一眼："不就是告诉你生日嘛，也没什么不好的啊。以后你每年都过两个生日，我给你买两份礼物，好不好？"

"有什么好的啊！"温惜愤恨地抓过出生证明往地上一丢，"我白白老了大半个月！生日不一样，命也就不一样了啊！"

“不还是双子座嘛……”穆扬忍着痛哄她，“一样的，一样的。”

“你说她有什么资格来骚扰我？你要是把甜瓜遗弃在马路上，被人捡走了，你之后好意思问别人要回来吗？”温惜越想越觉得委屈，哭得两眼通红，鼻子一抽一抽的。

“也不用拿狗来比喻自己吧……”穆扬撇撇嘴，觉得这个比喻不太好。

哪知这句话又戳到了温惜的痛点：“呜呜——你说得对，我连狗都不如！你都不会丢甜瓜，她却把我给丢了！”

穆扬有些崩溃，或许他应该去知乎上发个帖：如何安慰崩溃的女人？答：什么都别说。

可温惜并不是普通女人，她崩溃起来也不是普通级别的。穆扬捂着头不说话的片刻，她一把将他拎起来：“你为什么不说话？你不是觉得我烦？你也想把我丢了是不是？”

穆扬想，可能之前的答案都错了，应该是：原地爆炸，不要活着。

“你要是真气不过她当初抛弃了你，那你就报复回去啊。”穆扬一边说一边试图掰开温惜抓着他的手，“宋儒儒不是说过，没什么是报复不能解决的！”

“我怎么报复她？”温惜猛地撒手，被拎到半空的穆扬轰然坠地，震得五脏俱裂，差点没吐出一口血来。

“喀喀喀——她不是骚扰你吗？你也可以影响她的生活和工作啊。”穆扬揉着自己的胸口艰难地说。

温惜歪头想了一下，现在是月底了，边舜没几天就该回来了吧……她眼珠子一转就来了精神，笑得甚是狡诈。

穆扬艰难地爬起来，他觉得自己这次可能是真的要住院了。

**

修颉颃虽然被宋儒儒赶回了家，但身在曹营心在汉，一心琢磨着该如何杀回去。他打开冰箱，发现家里只剩下一袋泡面，连个鸡蛋都没有，他只能孤独地煮了一碗纯泡面。

泡面差不多快吃完的时候，修颉颃听见对面传来了关门声，应该是边尧走了。他静待了一分钟，又拿起八卦铜镜去对面敲门。

宋儒儒算着修颉颃这个心机boy肯定在家听墙根呢，所以他才敲了一下，她就把门打开了。

“你吃完饭了？”宋儒儒问他。

“嗯。”他点点头，尔后期待地问她，“你收到我的信了吗？”

“收到了啊。”宋儒儒随意地回答。

“那……”修颉颃有些紧张地说，“你有什么想说的吗？”

她摇摇头：“没有。”

修颉颃的表情瞬间凝滞，模样有几分好笑。宋儒儒憋着笑，指了指他手里捧着的八卦镜：“这是什么？”

修颉颃赶紧从前一轮的挫败里重新站起来，将手里的八卦镜递给她：“送你的小礼物。”

宋儒儒接过时手腕陡然一坠，差点脱手。这么重的一面铜镜还是小礼物？那大礼物是不是一个青铜鼎啊。

“这是明代的五乳瑞兽八卦镜，你看背面是五柿蒂纹座乳钉，正面除了八卦图样还有玄武、鹿、青龙、白虎和朱雀的浮雕。外圈是双圈锯齿纹，镜面光气上佳，保存得很好呢！”他滔滔不绝地向她介绍自己淘回来的宝贝，“你之前挂在门上的那个不如这个好。”

“我那个可是月真师父开过光的，你这个有吗？”宋儒儒故意逗他。

修颉颃一下愣住了，尔后老实地摇头：“没有。”

宋儒儒把八卦镜还他：“那你这个还不如我那个呢。”

修颉颃连续受挫，实在有点凄惨：“那你喜欢什么啊……”他说请她吃饭、买口红、买包包，她都不高兴，现在他投其所好送八卦镜，她还是不喜欢。

“难道你就喜欢烤鸡腿？”

宋儒儒“扑哧”一声笑了：“嗯，我是喜欢烤鸡腿，你会吗？”

修颉颃既没有摇头，也没有点头，而是说：“我可以学。”过往的一切都不重要，重要的是以后，是将来嘛。

“那你慢慢学吧。”她双手抱胸，歪着头看他，目光里透着机灵又带着一丝顽皮，“你还有什么事吗？”

他轻声说：“还有就是明天早上有我的课，你别忘了。”

“那我要看心情，起得来就去，起不来就不去了。”

“那你赶紧休息吧！”修颉颃立刻转身往家走，连声与她告别，“晚安，晚安，晚安！”

**

要说温惜对修颉颃总有一种莫名的好感，这话一点都不假。她不但平日里没少帮他说话，就连无形中都是修颉颃的助攻手。

比如宋儒儒说了明早的课要看心情，起得来就去，起不来就不去，谁让修颉颃因为去帝都看展调课，结果阶梯教室的课程都排满了，他只能选择明天早上的七点上课呢？

七点上课？开什么玩笑，她是小学生还是中学生啊？宋儒儒有百分之八十的打算是不去的，七点上课等于她六点就得起床，这也太可怕了。

可她万万没想到的是，第二天早上五点半，闹钟还没响，门铃倒是响了。

宋儒儒猜想门外的人一定是修颉颃，是叫她起床去上课的。她偏偏不起来，蒙着被子继续睡。但门铃一声接着一声，还伴随着剧烈的敲门声。宋儒儒估计修颉颃没那么大胆子敢闹这么大动静，于是披了件外套走出卧室去开门。门一开，竟然是温惜。

“你这么早来我家干吗？”宋儒儒不敢相信自己大清早的被闺密给骚扰了！

“我因为出生证明睡不着嘛。”温惜走进来往沙发上一躺，“就想来找你一起吃早饭。”

“五点半吃哪门子的早饭啊，还是夜宵好不好！”宋儒儒才不信温惜一大早会来找自己吃早饭这么无聊！她肯定是醉翁之意不在酒，另有图谋！

沙发上的温惜打了个滚，扭捏了好一会儿，才掏出一张字条来：“儒儒，这是我和穆扬的八字，你能帮我算算我们是否真的适合吗？”

穆扬和温惜都是彼此的初恋，平日里一个愿打一个愿挨，感情好得如胶似漆。温惜是时尚圈号称“一步千金”的超模，穆扬则是时尚节目的当红主持人，就连工作和事业也都彼此互助，这世上还有谁比他们还适合彼此的？

“你们俩吵架了？”

“我不是生日变了吗？”温惜坐起来，双手环抱膝盖，“我就想知道我现在的八字和穆扬适不适合。”

“不适合你们俩还能分手不成？”宋儒儒一早被吵醒，满肚子起床气像只漏气的气球似的“噗噗噗”往外喷。

“你还不是因为月真师父说你和大可爱八字相冲相克，你才不喜欢他的吗？”温惜噘着嘴反驳她，“我都看了上周的节目，大可爱为了你什么都敢说，要是我早就以身相许了！”

“我才不是因为八字相冲相克才不喜欢他的。”宋儒儒有些心虚地低吼了一声。

“那你是因为什么？”温惜吐了吐舌头，“就因为他说了一次不喜欢你？可你都说了一百次不喜欢他，他也没生气呀！”

“我是因为……”宋儒儒很想列举一下修颉颃的缺点，可她脑子飞速运转，却一时间无处下手。长相？没有任何毛病。工作？也是很优秀。学历？不能更高了。性格？其实耿直也挺好的。

温惜得意扬扬地在沙发上跳起了狗腿舞，像小学生一样起哄：“说不出来就是喜欢咯，宋儒儒喜欢修颉颃，啦啦啦——宋儒儒喜欢修颉颃，咔咔咔——”

“我是因为他再没和我表白过啊！”宋儒儒一把将温惜给拽下来，“他回来之后根本没有说过喜欢我！”

“怎么可能！”温惜当即反驳，“他在节目里都说了自己喜欢女博士。”

“女博士又不光是我！”宋儒儒有些小心眼地说，“他没有正式对我说过‘宋儒儒，我喜欢你，你可不可以做我女朋友’，那就不算表白。”

“嗯……”温惜撇嘴，“你们博士真麻烦，表白还得有格式，需不需要注脚啊？”

“那穆扬追你的时候是怎么追的？”宋儒儒才不信作天作地的温惜会那么轻易地答应穆扬。

一说起这个，温惜两眼放起了光：“那你可就猜错了，我们俩认识是在一次走秀节目，我在后台候场休息，他就坐在我旁边吃薯片。我问他：‘薯片能不能分我吃一点？’他说：‘我只给我女朋友吃。’我就说：‘哦，你好，男朋友。’”

“这样也行？”宋儒儒目瞪口呆。

温惜不以为意地耸耸肩：“要不你以为呢？喜欢哪有那么多讲究和格式。再说了，大可爱不敢再表白肯定也是被你吓的，你那眼珠一瞪，他估计能跪下。”

“那我不管。”宋儒儒矫情地说，“谁让他说过一次不喜欢我，我还偏要格式了。”

“你高兴就好。”温惜说着催促道，“那你倒是给我算一算啊。”

“不算。”宋儒儒把字条往她脸上一丢，“你爱分手就分，我反正不给你算。”

温惜从脸上拽下字条，难以置信地说：“你是神婆哎，你还有没有点职业操守啊？”

“我就一神婆，我还要操什么敬业人设吗？”宋儒儒说着走进卫生间去洗漱，反正都已经被吵醒了，那就去上课呗。

**

宋儒儒到教室的时候，发现自己竟然当了一回好学生。相比那天下午的盛况，早上七点的课就凄惨多了，阶梯教室只坐了一小半的人。可见那些女学生对修老师的爱就像塑料花一样，都不用风吹雨打，一个早起就可以见证真情了。

这就让宋儒儒很尴尬了，她竟然成了通过考验的一分子。

修颉颃一进教室就看到了宋儒儒，心里立刻就开出了千千万万朵花来。

因为修颉颃刚从帝都特展回来，这次的课就没有按照教程上，而是围绕两个特展：历代青绿山水画特展和赵孟頫书画特展，探讨了中国山水画由设色山水到文人水墨画的发展。

“中国山水画是艺术史上的一个特例，先有南朝宗炳的《画山水序》，尔后到了隋唐才开始出现设色山水画。也就是说山水画的起源，是先有画论后有山水画的。理论先于实践将近一两百年，这是一件很有趣的事。”

修颉颃上课除了传播硬知识外，也会表达自己的感悟和理解：“所以我时常想，我们在刚认识一个新朋友时，或许早在很久以前就已经与之有了联系。我们在当下并不知晓，待到时光流逝，用历史的眼光去发现，才会看到其中有趣的一面。”

“《画山水序》篇幅不长，但在绘画理论史上占有重要的地位。全文虽然是在品评山水画及其意义，但更多的是通过对山水画的描述来表达思想观念。即南北朝玄学大兴时，君子反儒家规范、崇尚无为，和亲近佛学、寄情山水聊以修行的精神。全文充满了佛学唯心主义色彩，以佛学观点论证山水之美，提出君子应以游历山水作为修行。倘若年纪大了，不能游山玩水了，那就在家画山水画，一样是修行。”

为了帮助学生理解，修颉颃举了个例子：“就好比你喜欢一个人，若是接近不了她，那就把她的照片设为屏保，每天看看也一样很满足。”

坐在前排有个女生举手提问：“那画山水画就和追星一样咯？”

修颉颃点点头：“每个人都有追求自己人生终极目标的自由，君子以道德修行为追求，你把明星当追求，那么君子画山水画陶冶情操，你支持爱豆也是完成终极目标。”

教室里一下哄笑起来，有个男生举手问：“修老师，那你的终极目标是什么？”

修颉颃认真地思考了一下：“我所认为的终极目标是，当我生活的世界全部覆灭，我所信仰的观点全部崩塌，在那时依旧可以支撑我继续生存的，才可以称之为终极目标。它必须超越有限、追求无限，最终达到永恒。”

“那该是青铜器了吧！”学生们都知道修老师最擅长鉴定的就是青铜器，“您最喜欢就是青铜器了！”

修颉颃摇了摇头：“我最喜欢的不是青铜器哎。”

“那是什么啊？青花瓷？山水画？”

“是一个人。”修颉颃微微笑起来，此时此刻这个人就在他眼前，看见她心中就有无限欢喜。他明亮的眼睛像星星一样，而星星里都是她明亮的脸。

追星的女生说：“修老师，最喜欢一个人的话，就不是喜欢了，而是爱了啊！”

“还不是爱。”修颉颃一丝不苟地说，“爱不是那么简单的事，爱是有生命、有韧性，也有力量的，是彼此在困境中都坚信希望，在绝望里也不曾放弃，在世界崩塌之时也不愿彼此分离，只有那样才是爱。”

“那修老师您还不爱那个人吗？”女生有些失望地说。

他很老实地点头：“但我期待将来我会爱她，她也会爱我。我相信一定会有那一天的。”

宋儒儒坐在教室的后排，但修颉颃的目光却离她那么近，仿佛每一眼都深深地看到了她心底的最深处。那里曾是空无一人的荒原，如今却开出了一朵小花。不像玫瑰妩媚动人，也不像百合高雅完美，只是一株平凡的小花，静静地在荒原上开着。

喜欢没有那么容易，爱也没有那么简单，打开一个人的心需要时间，走进去摸索亦要花心思。最后即便留下也要小心翼翼，不让那颗心受到一丝伤害。

那么艰难，那么不易，却还是让人无限期待。